我在天堂说爱你

灵希 著

黎破晓，我爱你。

——江俊夕

陕西新华出版 三秦出版社

图书在版编目（CIP）数据

我在天堂说爱你 / 灵希著. -- 西安 : 三秦出版社，2023.6

ISBN 978-7-5518-2897-0

Ⅰ. ①我… Ⅱ. ①灵… Ⅲ. ①长篇小说－中国－当代 Ⅳ. ① I247.5

中国国家版本馆 CIP 数据核字 (2023) 第 103357 号

我在天堂说爱你

灵希 著

出版发行 三秦出版社
社　　址 西安市雁塔区曲江新区登高路 1388 号
电　　话 （029）81205236
邮政编码 710061
印　　刷 长沙鸿发印务实业有限公司
开　　本 880mm×1230mm　1/32
印　　张 9
字　　数 249 千字
版　　次 2023 年 6 月第 1 版
印　　次 2023 年 6 月第 1 次印刷
印　　数 1—10000
标准书号 ISBN 978-7-5518-2897-0
定　　价 42.80 元

网　　址 http:www.sqcbs.cn

黎破晓，我爱你。
——江俊夕

目 录

CONTENTS

下篇　红丝带

楔子 聆听

我的讲述，从这里开始：

一天中，有两个时刻是最美的，一个是黎明破晓，那是初生的时刻，另外一个，是灿烂夕阳，那是最后的光芒，这是俊夕曾对我说过的话。

直到现在，我还清清楚楚地记得。

我们的记忆是一件很神奇的事情，它就像是铭刻在电影胶片上的一幕幕，打上了淡淡的柔焦，可是当我们每一次回想起来的时候，都会觉得既美丽又哀伤，心也会随着这段记忆变得很柔软。

因为在我们曾经青涩的年纪里，总会发生这样的事情，我们愿意去默默地支撑一个人，脉脉地关爱一个人，而如果我们恰恰可以有这样的能力，用我们的笔记载下来这样一段故事，它就会变成一件永远都不会腐朽的纪念，我想，总应该要给它一个名字，就叫作——

文字胶片，纸上天堂。

上篇——香草园

第一章 我在你身边

CHAPTER 01

夕言：

最初看到你的时候，你美好得就像晨曦微露时那最美好的一道纯白色光芒，让我自惭形秽，让我无法正视面对，我只能逃避，只能躲开，因为你的盛大光芒总可以轻而易举地让我意识到，我拥有多么惨淡悲伤的未来！

黎破晓在一个清晨回到了她的家，常青市的琉璃香草园。

她独自一个人从机场打车回到家里，并没有告诉任何人，为的就是给严厉的父亲还有慈爱的妈妈一个惊喜。

从七岁的时候去国外治眼睛，就被外公留在国外一直到现在，已经过了整整十年的时间了啊。

妈妈总是不停地来电话说很想念她，现在她回来了，想必妈妈在看到她的时候，不知道会高兴成什么样子呢。

想到这里。

黎破晓微微地扬起了嘴角，调皮地笑起来。

出租车很快就已经到达了琉璃香草园。

付好车费，黎破晓提着黑色的皮箱，快步走向香草园童话一般美丽的大门，她兴冲冲地推开大门，洁白的面孔上漾满了快乐的笑容。

在她推开门的一刻。

只是那么一瞬。

一抹明亮饱满的金黄色便深深地映入了她清澈的眼瞳里，伴随而来的，是向日葵那充满阳光的气息。

黎破晓一下子怔在了门口。

在黎明的晨光里。

灿烂的金黄色向日葵被淡淡的晨曦笼罩着。

在向日葵的一侧，一个少年正在一张摆在梧桐树下的桌子前，拿着一把刻刀，认真细致地雕刻着一块木头，他的手指纤细修长，手持刻刀在已渐成形的木雕上划过，就好像是在钢琴键上飞舞。

他很瘦，很高，因为全心沉浸在雕刻中，所以他安静的仿佛不在这尘世中。

黎破晓怔怔地望了他片刻，大脑里的某个印象被触动，她忽然想到了什么一般地眼前一亮，稍微有点忐忑地唤道：

“你是……俊夕哥……”

那个少年手指的动作忽然停止。

他闻声转过头来，清朗的五官带着疑惑的神色，然而，当他的目光触到了站在门边的女孩，那个就像是晨曦般美丽明朗的女孩时。

他的身体猛地一震！

一支向日葵竟然从他的身边落下，落在了他的脚边，刺目的金黄，明亮饱满的颜色，充满了生命的味道。

他的动作已经让她明白了。

黎破晓的眼眸更加明亮起来，“你是俊夕哥，你是俊夕哥对不对？我是破晓，黎破晓，那个从生下来就看不见东西的黎破晓啊！”

这是她第一次如此清清楚楚地看清那个从她很小的时候，带着她去看夕阳，认认真真雕刻各种小木雕玩意儿给她的俊夕哥。

就像哥哥一样照顾她的江俊夕！

“俊夕哥——”

黎破晓不由分说扔下皮箱，朝着江俊夕跑过去，兴奋得似乎是要给他一个大大的拥抱，她真的是太开心太开心了。

然而。

江俊夕的眼瞳却骤然一紧。

他一言不发地收起刻刀和木雕，接连朝后面连退数步，躲开黎破晓的热情，然后再抬起眼眸，看着怔愣在原地的黎破晓。

“请你别靠近我。”

那就像是，一种近乎生冷的礼貌！

黎破晓顿时僵在了原地，她眼瞳茫然，吃惊地看着突然这样冰冷的少年，“你……难道你不是……俊夕哥……”

她忽然有点手足无措。

江俊夕一言不发地抿住嘴唇，望着黎破晓，目光中含着遥远的陌生。

“破晓！”

庭院的另一端，传来一个女子因为太过震惊而微微颤抖的声音，“破晓……你怎么今天就……”

黎破晓转过头去。

她看到早起的妈妈站在主宅的门口，吃惊地看着自己，眼里竟然那么快就浮上了一层湿润的泪花。

黎妈妈实在无法相信自己所看到的，她朝思暮想的女儿居然这么突然地就回到了她的身边，她甚至怀疑自己是在做梦。

“你不是明天才到……”

“我是要给你和爸爸一个惊喜啊，所以就早早地回来了！”

黎破晓见到了妈妈，刚刚发生的事情顿时让她抛到了九霄云外去，她如一只欢快的小鸟一般扑向了母亲的怀里。

“我好想好想爸爸妈妈，还有哥哥！”

“回来就太好了。”

黎妈妈高兴得热泪盈眶，一面抱住爱女，一面转头朝住宅的大门喊道：“阿森，黎风，破晓回来了，破晓回来了。”

“破晓！”

破晓听到了爸爸还有哥哥的声音，而香草园早起的工人已经走上前来，帮她拿好黑色的皮箱，黎妈妈拥着破晓走到住宅里去。

被众人簇拥的黎破晓咯咯地笑起来。

黎家小女儿黎破晓十年后终于回国，让整个黎家人兴奋得就好像过年一样。

在即将走进主宅的一刹那。

黎破晓忽然想起什么，她下意识地转过头去，看到喜欢雕刻的少年依然孤零零地站在梧桐树下的桌前。

相对于她这一边的热闹，他看上去更加冷清孤独了。

"俊夕。"

一位老爷爷在黎家庭院最偏僻的一个角落里朝着那个瘦高的少年挥了挥手，"过来吧，别站在那里了。"

少年默不作声，朝着老爷爷的方向走过去。

黎破晓目光一怔。

他是叫俊夕。

原来她没有认错人，他就是那个喜欢雕刻木头，对她非常非常好，带着看不见东西的她走遍香草园每一个角落的小男孩俊夕！

黎破晓顺利转入了常青高中高三一班。

入学的第一天，她就赶上了常青高中的高三学生模拟考，本来老师曾表示破晓可以不用参加，但是黎破晓却已经拿起笔在考卷上作答了。

两天后，模拟考试的成绩出来，黎破晓的成绩是高三年组的第一名，而最让学生头痛的数学考卷，黎破晓居然考出了一百四十五分的好成绩，比满分才少了五分而已。

而这还不是最让人震惊的。

在转学的第一天，常青高中的跆拳道社便来邀请黎破晓入社，谁料跆拳道社的社长在与黎破晓切磋功夫的时候，居然被黎破晓一记回旋踢踢倒在地，当场落败！

所以只不过才用了两天的时间，黎破晓就成了常青高中人所共知的顶尖人物！

“妹妹太强了，搞得我这个做哥哥的很没有面子。”

晚饭的时候。

在同一年级的哥哥黎风不住地抱怨着，面对满桌子丰盛的吃食都没有了兴趣，“黎破晓，下次我不准你这么风光。”

“不要！是哥哥太笨了，年级200多人，哥哥就要排到100名以后，好丢人。”

“什么？！你居然敢对哥哥不敬！”

饭桌上，黎风与黎破晓这对兄妹又开始针锋相对起来。

慈爱的黎妈妈看着这一对儿女，将一块排骨夹到了破晓的碗里，“我的女儿就是聪明，来，多吃一点。”

黎风顿时不满，“妈，我不是你生出来的啊！你好歹做做样子行不行！”

黎妈妈微笑，将另外一块排骨夹到了黎风的碗里，抬头看到丈夫黎森已经吃好东西站了起来，温和地说道：“现在还要去香草园那边吗？”

“不去不行啊。”

向来严肃却很体恤工人的黎森边穿外套边说道：“工人还在那边忙，虽然有老江在照顾，我也应该过去看看。”

“爸，我也去。”

黎破晓顾不上吃妈妈夹给她的排骨，回给嗔怪的妈妈一个大大的鬼脸，转身跑到了爸爸的身边。

“我有好多年都没有看到我们家的香草园了，我也跟爸爸一起去。”

“好。”

黎家是常青市的大户人家。

他们经营着几千公顷的香草园，从各地传来的订单如雪片一般飞往他们这里，而有“香水王国”之称的殷氏家族竟也是他们的重要客户。

黎森刚一到达香草园，就投入到忙忙碌碌的工作里去了。

天边的夕阳灿烂如火。

黎破晓一个人坐在了山坡上，望着远远近近、颜色鲜艳的花田，还有在花田中忙忙碌碌的工人，这里的一切，静谧安详。

这么久都没有回来，走了那么多的地方，却还是这里的气息最舒服呢。

黎破晓深吸一口气，美滋滋地笑起来。

山坡下的小路上，一个瘦高的人影出现，他的手里拿着刚刚弄好的盆栽，低着头朝前面的温室一步步地走着。

黎破晓看到了他。

她的眼眸一亮，眼里的笑容更加清晰起来。

“俊夕哥。”

飘着阵阵青草香的山坡上，忽然响起女孩子悦耳的喊声。

江俊夕抬起头来，他看到那个女孩子如一只快乐的小鸟，朝着他挥舞着手臂跑过来，在她的身后，是大片大片金灿灿的夕阳，所以就连她的笑容也变得金灿灿的。

江俊夕眼眸一黯，转过头继续走自己的路。

“俊夕哥。”

黎破晓跑到了俊夕的身后，跟着他朝前走，笑意盎然，“我是破晓啊，就是生下来就看不到东西的破晓，小时候我最喜欢跟在你身后了，你都不会欺负我，而且对我特别好，送我你雕刻的木雕，还告诉我聆夕的故事。你忘记了吗？”

江俊夕捧着盆栽继续朝前走，不理会她。

“在美国治眼睛的时候，我就一直在想俊夕哥是什么样子的呢，我寄信给你，你也不理我，我……特别想念你呢。”

黎破晓稍微有点羞涩地说出那最后一句话，始终跟在江俊夕的身边，察觉到他的脚步加快了，她也跟着加快脚步。

“但是我没有想到俊夕哥长得这么帅呢，第一次看到你的时候还让我吓了一跳，不过，俊夕哥好像没有小时候对我那么好了。”

黎破晓的热情好像没有减退的时候，她脸上始终有着灿烂的笑容，“没关系，一定是我离开太久了，所以俊夕哥才会对我比较生疏，我以后会多多和俊夕哥接触的，等到那时候，俊夕哥还可以带着我去看夕阳，你送我的木雕，我还好好的保存着。”

从山间的小路到温室。

一直都是黎破晓在不停地说着，而江俊夕却始终没有说一句话。

香草园的温室里，有许多新栽植的花朵和盆栽。

温室的中央，有一个小小的池塘，池塘里种植着已经闭合的蓝莲花，但淡淡的香气却依然顺着闭合花瓣的缝隙飘出来。

“真漂亮！”

黎破晓被这个小温室的美给吸引住了，她的目光追逐着将盆栽稳稳地放在架子上的江俊夕，笑容中带着点讨好的味道。

“他们说……这个温室都是俊夕哥一个人在打理呢，俊夕哥好厉害。”

“……”

黎破晓的目光集中在了花架一旁，那里的桌子上摆放着各种各样已经完成的木雕，有动物形状的，也有植物形状的……

“哇，俊夕哥的雕刻技术真是越来越好了，我还保存着俊夕哥很久以前送给我的木雕，就是俊夕哥的肖像木雕。”

黎破晓从衣袋里拿出她认真保存的东西，一个可爱的男孩木雕，“这是俊夕哥为我亲手雕刻出来的，在美国的时候，我每次拿起这个木雕，就会想起俊夕哥，其实……不看木雕，也会想着俊夕哥的。”

黎破晓稍微有点脸红。

她抬眼看江俊夕，但是很让人失望的是，江俊夕只是淡淡地看了一眼她手里的木雕，并没有说什么，转过头去继续打理花草。

黎破晓微怔。

她讪讪地收起那个被她认真保存了很多年的小木雕，收起了眼眸里的失望，装作无事一般笑着朝周围望了望。

“真巧呢，我回来第一眼就看到了俊夕哥，还没有看到俊义弟弟呢，他在什么地方？该不是去外地上学了吧？”

江俊夕的目光轻轻地一顿，但他还是不说话，一味地做着自己的事情。

他的身上有着中草药般的淡淡苦涩味道。

他认真地搬动着几盆盆栽，将刚刚栽下去的小盆栽从架子上拿下来，放在背阴的地方，完全无视还站在温室里的黎破晓，江俊夕一声不吭地忙碌着。

“我来帮你。”

看到俊夕有些吃力地搬动起一盆稍微大一些的盆栽，黎破晓自告奋勇地快步走过去，伸出两只手来托住盆栽的底部，她的手指正好碰触到了俊夕捧住盆栽的手指。

只是那么一碰！

“别碰我！”

江俊夕的面色突然一变，他如避蛇蝎一般地猛地推开了手里的盆栽，整个人朝后退去，黎破晓猝不及防，而她一个人根本抱不住那么沉的盆栽。

砰——

盆栽从破晓的手里跌落，落在地上摔了个粉碎，才刚刚种植好的盆栽转眼之间就变成了混在泥土中的枯枝败叶。

黎破晓吃惊地站立在原地。

她没有想到江俊夕会这样敏感地躲避她，他的样子似乎是害怕极了，不知道他到底在害怕些什么，只知道他现在的样子让破晓感觉，他似乎认为只要一碰触到她，他就会遭遇到什么倒霉的事情一样。

江俊夕站在她几步外的地方，嘴唇竟然微微颤抖，眼神里充满了戒备甚至是敌意。

“俊夕哥……”

黎破晓不知所措地说了一句，她不知道自己接下来应该怎么办，只是知道，仿佛自己所有的好意都被他给误解了。

可是……

到底是什么地方出了问题？

“破晓。”

温室外，黎妈妈的声音风一样骤急地传进来，紧接着，温室的门被快速地拉开，当黎妈妈的目光碰触到了温室里相对而立的两个人时。

就仿佛是突然爆发的一场飓风。

她的目光扫到了江俊夕，扫到了在黎破晓与江俊夕两人中间跌碎的盆栽，她的眼神突然极度惊恐起来，厉声喊道：

“破晓，你怎么跟他在一起！”

黎妈妈居然一改往日的温柔，宛如保护小鸡的母鸡一般冲过来，一把将破晓拉到了自己的身后，破晓呆住了。

而接下来的一幕，更是让破晓完全震惊了。

几乎是条件反射一般，黎妈妈居然顺手抓起了一旁架子上的一个水杯砸向了江俊夕，那是完全自卫的姿势。

“你对我女儿做什么了？你居然敢接近我女儿？！”

水杯砸在了江俊夕的脸颊上，又落在了地上。

江俊夕的脸上没有一丝表情，他的目光安静极了，默然地站立着，仿佛黎妈妈这样的举动，是在他预料之内的。

“妈！”

黎破晓睁大眼睛震惊地看着自己的妈妈居然做出这样的事情，她简直不敢相信自己所看到的，“妈，你到底在干什么？！”

“不要问那么多！”

黎妈妈回头揽住自己的女儿，将她从温室花房里拽出去，“马上跟我回去，以后再也不许你接近他，不许再靠近他！”

“妈，你怎么可以这样？！”

“给我闭嘴！”

女孩子被一心保护女儿的妈妈远远地拽走了，她的声音也在他的耳边慢慢地散去，变得越来越渺远，越来越遥不可及。

江俊夕一个人站在温室花房里。

他默默地看着那一对母女远去，一直到再也看不见她们了，他脸上的表情还没有半丝变化，只是慢慢地俯下身去，将那摔碎的盆栽一点点地捡拾起来。

一片尖细的碎瓷不经意地刺入他的手指里。

细细的刺痛感传来，江俊夕无声地将手指举到自己的眼前，手指上的伤口沁出红色的血珠，他不动，血珠越凝越大……

“爷爷，爷爷，快救救俊义，俊义在吐血——”

十五岁的男孩子奋力地喊着屋外正朝着这边跑来的江爷爷，江爷爷气喘吁吁，一边跑一边用力地大声喊着。

“俊夕，别碰弟弟，别碰他——”

十五岁的男孩子转过头去，看着跌落在地上痛苦挣扎的弟弟俊义，鲜血从弟弟俊义苍白的嘴唇里如小溪一般疯狂地涌出，他的身体颤抖着，哆嗦着，抽搐着，如秋风中被卷起的落叶……

“救救我……我不想死……我想活下去……哥，你救救我……救救我……救救……我……”

十五岁的江俊夕害怕得要命。

他完全忘记了爷爷的话，忘记了自己手掌上还没有愈合的伤口，他只看到弟弟在吐血，在哭泣……他扑上去用自己的双手抱住了吐血的弟弟，他的手掌顿时沾满了弟弟吐出的鲜血……

“俊义……”

血珠从俊夕的手指上滴落，落在了泥土里。

似乎很累很累了，江俊夕缓缓地坐下来靠在了一旁的架子上，目光依然沉寂的安静，只是默默地低头，看着自己的血慢慢地沁入湿软的泥土里去。

金色的夕阳洒满整个温室。

而那个安静得近乎不存在的少年，他静静地凝望着眼前那一桌子的木雕，清秀的面孔也被笼罩在了这一片淡淡的霞光中，金灿灿的温暖洒遍了他的全身。

跟妈妈吵架的感觉总是不好的。

第二天上午第二节课后，黎破晓趴在课桌上，耳边还回响妈妈斥责的声音，昨天晚上，一向温柔的妈妈居然发那么大的脾气，严厉警告她，不许再接近俊夕哥。

可她问为什么，妈妈却仿佛有所隐瞒似的什么也不说。

到底是怎么回事啊？

黎破晓想到头痛也没有想出一个所以然来。

“破晓，还你卷子。”

坐在过道对面的乐晴将黎破晓的数学卷子还回来，伸了一个大大的懒腰，“你怎么了？从早上开始就是一副愁眉不展的样子。”

黎破晓叹气，“别提了，我和妈妈吵架了。”

“青春叛逆期？”乐晴一副什么都懂的样子，从椅子上站起来，走到了破晓的身边，“像我们这个年纪啊，没有和父母吵架才是不正常的，不要难过啦。”

她伸手摸了摸破晓的头。

破晓无奈，避开她的手，“乐晴，你在教坏我。”

“那你为什么会和妈妈吵架？”

“因为我和俊夕哥说话啊，我和俊夕哥已经好多年没有见了，而且在我很小的时候，俊夕哥就是我最好的朋友呢。”

“等一下。”

乐晴忽然打断了黎破晓的话，“你说的俊夕哥，是不是高三三班的江俊夕，很会雕刻的江俊夕，跟你的哥哥黎风一个班的那个有怪癖的俊夕……”

黎破晓一怔，“俊夕哥有怪癖？”

“是啊，有怪癖的江俊夕，”乐晴点头，“其实他人很有才华的，我看过他雕刻的东西，跟真的一样，但他唯一的缺点就是从来都不理人，而且很排斥别人碰触到他，就连不小心撞到他，都会被他很快地推开呢。”

黎破晓睁大眼睛。

江俊夕的怪癖……排斥别人的碰触……

一刹那，她的眼前竟然清楚地出现了那支掉落在地上的金色向日葵，还有那盆摔落在地上的盆栽。

好像的确是这样的呢，每一次当她把自己的手伸向他的时候，他都会很快地避开。

黎破晓微微蹙眉。

“不要再想这件事情了，现在陪我去买巧克力！”

乐晴将破晓从椅子上拉起来，笑眯眯地说道：“高三学习这么忙碌，巧克力是必备的补充能量用品啊，我们一起去买。”

活力十足的她将破晓拉出了教室。

走廊里，三三两两地站着一些出来聊天的同学。

高三的课程真是太紧张了，好不容易到了下课时间，大家当然都要到走廊里来透透气，好让自己的大脑放松一下。

透过窗户，黎破晓看到了正在篮球场上打篮球的哥哥黎风。

“喂，你知不知道你哥哥很喜欢我们年级的简雨涵啊？”

乐晴拉了拉破晓的衣袖，很满意地看到了破晓吃惊的样子，“就是我们年级的组长简雨涵啊，也是我们的校花，跟你说哦，你哥哥追了她整整三年呢。”

乐晴伸出了三根手指。

“三年！”黎破晓第一次这样佩服哥哥，居然可以如此坚持不懈地去追一个女生，那个简雨涵到底有多了不起啊！

“不过很可惜哦。”乐晴撇撇嘴，“虽然你哥哥很喜欢简雨涵是没有错啦，可是啊，简雨涵心有所属，根本就不搭理你哥哥呢。”

“简雨涵有喜欢的人？”

一听到哥哥这么衰，黎破晓顿时来了精神，“谁啊？简雨涵是因为什么人拒绝黎风的？哈，黎风岂不是要气死了。”

“就是他啊！”

乐晴的手指朝着楼梯口的方向一指，指中了一个刚刚走上来的人，“你认识的，跟你哥哥黎风一个班级的，江俊夕啦！”

黎破晓一眼就看到了走上楼来的江俊夕。

他穿着常青高中的制服，但是可能是因为太瘦了，制服穿在他的身上有着一些松松垮垮的感觉，却多了一份特殊的文气。

“俊夕……”

在他身后的楼梯上，传来一个女孩子的声音，拿着社团表格的简雨涵从俊夕的身后出现，挡住了江俊夕的去路。

“就算你是植物社的社长，也无权阻止我加入你们社团啊。”

简雨涵的声音带着一点点怒意，让走廊里的人都把目光投注过去，集中在了他们两个人的身上。

站在黎破晓身边的乐晴抿唇一笑，在破晓耳边小声地说道：“在我们学校，植物社是最不受欢迎的社团啦，简雨涵不过是想接近江俊夕。”

这一点，不用乐晴解释，黎破晓也看得出。

“我并没有阻止你。”

江俊夕保持着与简雨涵之间的距离，低声说道：“你不适合进入植物社，而且我们社团的老师不在，我不能擅自接收你进社。”

简雨涵怔了怔，反问，“你凭什么断定我不适合进入植物社？”

“对不起，这个还是等我们社团的老师回来再说吧。”

江俊夕默默地说完，他绕过简雨涵，继续朝前走，走廊里的同学依然兴致勃勃地把目光投注在两个人的身上。

“江俊夕，这个解释太简单了。”

一向争强好胜的简雨涵不甘心就这样被他打发了，她转过头去，手已经伸出，一把就拉住了从自己面前走开的江俊夕。

“你不能只凭一句对不起就……”

简雨涵竟然拉住了江俊夕。

黎破晓心中一惊，她清楚地看到了江俊夕的身体猛烈地一震，清朗的面孔上出现了强烈的排斥意味，几乎是不加考虑地，他回手便甩开了简雨涵的手。

“啊——！！”

那一瞬的力道来得特别的大，简雨涵猝不及防，她发出短促的惊叫声，身体在楼梯的上空大幅度后仰，摇晃的手已经本能地伸向了距离她最近的江俊夕。

“俊夕，拉我——！”

就在那一刻。

江俊夕几乎是条件反射地伸出手，然而就在他的手就要抓住简雨涵的手时，他似乎突然意识到了什么，竟骤然缩回了自己的手，同时从简雨涵的眼前退开。

黎破晓简直不敢相信自己的眼睛。

“啊——！！”

简雨涵崩溃般地大叫了一声。

走廊里有人发出了同样的惊呼声，所有人都眼看着简雨涵倒栽着跌落在楼梯上，再一路从楼梯上滚下去……

晚上。

放学的时候，黎破晓接到了哥哥的短信息，黎风并没有回家，他专程去医院看望摔伤的简雨涵了。

所以她要一个人回家。

“我真不敢相信我所看到的。”

乐晴整理好书包，犹自气愤地说道："你能相信这世上还有这样的人吗？江俊夕明明只要伸手就可以拉住简雨涵的，可他居然把伸出来的手又缩回去了，他怎么这么胆小啊，难道简雨涵能把他从楼梯上拽下去？！"

黎破晓一声不吭地整理书包。

简雨涵摔得非常严重，被抬到救护车上的时候，人还是昏迷的。

江俊夕看着简雨涵陷入危险却连手都不愿意伸一下这件事情，很快就传遍了整个学园，他也被老师叫走了。

他做得确实很过分！

天边，有着淡淡的霞光。

破晓跟着乐晴走出教学楼，乐晴还处于愤怒的状态，"我以前以为他不过是有一些怪癖罢了，没有想到，他这个人根本就是没有人性的！"

温柔的霞光铺满了安静下来的校园。

黎破晓慢慢地抬起头来，她看到了那些温暖的霞光，她伸出自己的右手，手心里也似乎接满了夕阳的光芒……

她漆黑的眼珠无声地动了动。

"这是夕阳的温度，现在你只要静下心来，静下心来……"男孩的声音越来越轻，就连呼吸也不由自主地放轻了……

"当天空飘满夕阳的时候，就会有小鸟飞回家的幸福声音，晚风轻拂的幸福声音，青蛙唱歌的幸福声音……"

他一点点地讲述着给盲眼女孩听。

"即便看不见，你也可以选择倾听夕阳的声音。只要你充满勇气，即使有些事情我们可能会因为自己的原因暂时做不到，但也可以用另外一种方式让自己拥有力量等待奇迹的发生！"

"这就是聆夕。"

黎破晓忽然站住脚步。

已经走出几步之外的乐晴发现黎破晓没有跟上来，她吃惊地转过头，看着面色突然变得有些奇怪的黎破晓。

“破晓，你怎么了？”

“对不起，我突然想起来我还有一些事情没有办。”

破晓不好意思地笑笑，对乐晴摆摆手，“我要回教室一下，你先回去吧，不用等我了。”

说完。

黎破晓转身朝着教学楼的方向飞奔而去。

天边的夕阳越来越灿烂起来。

江俊夕正在自行车棚下取车，他抬头看了一眼远处天边绚丽多彩的霞光，又沉默地垂下眼睑，推着自行车走出车棚。

黎破晓正在车棚外等着他。

江俊夕站住。

斜斜的夕阳洒照在黎破晓的面颊上，照耀得她洁白的面孔更加纯净无瑕，就像是一抹不染尘埃的纯白色光芒，美好得让他觉得，只是这样看着她，都是一种对她的亵渎。

江俊夕垂下眼眸。

他无法不自惭形秽，因为她的盛大光芒总可以轻而易举地让他意识到，他拥有多么惨淡悲伤的未来。

黎破晓丝毫没有注意到江俊夕的情绪变化，她提着书包走近他，在看到他眼底里出现越来越清楚的戒备时，她停下了脚步。

“你放心，我不会靠近你。”

黎破晓抬起长长的眼睫毛，目光澄亮地望着他，“我只是觉得，我应该要来问你一句，你怎么会变成现在这个样子？”

她的语气里包含着淡淡的责备。

江俊夕转过头去，口气平淡得像在对待一个陌生人，“我的事情不需要你来管。”

“你以前不是这个样子的！”

黎破晓才不管他的冷言冷语，她直视着，声音分外的清晰坚定，“我们小时候不就是很好的朋友吗？！你带着失明的我走遍了香草园的每一个角落，保护我不让我被别人欺负，和那些骂我是瞎子的人打架……”

江俊夕将自行车转过来，推着自行车背对着黎破晓朝前走。

他不搭理她！

“为什么？！为什么你现在会变成这个样子？！”

黎破晓被他无视的样子激怒，眼眸雪亮，“我……我很讨厌现在的俊夕哥，你怎么可以眼睁睁地看着简雨涵从你的眼前摔下去？！你拉她一把又能怎样呢？！就算是你有很严重的洁癖，也不需要……”

但是。

黎破晓话还没有说完，江俊夕已经走出了好远好远，她气得瞪圆了眼睛，双拳握紧，大声地喊道：

“好吧，既然俊夕哥成了这么冷淡的一个人，那我以后就去找你弟弟俊义，我最讨厌像江俊夕你这样自私的人！”

江俊夕忽然停下脚步。

看到自己的话终于对他起了一点作用，黎破晓心里不禁稍微地温暖了一些，他毕竟还没有完全变成冷血的人啊。

她快步走上前去，站在了江俊夕的身边。

“简雨涵现在还在医院呢，”她侧头看着他，在夕阳的映照下，江俊夕的双眸沉寂如两个望不见底的深潭。

“俊夕哥，我们一起去看她吧，你应该向人家道歉才对。”

“你以后不要再提我弟弟。”

仿佛是没有听到破晓接下来的话，江俊夕忽然转头，他的视线正对上黎破晓的眼眸，“不许你在我的面前提起他，不许再叫俊义这个名字。”

黎破晓懵住，“为什么？”

“因为——他早已经死了。”

傍晚。

黎家的饭桌上，永远都是温馨的。

黎妈妈将做好的排骨端上桌，跟随着工人忙碌了一天的黎爸爸已经洗干净了手准备开始吃饭了，而黎破晓坐在饭桌的一旁，有点无精打采地用筷子捅着碗里的饭粒。

黎妈妈看了破晓一眼，以为她还在为昨天吵架的事情难过。

“吃不下饭的话，就多喝点汤。”

黎妈妈将煲好的新鲜鱼汤盛好一碗放在了沉默的破晓面前，“这是你最爱喝的鲫鱼汤，趁热喝。”

破晓抬起头来，看到了妈妈毫无吝啬的温暖笑容，妈妈已经不生她的气了，破晓抽抽鼻子，还给妈妈同样的微笑。

“谢谢妈妈。”

黎妈妈点头，她在餐桌前坐下来，看着对面还空着的一个位置，“小风怎么还没有回来？还在学校打篮球？”

黎风沉迷于篮球，这是人所共知的事情。

黎爸爸正在研究手里的最新花苗种植法，听闻黎妈妈的话，也诧异地抬起头来，“对啊，都已经这么晚了，他也该回来了。”

“哥可能在上补习班。”

知道哥哥是去看简雨涵了，黎破晓怔了怔，忙心虚地为哥哥遮掩，“学校新的规定，考试名次在百名以后的都要再多加一节课。”

黎爸爸将手中的手册放在了桌子上，叹气，“小风成绩太差，是该上补习班了，不然我担心他根本就没有大学念。”

黎妈妈无奈地微笑，“那我们先吃饭吧。”

饭桌上。

吃下一口米饭，思考再三之后，黎破晓拿着筷子的手慢慢地停住。

她抬起头来，望着对面的爸爸，清澈的眼瞳里有着温和如玉般的光芒，“爸爸，俊夕的弟弟俊义是怎么死的？”

她话一出口。

啪的一声，汤勺居然从面容瞬间变色的黎妈妈手里掉落，落在了鲫鱼汤碗里，顿时间汤汁四溅。

破晓吃惊，“妈妈……”

“谁让你又提起那个人的！”

黎妈妈顾不得洒掉的汤水，目光严厉地看着黎破晓，“我昨天不是都已经告诉你了，以后不准你接近江俊夕，你这个孩子，怎么就不听我的话呢？！”

“妈妈，你到底怎么了？”黎破晓张嘴结舌地看着一提起江俊夕就好像是提起了洪水猛兽一般的母亲，“俊夕哪里得罪你了？”

“总之以后就是不许你提起这个人的名字！”

黎爸爸微微蹙眉，“老婆……”

“我早就说过，应该让江俊夕连同老江离开我们这里！”

黎妈妈突然神经紧张起来，不理会丈夫的不悦，“老公，就算是老江在我们家服务这么多年又怎么样呢？！江俊夕是他的孙子……他们都一样是……”

“别再说了！”

不怒自威的黎爸爸语气提高，打断了黎妈妈的话，“我已经明确告诉过你，只要这香草园姓黎，就永远是江伯和俊夕的容身之地，如果你不愿意和他们待在一起，我也不勉强你，你马上回美国去！”

黎爸爸向来说一不二！

黎妈妈失望地看着黎爸爸，眼睛里顿时盈满了委屈的泪珠。

一向恩爱的爸爸妈妈，居然吵架了。

黎破晓瞠目结舌地坐在餐桌前，看着更加严肃的父亲，还有落泪的母亲，她眼里的疑惑更加的深了。

“到底是怎么了？俊夕怎么了？”

“江俊夕，你给我出来！！”

庭院里，忽然传来这样一声充满了愤怒意味的吼声，黎破晓一皱眉，从声音就可以判断出那个人是谁了！

这个不安分的家伙，又开始惹事了！

她从饭桌前站起来，跑出餐厅，推开房门站在了高高的台阶上，一眼就扫到了站在庭院里，气势汹汹的哥哥黎风。

“快点给我滚出来！！”

黎风手里拿着一根棍子，朝着庭院最偏僻角落的一个小屋大声地喊道：“你居然把雨涵伤成那个样子，你给我出来，今天我不把你打到医院里去，我黎风就跟你姓！”

黎风怒气冲冲地站在庭院里，挥舞着棍子叫嚣着。

黎破晓回头，她看到怒火上涌的黎爸爸正到处找着黎家的家法竹剑！而黎妈妈正一路跟随着爸爸做干扰的工作！

“哥——”

黎破晓冲下台阶，拉住嚣张的黎风，“你还不快点跑，爸在找家法打你呢，打你个皮开肉绽看你还跟谁姓！”

“你别管我，今天我就要教训江俊夕！”

黎风气红了眼，“雨涵骨折了啊，都怪这个小子，他把雨涵推下了楼梯，还敢在这里装成没有事的样子，我就要收拾他！”

黎破晓根本拉不住黎风。

咯吱。

偏僻角落的小屋门打开，年老的江爷爷从房子里走出来，在他的身后就是沉默不言、面色平静的江俊夕。

“江俊夕！”

黎风一看到江俊夕就气不打一处来，拿起棍子就想冲上去，被黎破晓尽全力抱住，“哥，你镇定啦！”

江俊夕默默地站在原地，静静地瞅着黎风愤怒的样子。

江爷爷走到了黎风的面前，他已经是在黎家工作许多年的老人了，他看着黎风，微带歉意地说道：

“小风，俊夕做什么事情惹你生气了，我代他向你赔礼。”

“江爷爷，你不用理我哥的。”

黎破晓一面拉住黎风的时候，一面充满歉意地朝着江爷爷笑着，“我哥他就是发疯啦，等下我爸爸出来他就不闹了。”

然而就在这说话的时间，黎风居然从破晓的手里挣出来，拿着棍子冲向了站在不远处的江俊夕，黎破晓手心一空，顿时大惊失色。

“哥——！！！”

“看你还敢不敢欺负雨涵！！”

怒意昂然的黎风一棍子砸向了江俊夕，不偏不倚，正好砸在了江俊夕的肩头，而江俊夕竟然动都没有动一下，硬生生地受了那一棍子！

江爷爷的眼珠刹那充满了惊骇，“俊夕——！”

庭院里的空气似乎在一瞬间凝固了。

挨了一棍子的江俊夕一动不动地站在原地，他无声地看着站在自己面前的黎风，乌黑的眼珠里有着静寂的光泽。

“这样就可以了吗？”他默然地出声问道。

“什么……就可以了？！”有点怔愣的黎风也没有想到江俊夕会是这样的表现，他都不知道自己是不是该挥第二棍子了。

“俊夕……”

心痛的江爷爷已经踉踉跄跄地走上去，手按上了江俊夕的肩头，看到江俊夕明显抽痛了一下，他慌忙拿开了自己的手。

“俊夕，你怎么不躲？你就非得挨这……”

“爷爷。”

江俊夕放缓声音，望着流泪的爷爷，低声地安慰老人：“你不知道，我是应该被打的，我今天做错事情了。”

他的语气平静极了。

黎破晓愕然地抬起头，他也是知道自己做得很过分吗？！所以才愿意承受哥哥这样凶狠的一击？！

嘭——

主宅的门被猛地踢开，随之传来的是黎妈妈大声地提醒，“小风，还不快跑，你爸爸要打你了。”

黎风一回头，果然看到黎爸爸怒气冲天地朝自己奔过来。

黎风掉头就跑。

黎爸爸已经被这个不肖的儿子气到发疯，一副不揍他一顿誓不罢休的样子追了上去，而黎妈妈则担心地一路跟随着。

“老公……”

庭院里转瞬之间就剩下了江爷爷，俊夕和破晓三个人。

江爷爷还在俊夕受伤的肩头上小心地摸索着，“俊夕，你有没有受很严重的伤？有没有流血？我去叫楚医生来……”

“不用了，爷爷。”

江俊夕察觉到了爷爷的紧张，他试图安慰爷爷，勉强挤出一抹苍白的笑意，“我很好的，不过是……”

他话未说完，脸上忽然出现了很痛楚的颜色。

瘦弱的身体径直朝下栽倒，江爷爷竟然没有拉住他，江俊夕一头栽到了湿润的土壤里，江爷爷慌手慌脚地去拉俊夕，手掌碰触到了他的额头，顿时大惊失色。

“俊夕，你什么时候开始发烧了？你怎么发烧了都不告诉我？”

江爷爷突然之间慌张惊恐的样子让站在一旁的破晓都开始害怕起来。

“俊夕……”

她看到江爷爷跪在泥土里，将呼吸急促、面色苍白的俊夕抱在怀里，不停地叫着他的名字，她忙快速地说道：

“俊夕发烧了吗？我们家里有治感冒的药呢，我去拿给他，江爷爷你不要急，我现在就去拿给他——”

黎破晓一溜烟地跑回到主宅里，将自己家的药箱整个的都捧出来，再跑回到江爷爷的身边，在俊夕的身旁跪坐下来。

她手忙脚乱地从药箱里抓出了一大捧药，递给涕泗横流的江爷爷，“江爷爷，这些药都很好用的，对治疗发烧感冒都很有疗效的，你不要哭啊！”

江爷爷手足无措地接住那些药物，眼泪却流得更加急了，他用一只手抱紧怀里的俊夕，泪水一行行地落下来。

“破晓，这些药救不了俊夕，救不了俊夕啊。”

“可以的。”

破晓看着江爷爷的眼泪，她都不知道该怎么办好了，她拿起一瓶退烧糖浆，想要喂到俊夕的嘴里去，但是她的手才刚刚伸出——

呼吸急促的俊夕却微微睁开眼睛，无力地伸出自己的手推开黎破晓的手。

他不让任何人碰触到他！

黎破晓眉头一皱，在俊夕的手伸过来的时候，不偏不倚地一把握住了他冰冷的手掌，然后紧紧地攥住他的手。

铺满整个庭院的淡淡霞光中。

她握紧了他的手。

俊夕的身体陡然一震，他挣了一下，却没有从她的手里挣开，他用力地睁开眼睛，黑色的眼瞳里出现了淡淡的光亮，映出了那个在自己身边的女孩子。

她在他的身边，紧紧地攥住他的手。

那一瞬。

胸口忽然有一种奇异的情绪激流疯狂地涌动起来，比额头的温度还要滚烫滚烫，他仰面躺着，呆呆地望着身边的黎破晓。

似乎那一瞬的滚烫就要从胸口涌动而出了。

“破晓——！”

尖锐的叫声骤然打断了那一刻的美好与感动，去而复返的黎妈妈震惊地，也可以说是惊恐地看着黎破晓与江俊夕紧紧攥在一起的手。

“快放开他！破晓，快点从他的身边离开！”

如同看到女儿就要被可怕的瘟疫沾染上，黎妈妈作势要扑上来拉回自己的女儿，但是黎破晓一声清晰明亮的声音制止了她。

“妈妈，你为什么要对俊夕这么尖刻呢？！”黎破晓偏不松开江俊夕的手，“俊夕正在生病，我们应该照顾他才对，妈妈为什么要说这么过分的话？！”

“住口，我是你妈妈！”

黎妈妈面色惨白，眼瞳紧缩，手指向了在俊夕身边的黎破晓，“黎破晓，你给我马上过来，放开江俊夕——！”

“不——！”

黎破晓就是不放手，眼神倔强地看着自己的母亲。

江爷爷终于看不下去了，他望着黎妈妈，出声祈求，“您放心，我们俊夕……”

“黎破晓——！”

被女儿逼到神经紧张的黎妈妈充耳不闻任何人的话，大声地喊道：“如果你想死，你就去找他！”

黎破晓终于忍无可忍，“妈妈——别再说下去了！俊夕……”

“江俊夕是艾滋病！”

那一声凄厉的喝声惊飞了在梧桐树上安憩的小鸟，黎妈妈惊恐地看了一眼江俊夕，突然爆发了歇斯底里的愤怒。

“他的弟弟江俊义就是得了艾滋病死的，他将来也会死，你接近了他，你也会死——！！”

那仿佛是魔魇一般的可怕声音！

艾滋病！！

那几乎是与魔鬼画等号的字眼！！

黎破晓耳膜顿时轰然，全身倏地冰凉，脑海里空白一片，等到黎破晓反应过来的时候，她才意识到——

仿佛是要避开什么可怕的瘟疫，她已经在那一瞬的惊恐中，狠狠地甩开了江俊夕的手！！并且她的身体也已经逃也似的，远远地从江俊夕的身边退开——

她离开了他！

她睁大眼睛，眼眸里刹那间盈满了惊惶和恐惧。

庭院里静得可怕。

江爷爷看了看逃离的黎破晓，眼里出现了悲凉的神色。

在他的怀里。

仰面躺着的江俊夕仿佛已经预料到了这一切，他默默地闭上眼睛，微微地侧过头去，有一滴泪，静悄悄地顺着他的眼角无声地滑落……

那一滴泪……

没有人看见……

晓语：

那个时候，我还不知道，我那种几乎是本能的反应会给他带来多大的伤害，那简直比杀了他还要痛苦。这个世界就是这样，如果你没有能力去帮助一个人，就不要给他希望，因为你给了一个人希望却又不负责任地把它拿走，这才是最残忍的事情！

CHAPTER 02

第二章 你有多少勇气

夕言：

被病魔缠住了这件事情，对于我来说早已经不再可怕，我已经默认了自己没有希望的未来，也早已经放弃挣扎，因为即便心里很难过痛苦，无可逃避的事情还是总会发生，我会静悄悄地把自己关在一个封闭的世界里等待着，去另外一个世界！

晚上。

黎破晓第一次看到自己的父母爆发如此可怕的争吵。

哥哥还没有回来，破晓站在客厅里，她看到爸爸摔碎了摆在茶几上的杯盏，看到妈妈痛哭流涕面对着爸爸的愤怒。

“我警告过你，不能把俊夕的事情说出去！只能是我和你知道，你居然敢告诉破晓，你居然让破晓知道这件事情——！！”

“那我要怎么办？！”

妈妈眼泪纷落，声音沙哑，“我总不能让破晓跟那个孩子在一起，他弟弟死的时候我就看出事情不对了，谁会想到是艾滋病，他妈妈把病传染给他弟弟，他弟弟把这病传染给他，难道我还要眼睁睁地看着他把病再传染给我的女儿！我已经够担惊受怕的了，我不能再——”

“这种病不会那么容易就传染的！空气，身体接触什么的，根本就不会传染艾滋病，你不要在这里自己吓自己，如果碰一下就会传染，江伯不是早就被传染了，他现在还是好好的！！”

“我不管，江俊夕就是瘟疫，我不会让他伤害我的儿女！”黎妈妈擦干自己的眼泪，冲回自己的房间，狠狠地将门摔上。

“总有一天，要么我把他们赶出去，要么你把我赶出去！！”

黎爸爸气得全身发抖站在客厅里。

黎破晓默默地靠在客厅一旁的沙发前，忐忑地看着爸爸颤抖的背影，她润了润嘴唇，终于还是不安地叫道：

“爸爸……”

黎爸爸转过头来，他看着破晓脸上的不安，无奈地叹了口气，“破晓，爸爸还记得，你和俊夕小时候，是很好的朋友！”

“俊夕哥的事情，我不会对任何人说的，我会好好的隐瞒。”黎破晓知道爸爸想要说的是什么，她马上对爸爸做了保证。

“我不会让俊夕哥走，但爸爸不要再跟妈妈吵架了好吗？”

黎爸爸稍微松了一口气。

他走到了黎破晓面前来，伸出手来抚了抚破晓的头，“好，不吵架了，我出去把小风找回来，破晓你帮我把客厅收拾一下好吗？”

黎破晓点头。

黎爸爸笑了笑，从一旁的衣架上拿起自己的外套，转身走出去，在走到门口的时候，他再度转过头来望着黎破晓。

“也不要对你哥哥说这件事情。”

“嗯。”黎破晓微笑着点头，“我会好好保密的。”

黎爸爸走了出去。

黎破晓看着大门关合，她一个人站在客厅里，目光却慢慢地黯然下来，她低头看了看自己的右手，干净的手指没有一点点灰尘。

刚刚，她就是用这只手握住了俊夕的手。

她无声地看着自己的右手，突然觉得右手很沉很沉，痒痒的，仿佛有很多的虫子在爬一样，她忽然心惊胆战起来。

破晓慌乱地直奔卫生间，她一面高举着自己的右手，一面用左手推开门，但是望着自己家里干净的洗手台，她忽然怔怔地站住了。

夜色深了。

梧桐树下的自来水池。

水龙头大开着，冰凉刺骨的水哗哗地顺着水龙头涌出来，透明的水珠溅到了脚下的青石板上，形成了一股小小的溪流。

洗手液几乎要被用光了。

黎破晓用力地搓着自己已经洗得通红的右手，冰冷的自来水不停地冲刷着她的双手，洁白的泡沫再次被冲掉，黎破晓神经质一般地又打上了厚厚一层洗手液。

不停地洗，可是总感觉洗不干净！

不敢使用家里干干净净的洗手台，仿佛在这里洗，就会将右手彻底洗干净，洗干净那些让她非常非常害怕的东西。

浮着洗手液泡沫的水流浸透了青石板周围的泥土，形成了一片大大的水洼。

她的眼里有着越来越多的恐惧。

细微的脚步声从梧桐树外的角落里传来。

黎破晓面容一惊，保持着洗手的姿势，慌张地抬起头来。

江俊夕慢慢地从梧桐树笼罩的阴影地方走出来，他的目光无声地从黎破晓洗得通红的双手上扫过，却没有朝着她脸的方向看一眼。

黎破晓僵硬地站立着，感觉到自己的面孔一阵阵发热。

江俊夕一声不吭。

他双脚踩在浮着洗手液白色泡沫的水泥地上，弯身从梧桐树阴影的地方搬起一盆盆栽，清朗的面孔上没有半丝表情。

“俊夕啊。”

沉寂的夜色里，不远的方向传来江爷爷的叹气声，他显然已经看到了这边的一切，“快点过来，那些幼苗要赶着种下去呢。”

江俊夕搬起盆栽，从僵硬站立的黎破晓眼前走过。

黎破晓的面孔通红。

她听到江俊夕的脚步声在自己的身后隐没，她沉默地低下头去，默默地从自来水龙头下收回了自己冰冷的双手。

梧桐树下。

女孩僵硬地站立着，轻轻地咬住嘴唇，自来水依然顺着水龙头哗哗地涌出来，刺耳的声响盖住了梧桐树叶平静安详的沙沙声。

常青高中火热的秋季运动会就要到来。

各个班级都开始报名参加运动项目，乐晴报名参加了男女混合接力赛，而黎破晓报了女子三千米跑步，每天晚上放学都要留下来训练。

“我先去田径场了！”

上完下午最后一节课，乐晴换好运动服去田径场参加训练，她转头看到还在桌子上奋笔疾书的破晓，发现她还没有换运动服。

“破晓，你今天晚上不参加训练了？”

“嗯。”

黎破晓放下手里的笔，朝着乐晴笑笑，“今天是周三，轮到我去图书馆值班啦，我等下要去图书室。”

“好。”乐晴知道黎破晓是图书室管理员，“反正你运动细胞超好的，不用那么辛苦训练都可以，那我走喽。”

乐晴跑出了教室。

教室里只剩下黎破晓一个人，几乎全校的学生都在运动场上热火朝天地训练着，都为了让自己的班级在运动会上得到更多的荣誉而鼓足了干劲。

热情的呐喊声不时地传进教室里。

“完成了。”

黎破晓将最后一道题做完，看着做得工工整整的卷子，她伸了一个大大的懒腰，唇角漂亮的向上扬起。

现在该去图书室了。

傍晚。

黎破晓去了图书室，因为所有的学生都在田径场上训练，为运动会做准备，所以这个时候的图书室安静极了。

工作也少了很多。

黎破晓推着盛书车，按照书籍的编号将一本本书分别插在不同的书架上，这样大家再来找书的时候就会轻松很多。

小小的盛书车在图书室的地板上发出细微的咯吱咯吱声响。

这里真的很安静啊。

田径场上越来越喧闹，加油呼喊之声不绝于耳，号令枪的声音时不时传来，黎破晓放好最后一本书，终于也忍不住想去窗边看看操场上的情况了。

她笑着转过书架。

清澈的视线最先触到了图书室长方形落地大窗，然而有一个消瘦的人影坐在长方形大窗下的地板上，他的周围散落着一些厚厚的书籍，而他本人，已经靠着窗旁边的墙壁上，静静地睡着了。

黎破晓怔了怔。

那个睡着的瘦弱少年，是江俊夕。

窗外是热闹非凡的操场，而他却在这个孤寂的地方，安静地睡着，因为外面的那些热闹，已经跟他扯不上半点关系。

黎破晓的鼻子忽然有些微微酸涩。

她没有惊动他。

放缓了自己的脚步，黎破晓慢慢地走到了图书室一侧的服务台前，在服务台后面坐下来，在坐下来的同时，她默然地抬起眼眸，望向了那个靠在窗前墙壁上沉睡的少年。

清澈的眼眸里慢慢地浮上一层淡淡的水光。

黎破晓无声地低下头，她的手指搁在了服务台上的键盘上，在一阵短暂的发怔之后，黎破晓忽然想起了什么似的，抬起头来看着服务台上的电脑屏幕。

完全是不由自主地，她打开了电脑的搜索页，然后在搜索页的搜索框上，快速地打下了“艾滋病”这三个字。

当“超级癌症”和“世纪杀手”那几个字眼跃入黎破晓的眼眸里时，黎破晓的心猛地抽紧。

她的胸口一阵憋闷。

“……艾滋病简称 AIDS……病毒 HIV 是一种能攻击人体免疫系统的病毒……这种病毒终生传染，破坏人的免疫系统。使人体丧失抵抗各种疾病的能力……”

电脑前。

黎破晓慢慢地挪动着鼠标，小声地念着那一行行字，她的眼瞳慢慢地缩紧，眼底慢慢地涌出来一阵阵温热的液体。

“……本身并不会引发任何疾病，而是当免疫系统被 HIV 破坏后，人体由于失去抵抗能力而感染其他的疾病导致各种复合感染，最后的结果是……”

黎破晓缓缓地抬起眼眸，看着那个在透明的窗前安静沉睡的江俊夕，她难过地轻轻捂住嘴唇，眼前的视线竟然模糊起来。

“死亡。”

图书室里很安静。

窗外，淡淡的霞光透进来，照在江俊夕略有些苍白的清朗面孔上，那样金灿灿的光芒让他睡得很香很香。

仿佛。

只有霞光会毫不吝啬地给他一个温暖的世界。

薄薄的柔纱窗帘随着轻柔的风慢慢地摇晃着，时而挡住他的面孔，又时而落下，清晰地现出他温和宁静的睡颜。

俊夕哥……

真的会死吗？

黎破晓忽然闭上眼睛。

噙在眼里好久好久的眼泪从她的眼角落下，黎破晓从服务台前猛地站起来，转身跑出了图书室。

砰的一声门响。

江俊夕从睡梦中惊醒过来，他茫然地睁开眼睛朝着四周望了望，发现图书室和他来的时候一样，并没有一个人。

他从地板上站起来。

窗外的操场上依旧是喧闹的情景，江俊夕默默地俯下身，将自己身边的书收拾好，放回到盛书车上去。

时间差不多了，他该回去了。

江俊夕朝着图书室的门口走去，在走到服务台的时候，他无意间瞥了一眼还没有关闭的电脑，却一下子定在了那里。

他定定地看着电脑屏幕。

屏幕上，搜索的内容清晰地映入他的眼眸里——AIDS 最有效的治疗方法。

淡淡的霞光洒满整个安静的图书室。

江俊夕怔怔地站在原地。

他的睫毛轻颤，望向电脑一侧的服务台上，那里放着一张牌子，上面写着图书室管理员的轮值情况。

周三，黎破晓。

夜晚。

温室花房。

江俊夕坐在桌子的一侧，长长的眼睫毛垂下来，在他苍白的肌肤上形成一道淡淡的阴影，他正在全神贯注地雕刻着手里的木雕，刻刀极为小心地顺着木头的纹理划过。

苦涩的中药味道慢慢地传进了他的鼻息间。

江俊夕转过头，江爷爷已经将从保暖瓶里倒出来的一碗中药放在了他的面前，伸出手来轻轻地按了按他的肩头。

“俊夕，把药喝了，还有这几片维生素，也一起吃了。”

俊夕点头，“嗯。”

“怎么穿得这么少？”

江爷爷察觉到他衣衫的单薄，他将自己的外套脱下来盖在了俊夕的身上，“你不能生病啊，把药吃完了以后快回去休息吧，这些活明天我来做。”

江俊夕一言不发地喝着苦涩的中药，尽管药很苦，他还是努力地全都喝下去。

“雕木头的时候，要小心别让刻刀划到自己。”江爷爷犹豫再三，还是说出来，“我知道你喜欢雕刻，但是……别受伤。”

江俊夕的面孔有些黯然，“爷爷，我知道了。”

“吃完药就回去休息。”

看着他点头答应了，江爷爷满是皱纹的面孔上出现了欣慰的笑容，他转身朝着花房的玻璃门慢腾腾地走去。

“楚医生让我今天晚上再去拿你的药。”

“爷爷……”

“嗯？”

“我还有多久会死？”

江爷爷猛然僵在了门边。

他慢慢地转过头，看着瘦弱的江俊夕寂寞地握着自己的刻刀，泪水瞬间模糊了他的面孔，他的声音不由地哽咽起来，“俊夕啊……”

“妈妈很早就已经走了，所以我不知道，我只知道，弟弟从得病到死去用了五年的时间，那么我从十五岁得病到现在……已经过了三年了……”

江俊夕分外宁静地看着爷爷，目光中透出一抹认命的沧桑，“我是不是还剩下两年的时间，我是不是只能活两年……只有两年的时光……所以，再也不能做很多的事情，不可以奔跑，不可以有朋友，不可以幻想未来，更不可以……有喜欢的女孩子……”

“你不会死的。”

江爷爷泪眼婆娑，面容悲伤，“楚医生说他一定会救你，你吃了他给你的中药，不是已经好多了吗？你不会……”

“今天早上，我种了一棵梨树苗……”

江俊夕默默地说着，眼里凝着一层薄薄的白色雾气，“我听别人说，梨树苗从生长到结出果实要三年的时间，而我最近身体很不好，所以我，也许等不到梨树结果……”

江爷爷悲恸。

老人深深地叹了一口气，伸出袖子擦干自己脸上的眼泪，低声说道：“俊夕，别再说了。”

“我只想告诉爷爷。”

泪水从江俊夕的脸上无声地滑下，他望着流泪的爷爷，抽了抽鼻子，微微地笑起来，一抹透明哀伤的笑容。

“等到梨树结果的时候，爷爷……要记得吃。”

目送着流泪的江爷爷走出去。

江俊夕独自一个人坐在温室花房里，他慢慢地放下手里的刻刀，再看看摆放了一桌子的木雕，他的眼底一片令人窒息的脆弱。

他缓缓地拉开桌子下面的抽屉，抽屉里面摆放的是一个女孩的肖像木雕，那是他十年前的作品，十年前的女孩黎破晓。

江俊夕默然地拿起那小小的木雕。

在江俊夕的手心里，木雕上的小女孩面庞栩栩如生，红裙飞扬，笑脸灿烂夺目犹如花朵绽放。

“这是你和我。”

男孩笑得既神秘又开心，“我把我和你现在的样子雕刻出来了，等到哪一天，你可以看清楚这个世界了，你一定要记得，看到这个木雕，就知道我和你现在长什么样子。”

“那我不要两个木雕。”

女孩认认真真地摸索着手中的木雕，“我只拿一个木雕，留给俊夕哥一个好了，我们一人一个，等到将来我回来的时候，我们就用彼此的木雕找到对方。”

寂静的花房里。

江俊夕忽然垂下头去，紧紧地捏住了手里的女孩木雕，他闭上眼睛，眼泪顺着鼻翼划过，无声地落在了木雕上……

也许……只剩下两年的时间……

所以，再也不能做很多的事情，不可以奔跑，不可以有朋友，不可以幻想未来，更不可以……有喜欢的女孩子……

蓝色系温暖的房间，只开着一盏小小的台灯。

黎破晓坐在桌前，面对着电脑屏幕，正快速地浏览网页，电脑屏幕发出淡淡的蓝光，映照出了她脸上的专注和紧张。

她不停地浏览网页，复制粘贴，遇到没有办法复制的网页，她就拿出笔来将那一页对她有用的资料全都细细地记载下来。

她全神贯注地看着电脑页面，默默地念着自己所看到的每一行字迹，脸上的表情也越来越凝重难看。

哗——

房门忽然被打开。

“你在干什么？我敲了好半天的门。”

“啊——！”

黎破晓被吓了一跳，神经反射般地快速地关闭了电脑上的一个页面，转头看向了声音传来的方向，脸上的惊惶未去。

不住抱怨的黎风站在门口，顺势打开了房间里的大灯，房间里顿时大亮一片，他扫到妹妹难看慌张的脸色，顿时诧异地扬起了眉头。

“你到底在干什么？”

“没干什么啊。”黎破晓挤出一抹笑容给他，“我就是在查阅一些资料，你突然进来吓了我一跳。”

“不是在浏览什么黄色网站吧！”

黎风一副“我完全懂你”的样子走过来，目光投注在电脑上，“让我看看，我最优秀的妹妹也开始做坏事情了吗？”

“说什么呢？不要以为我和你一样！”

黎破晓挡不住自己的哥哥，黎风已经拨开了黎破晓挡住屏幕的手，抢着要看电脑，嘴里已经不停地将他所看到的内容念出来。

“A……I……D……S……”

他英文烂得可以，但是下面的中文字他还是认得的，“艾滋病……的治疗……”

“烦死了。”

黎破晓将黎风推到了一旁，将电脑上的页面全都关闭，“我们班级正在做一个关于艾滋病知识的普及活动，你走到一边去，不要妨碍我。”

黎风完全相信黎破晓的话。

“妈叫你出去吃水果。”

黎风才不愿意多管破晓的事情呢，尤其是这个他完全不感兴趣的事情，“爸爸也在客厅里，出来一起看电视吧。”

“哦。”

黎破晓看着黎风已经走出去，她轻轻地松了一口气，将电脑关闭，顺便将自己的笔记合起来，才站起来穿着拖鞋走出去。

温暖的客厅。

电视机里正在播放着一个十分搞笑的电视短剧，搞怪的声音不绝于耳，坐在沙发一侧的黎风一边吃西瓜一边大笑，而黎爸爸和黎妈妈也会不时地笑一笑。

走出房门的黎破晓看到这一切，稍微地松了一口气。

那天吵架的阴影已经过去了，爸爸和妈妈的关系终于缓和下来，他们也再也不提江俊夕的事情，只要不提就是好的。

“破晓，过来坐。”

黎妈妈看到女儿走出来，马上挑了一片最大的西瓜，“到妈妈这里吃西瓜，别总躲在房间里看书，人会累坏的。”

她一向最疼女儿。

黎风吃着手里的西瓜，又开始不满意起来，“妈，你又开始偏心了，妹妹没有在房间里学习，她是在玩电脑。”

黎爸爸轻斥，“破晓那是劳逸结合，你这个年级排名百名以后的人没资格说她。”

“是啊，妹妹还热心公益呢。”

被刺激的黎风说起话来酸味十足，“我刚才进去的时候，她还在研究艾滋病的治疗，看我妹妹多用功，将来一定是大人物……”

“哥——”破晓心惊。

黎风口无遮拦地说着，完全没有意识到客厅里气氛的突然改变。

黎妈妈脸上的笑容消失了。

她的目光投注在黎破晓的脸上，脸上含混着失望和难过的复杂情绪，破晓心虚地低下头，黎妈妈沉重地叹了口气，放下手里的西瓜，转身走向了卧室的门。

黎风还在没心没肺地吃着，看着电视上的节目哈哈大笑。

破晓轻轻地咬紧嘴唇。

黎爸爸看着黎妈妈离开，他没有说什么，只是把目光投向了黎破晓，声音平稳温和，“过来吃西瓜。”

“嗯。”

黎破晓闷闷地应了一声，走了过去。

在校运动会开始之前，整个学校到处都是一片生气勃勃的热闹筹备景象。

开学考试已经结束，这个时间，正是学生们自由自在地玩耍，释放热情的时间了，在运动会即将开幕的前两个星期，每个班级的运动号码已经发下来。

乐晴是七号。

黎破晓特意为自己挑选了一号，她并不是一个爱出风头的人，只是单纯喜欢一这个数字的简简单单。

拿着号码布坐回到位置上，黎破晓看到过道一旁的乐晴竟然低着头用水笔在她的号码布上认认真真地写着什么。

“在写什么？神秘兮兮的。”

黎破晓玩心大起，一下子凑上去从乐晴的手里抽出那个已经写好的号码布，“什么东西啊，字母缩写？还是拼音缩写？”

“破晓，还给我啦。”

乐晴顿时面孔通红，上前来抢自己的号码布，但是她怎么可能抢过超级敏捷的黎破晓，黎破晓扬着手里的号码布，笑嘻嘻地念着。

“L—q，哦，是拼音缩写哦，就是乐晴的名字啦，那这个是L—z—t，这个拼音缩写是谁啊？”

“我是胡乱写的。”

乐晴不好意思地说着，想要捂住黎破晓的嘴，但是在教室后面的角落，已经有一个活泼的男生响应起来。

“L—z—t就是我啦。”体育委员李占亭笑呵呵地举手承认，“乐晴写的是我名字，我也正在写她的名字呢。”

笑呵呵的李占亭还未说完，就被他身边的几个嫉妒男生拖手拖脚地给摔在了地上，“你这个家伙，动作还真快！”

“猪头。”乐晴的脸更加的红了。

“哦——”

黎破晓和几个女生拖长了声音，眼里全都是亮晶晶的笑意，黎破晓用自己的手肘捅了一下又羞又臊的乐晴，调皮地笑着。

“不是说胡乱写的吗？穿帮了吧。”

乐晴不好意思地瞪了黎破晓一眼，她从破晓的手里拿过自己的号码布，看着破晓促狭的笑容，她自己却又不禁脸红起来了。

傍晚的时候。

黎破晓在万众期待的欢呼声中顺利地跑完女子三千米，她休息了一会，准备回教室里取自己忘记带的矿泉水。

因为几乎是全校的学生都在操场上训练，所以教学楼里安安静静的。

黎破晓在经过高三三班的教室时，忽然停下了脚步。

江俊夕在教室里。

他坐在自己的位置上，那个临近大窗的位置，而在他课桌的周围，摆放着一些书，多数是讲述人文历史方面的故事。

江俊夕趴在课桌上。

他还是在睡觉，操场上的喧闹和运动会的音乐声全都传了进来，他却睡得很香甜，就好像窗外的热闹与他无关。

他睡觉的时候，安静的像一个懂事的孩子。

黎破晓心中一动，她站在了教室的门口，怔怔地看着江俊夕沉睡的样子，因为刚刚跑完步，所以她的呼吸声稍微有些急促。

他居然被惊醒，并且慢慢地睁开了眼睛。

那一双漆黑安静的眼眸，在睁开的刹那间，就已经清晰地看到了站在教室门口的黎破晓，黎破晓却不动，任由他看见。

江俊夕的眉毛轻轻地蹙起，他从课桌上抬起头来，随后抓起了桌上的一本书，一言不发地只是翻书看，一页一页地翻过去，置若罔闻窗外的喧闹声，全当看不见站在门口的黎破晓。

黎破晓却走了进去。

她一直走到了江俊夕的课桌旁，江俊夕抬起眼眸，用目光制止了她的脚步，黎破晓稍微发愣地站住，教室里安静得有些让人屏息，她抬起眼眸望着坐在课桌前的江俊夕，突然之间打破了这种尴尬的安静。

“俊夕哥没有参加任何运动会项目吗？”

话一出口，她就想咬掉自己的舌头，为什么那么多的话不说，却偏偏挑了一个这样的开场白，简直蠢透了。

他的身体，怎么可能参加体育项目啊？！

江俊夕抬眸看了她一眼。

他没有说话，只是缓缓地将目光投向了窗外，看着操场上热闹的场景，奔跑的身影，他的嘴唇默默地抿紧，苍白的面孔上，那一双眼瞳是清冷的墨黑，时时刻刻地让别人感觉到他的疏离。

“没有。”

他居然回答了。

“我听我哥说，简雨涵已经出院了。”

有点受宠若惊的黎破晓不知道为什么总想说一些话出来，“其实简雨涵没有骨折，只是我哥哥发神经而已，不过她还是受了一点伤的，我哥哥太喜欢她了，运动会的时候，哥哥说要把她名字的拼音缩写写到自己的号码布上去，这样两个人就像是在一起跑一样。”

黎破晓的心越来越虚。

她挑了一个最坏的话题，却还要硬着头皮顺着这个话题滔滔不绝地说下去，仿佛停顿下来，就会让他觉得尴尬或者是不舒服一样。

江俊夕忽然从课桌前站了起来。

他将课桌上的书全都放在书包里，然后转身朝教室外面走，看到他明显是因为自己才要离开的，黎破晓慌忙说道：

“你不需要走，我不是存心要吵你，我只是想告诉你，我其实还想和你做很好的朋友，就像小时候一样的好朋友，我完全不介意……你的……病……”

“……”江俊夕沉默，眼眸更加的漆黑，他继续朝前走。

“俊夕哥……”

黎破晓有些发急，“不管我妈妈怎么说，可是我还是认为，江俊夕还是从前的俊夕哥，没有任何改变，在我心里，俊夕哥和正常人是一样的。”

江俊夕无声地站住。

黎破晓走上前几步，站在他的身后，她犹豫了一下，又慢慢地走上前一步，稍微靠近他一些，就像是很久以前那个七岁的女孩，她叫他。

“俊夕哥……”

“这就是你的极限了吗？”

那冷漠的声音瞬间把黎破晓冻在了原地，江俊夕转过头来，目光从她的脸上淡淡地扫过，透出一抹锐利。

“我从来没有觉得，自己是一个和正常人不一样的人，我也没有觉得我有任何改变，我只不过是生病了而已，只是这样，我需要你对我说这么多吗？！”

黎破晓手足无措地站在他的面前，良久，她垂下眸去，“对不起。”

她自以为是的几句话，正是最伤害他的几句话，尽管在嘴上表达着自己并没有把他当成边缘的人，可是，为什么要说这样的话呢？

能说出这样的话，也就代表着她的心里，曾经有过这样的想法啊！

江俊夕固执倔强的目光投注在她绞在一起的手上，他忽然冷冷地一笑，笑容中有着说不出的，简直可以称为报复性的嘲讽。

“你的手已经洗干净了？不需要消毒吗？”

黎破晓的手指发凉。

等到她再度有勇气抬起头的时候，教室空了，江俊夕已经离开了，她的眼眸黯然一片，转过头，她快步地冲到了那扇窗前。

她看到了已经走出教学楼的江俊夕。

喧闹的操场上，江俊夕落寞的背影仿佛是游离于这一切喧嚣之外的，他微微地低着头，穿过操场，穿过人群，穿过一张张青春洋溢的笑脸。

瘦弱的身体仿佛都会随风而去。

他就像是这彩色的世界里一片淡淡的阴影，阳光也照不到的角落，在那一片阴暗里，慢慢地销蚀成一团悲伤……

“傻瓜……”

黎破晓轻轻地咬住嘴唇，她慢慢地坐下来，坐在了江俊夕刚刚坐过的位置上，望着那铺满夕阳的课桌。

“黎破晓你就是一个傻瓜！”

她也不知道自己为什么要这样说，只是在看到他孤寂的背影时，她就会觉得非常非常的难过，她真的很想帮助他，却又不知道从何做起。

常青市医院。

这家医院虽然不是很大，却因为精湛的医术和合理的治疗费用而声名远播。

江俊夕走到最里面的房间，他推开门，看到身穿洁白的医师制服的修长男子正站在办公桌前，神情专注地拿着针管为一只小白鼠注射着药剂。

俊夕的目光投注到了那只小白鼠身上。

他的眼眸里有着无法看清的黯淡光芒，看着医师将注射完毕的小白鼠放回来了一个单独的试验笼子里，小白鼠趴在笼子里，一动不动。

医师楚林训回头的时候看到了俊夕。

他微微地一笑，摆出手势做了一个请的姿势，江俊夕坐在实验室一旁的桌子上，将自己的书包放在了桌上。

“最近身体有没有什么不适？”

楚林训如同对待一个亲切的朋友一样看着俊夕，顺手为他倒了一杯水放在他的面前，“有没有发烧？或者是身体什么地方不舒服？”

江俊夕摇头。

他并没有碰那个水杯，只是从书包里拿出来厚厚的一沓钱，放在了楚林训的面前，“这是我爷爷让我交给你的，他说，非常感谢你照顾了我们这么多年。”

“俊夕。”

楚林训淡淡一笑，将钱推回到了他的面前，“我说过，我不收你们的钱，我愿意免费为你们治疗。”

“可是……”

“如果你一定要感谢我，送一个木雕给我吧，”楚林训笑着说道：“我听说你的雕刻技术非常好，送一个木雕给我当礼物，可以吗？”

江俊夕抬头，眼神微微惊讶。

楚林训淡笑，“怎么？不愿意？”

“不是。”江俊夕摇头，稍微有些迟疑，“我以为楚医师你不会同意我雕刻。”

“只要你别伤到自己，你可以和正常人一样做任何你想做的事情。”楚林训按了按江俊夕消瘦的肩头，带着鼓励性的微笑接着说下去，“对了，我已经和宇南市的帝垣医院联系过了，我以前就跟你说过，那里有治疗艾滋病的最大临床基地，如果你能到那里去，相信一定会得到更好的治疗。”

江俊夕沉默。

“你回去好好考虑一下。”

楚林训知道他不多话，他笑了笑，语气诚挚，“不需要有那么多的顾虑，你现在所要做的是好好配合我的中药治疗法。”

江俊夕的目光转向了那只还趴在试验笼子里的小白鼠。

小白鼠趴在那里就一直没有动过，它孤零零地躺在那个笼子里，仿佛是游离于这个世界之外，在静悄悄地等待着死亡的降临。

就像他一样。

“老是这样盯着它看，你会让这位要当妈妈的小白鼠紧张的。”

含笑的声音忽然传过来，江俊夕怔愣地抬头，他看着已经开始在办公桌前忙碌的楚林训，楚林训没有回头，专注地看着电脑屏幕。

“我也是因为它要当妈妈了才专门照顾它的，那只小白鼠身上被种植了癌细胞，本来早就应该死了，却还是为了肚子里的孩子坚持活到现在，你说是不是一个奇迹？”

楚林训语气轻松地说着，他放下鼠标，拿出别在上衣口袋的笔，低头在一张纸上快速地记录着什么。

“是奇迹。”

江俊夕的目光从小白鼠的身上收回。

他拿起了一旁的书包，在离开的刹那再次回头看了一眼那个安静的小白鼠，眸光里闪过一丝淡淡的光亮。

“它一定会活下去的。”

办公室的门被关上了。

在办公桌前忙碌的楚林训停止了双手的动作，他转身看了看已经关闭的办公室门，窗外夕阳沉寂，那个少年已经离开。

楚林训走到了装着小白鼠的笼子前。

他的目光微微地黯了黯。

空荡荡的笼子里，小白鼠静静地趴着，头歪向一旁，双眼闭合，嘴角有着淡淡的血丝，它已经在这短短的时间内，死去了。

当当当——

有人敲办公室的门，楚林训转头，声音平稳，“请进。”

“楚医师。”

一名护士带着一个女孩走了进来，楚林训的眼眸里露出了淡淡的疑惑，护士捧着病例夹，对楚林训微微点头。

“楚医师，这位黎小姐说要见你。”

“你好。”

在看到楚林训眼里的疑惑时，黎破晓在第一时间解释了自己的身份，“我叫黎破晓，是江俊夕的……好朋友。”

江俊夕的……好朋友……

楚林训诧异地看着这个女孩，他不由地怔了怔。

门诊后面的休息花园里。

有护士带着病人出来散步，也有穿着白色病号服的孩子在花草间开心地奔跑着。

楚林训将一罐咖啡递给坐在休息椅上的黎破晓，他自己揭开拉环，连着喝下去几口之后，脸上的疲惫之色被驱走了不少。

“你是怎么知道这件事情的？”

楚林训背对着黎破晓走到花坛边，看着那些已经开花的花苗，“关于江俊夕的事情，是谁告诉你的？”

“我……听妈妈说的。”

黎破晓握着手里的咖啡，暖暖的温度熨帖在她的手心里，“我刚才一直跟随着俊夕，我看到他走到这里，我听这里的护士说，他每次都是来找你……”

“你找我有什么事？”

“我……”黎破晓抬起头来看着楚林训，“我想帮助俊夕，我已经在网上查阅了很多这方面的资料，可是我知道这些还不够……”

“你为什么想要知道他的事情？”

楚林训喝下一口咖啡，语气中带着一点锐利的咄咄逼人，“你对江俊夕充满了好奇是吗？还是你对 AIDS 充满了好奇？”

黎破晓吃惊，“我只是想帮助他。”

“那么，你到底有多少勇气？”

楚林训干脆利落地喝完手里的咖啡，将空了的咖啡罐扔到了一旁的垃圾桶里，他将双手插到自己医师服的口袋里，淡淡地看着黎破晓。

“帮助江俊夕这件事情，并不是你凭着一时的热血或者是什么少年的情怀就可以做到，你是否能够帮助他？是否能够一直这样帮助下去？还是你可曾想过，我们面对的是，是一个生病的江俊夕，不是一个浪漫的救赎故事！”

医师楚林训的话，有些生冷的不近人情。

黎破晓张嘴结舌。

“你到底能做到多少，要长久的照顾他，你会不会厌烦，要时时刻刻的关注他，你会不会疲累，也许我们根本不需要说这么多，我们只说最简单的……

楚林训凝望着黎破晓那越来越吃惊的脸色，他淡漠地说道：“当你看着他的时候，或者是当你碰到他的时候，你会不会害怕……”

黎破晓的手指发紧。

仿佛有一种奇异的情绪哽在了她的喉间，她低下头去，想起了那一天，她在梧桐树下的水池里拼命地洗着自己的手。

被江俊夕碰过的手！

楚林训一目了然。

“还是会害怕对不对，就算是你知道一般性的接触不会感染，就算是你知道艾滋病根本并没有那么容易被感染，就算是你知道这一切，你还是会害怕，会恐惧，这就是现实！”

楚林训看着黎破晓的样子，他早就猜想到会是这样的结果，因为这样的女孩子总是会把事情看得太过美好简单。

她们总是很天真地以为，自己可以做很多事情，却总是忘记这个世上还有一句话，叫作事与愿违。

楚林训走到黎破晓的身边，终于放缓了自己的语气，“俊夕一直都很勇敢！可是如果你真的要帮助他，那么，你要比他更勇敢，更加的坚强无畏，因为如果哪一天，他真的决定接受你的帮助，那么那将是一条很长很长的路，而你所表现出来的一点点怯懦，对于他来说，都是致命的伤害！”

“……”

“无论发生什么事情，你都可以把一切从头再来，可是俊夕不行，他没有那么多机会去尝试！也没有……时间……去从头再来……”

黎破晓深深地埋着头。

楚林训叹了口气，他没有再多说什么，只是从她的面前走过，平静地走向自己的办公室。

“你回家去吧。”

晓语：

我们也可以有一种力量，可以驱走别人的痛苦和绝望，可是我们总是忘记了去运用这种力量，很多时候，我们只需要一个微笑，一个手势就可以去拯救一个人，可是我们却偏偏会如此的吝啬。

那一刻，被质问的我才知道，原来我所谓的想要帮助俊夕的勇气，也只有这么一点点！

第三章

小王子和飞行员

CHAPTER 03

夕言：

人只要有生命，就会有梦想，正因为每一个人都有自己的期盼，所以才会活得如此快乐，如此单纯，如此充满了干劲，可是为什么，每一次，当我伸手触碰梦想的时候，就会觉得痛不欲生，就会突然流下眼泪来……

周日的早晨。

暖暖的阳光柔柔地洒在了这一片香草园里。

黎爸爸带着破晓察看花草的生长情况，工人已经将新鲜的玫瑰全都搬上了车，准备送往订货的各个花店。

“最近看你都没有什么精神，是在为明年的升学考试担心吧？”黎爸爸带着自己的女儿从花丛中穿过，他发现了女儿的无精打采。

“爸爸也不求你考上多好的大学，只要你努力了，你就是一个让我骄傲的好女儿。”

黎破晓跟在爸爸的身后。

“爸爸，有一件事情我想了很久很久。”

她看着爸爸高大的背影，心中有一种暖暖的情绪在涌动着，“如果我们身边的人需要我们的帮助，我们应不应该伸出援手呢？”

黎爸爸转过头来。

他看了看女儿清亮的眼睛，点头，“你当然可以伸出援手去帮助你想帮助的人，可问题是，你真的有那样的能力去帮助别人吗？你真的可以持之以恒地做下去吗？”

黎破晓静静地站住。

黎爸爸伸出手来轻拍了拍破晓的肩头，“我知道你说的是俊夕。”

黎破晓抬起眼眸看着爸爸。

她点头。

“我想帮助他，可是我……”

“有一句话说得很对，我们恐惧源于我们的无知！”

黎爸爸专注地审视着自己的女儿，他就像是一个最坚实的依靠，“你明明知道这种病并不是那么容易就会传染的，什么碰一下就会传染，又或者是什么呼吸同样的空气就会传染之类的话根本就是假的，你又到底在害怕什么呢？”

“……”

“如果连一个身患重病的人都可以坚强地撑下去，那么我们这些人却为什么要变得这样胆小怯懦，我只想让你知道，当你决定去做的时候，你应该判定自己到底能够做到多少，再决定自己该做什么。”

黎破晓摇头，“我不知道。”

“所以你要好好想。”

黎爸爸温言笑着，伸出手指在破晓的额头上轻轻地点了点，“我们的大脑可不是让我们摆在肩头上当装饰的，我相信，我的女儿，总可以做出最好的决定。”

黎破晓抬起头来看着爸爸。

在清晨的阳光中，黎爸爸笑起来的样子就像是最温柔宽厚的长者，他总能给你许许多多的力量，让你相信，只要努力，就会等到奇迹的到来。

温室花房。

江俊夕正在调节着花房的温度，一盆盆盆栽长势都很好，而在温室中央的水池里，蓝莲花也已经盛开，美丽的莲瓣无风自摇。

一碗中药放在了桌子上。

江俊夕将温度调好，他走到桌前，端起那一碗药习惯性的一饮而尽。

苦涩的汤药弥漫在他的嘴里，他深深地皱紧了眉头，感觉到胸口一阵阵憋闷，仿佛是有什么鲠在了喉间，让他的呼吸变得困难起来。

胸口疼得要命。

好像整个人突然跌入冰冷的海洋，止不住的咳嗽声从江俊夕的口里蔓延出来，他一面艰难地大声咳嗽着，一面痛苦地弯下腰去，倒在了温室的中央。

咳咳咳！！！！！

剧烈的咳嗽声打碎了花房的寂静，一声接着一声，江俊夕的身体抽搐成一团，头深深地埋下去，右手用力地向前伸出，在无意识间探到了蓝莲花水池里，搅起了一层层的波纹，他吃力地挣扎着……

“……爷爷……爷爷……”

苍白的手指浸泡在水池里，江俊夕身体蜷缩哆嗦，他微弱地念着，肺如针扎刀绞，面孔白得吓人。

蓝莲花在水中无声的摇曳……

他在呼救……

却没有人可以听到他微弱单薄的声音……

“俊夕——！”

温室花房的门被猛地推开，被眼前一幕震惊的黎破晓惊慌地站在门口，“俊夕哥，你怎么了？俊夕哥——！”

她想也不想就要上前去拉他。

但手指却在伸出的一刹那间僵在了半空中，黎破晓睁大眼睛，因为太过紧张害怕，她的胸口剧烈地起伏着。

江俊夕趴在地面上挣扎着。

她忽然转过头，将花房的门完全推开，对着不远处的爸爸和忙碌的江爷爷竭尽全力地大声喊道：

“爸爸！江爷爷！！快来啊！！俊夕晕倒了！！！”

“爸爸！！”

“江爷爷！！”

“快来啊！！俊夕晕倒了！！”

她惊恐的喊声传遍了整个香草园。

黎破晓看着爸爸和江爷爷朝着这边快速地跑过来，爸爸跑在了最前面，很快就要到达了，她忙转过身，飞奔到俊夕的身旁。

俊夕趴在蓝莲花池旁，撕心裂肺地咳嗽着。

“俊夕……俊夕……”

黎破晓双手悬在半空中，她看着痛苦的江俊夕，不知道自己该如何是好，“俊夕哥……我叫了人来了……你要坚持……你要坚持住啊……”

咳咳咳……

江俊夕冰冷的身体哆嗦着抽搐成一团，他整个人无力地趴在地上，呼吸更加困难，痛苦的仿佛就要死去一样。

黎破晓眉头一蹙。

她在那一瞬为自己下了决定，原本无措地悬在半空中的两只手迅速放下，她用自己的两只手按住了江俊夕的肩头，将他翻转过来，让他可以畅通的呼吸。

然后。

她紧紧地攥住了他颤抖的双手，他的肌肤冰凉，她的手却是温热的，可以带给他最多最多的温暖。

“俊夕哥……加油啊，你一定可以挺住的——！！”

江俊夕抽搐的身体微微地一震。

他无力再动弹，只能艰难的呼吸着，面色惨白，暗淡无光的眼瞳里映出了女孩坚定紧张的面容，她的手紧紧地攥着他的手，一直一直也没有松开。

从此以后——

再也不会松开！

常青市医院。

在病房外面的休息区，黎爸爸转头看了看黎破晓，黎破晓的面色紧张极了，她一直都这样愁眉不展的为病房里的江俊夕担心着。

“俊夕不会有事的。”

黎爸爸安慰女儿，让她稍微放松一些，“刚才楚医生不是说了，没有什么大问题，只是发烧啊。”

黎破晓无声地点头。

病房的门推开了，破晓看到楚林训带着护士走了出来，她从椅子上站起来，而楚林训也已经看到了她。

他转头和周围的护士说了几句话，转身朝着黎破晓的方向走过来，黎破晓始终看着楚林训，等待着他说话。

她的心紧张地跳起来。

“江俊夕已经没什么事了。”

楚林训将听诊头放在了自己的上衣口袋里，看了一眼黎破晓和站在黎破晓身边的黎爸爸，接着说道：

“江老先生说他要留下来陪俊夕，让你们先回去。”

“我能去看看俊夕吗？”黎破晓问楚林训，她小心翼翼地说道：“我不会吵他，让我看看他就可以了，看完他我就会乖乖地回去。”

楚林训的目光停留在黎破晓的身上几秒钟。

黎破晓亦认真地看着他，小小的女孩，却可以让人感觉到一种温暖的力量，她的目光清亮如清晨的两泓泉水。

楚林训淡淡道：“可以。”

黎破晓走进病房的时候，她看到江爷爷守在病床前，而江俊夕躺在病床上输液，他的面色稍微好看一些了，江爷爷回头看到了破晓，他有些吃惊，“破晓……”

当听到爷爷的声音时。

江俊夕输液的手背无声地动了动，躺在病床上的他缓缓地转过头来，看到了已经站在病床前的女孩。

仿佛有一束光芒刺入了俊夕的眼里。

他的眼瞳微微地颤了颤，似乎将要有着什么温热的东西将要溢出他的眼瞳，他躲避一般地，在病床上别过身去，不再看她。

黎破晓无声地黯了黯。

江爷爷有点尴尬地看着黎破晓，“破晓，你别介意，俊夕他是……”

“俊夕哥太过分了！”

黎破晓抽抽鼻子，她眨眨眼睛，将那抹黯然掩下，柔软的笑意已经点亮了她的面庞，“好歹也是我救了你呢，你就对我这样不理不睬的，你总要对我笑一下算作回报啊。”

她的语气轻松极了。

江爷爷怔了怔，看着黎破晓那可以驱散一切难过的笑脸，他竟也觉得紧张的情绪舒缓了很多，他推了推病床上的俊夕。

“俊夕，有没有听到破晓的话，你确实应该感谢人家……”

江俊夕躺在病床上没有动。

他始终背对着江爷爷和黎破晓，沉默着一言不发。

“好吧，那你先休息。”

黎破晓大度地笑笑，转向江爷爷，“江爷爷，那我先回去喽，爸爸说明天他会开车来接你和俊夕的。”

“好。”江爷爷笑着点头。

黎破晓走向了病房门。

在推开门的时候，她再度转头看了一眼背对着所有人躺在病床上的江俊夕，他瘦弱的肩头一动也不动，就像是一个固执的孩子。

江爷爷看着黎破晓离开。

他转过头看着躺在病床上的江俊夕，深深地叹了口气，“俊夕，破晓很关心你，你为什么要这样对待她呢？”

江俊夕默然不言，他转过头来，仰头看着天花板。

“若不是黎家，我们就连一个容身之处都没有了。”

江爷爷望着躺在病床上的固执俊夕，“我本来以为破晓知道你的病之后，会远远地躲开你，可是她非但没有离开我们，还这样热心的照顾你，要不是她最先发现你晕倒了……”

江爷爷的声音戛然而止，他忽然失声叫道：“俊夕……”

江俊夕哭了。

他紧紧地闭着眼睛，眼泪疯狂地从他的眼缝里滚落，就像是一场突然而至的大雨，他咬住嘴唇，却控制不住那些滚烫的眼泪。

江爷爷手足无措，他慌忙地从椅子上站起来，“俊夕，怎么了？是不是身体痛？哪里痛？我去叫医生——”

“……不……”

江俊夕拼命地摇头，表示自己不痛，然而他还是在流泪，滚烫的眼泪从他的脸上纵横而下，江爷爷似乎明白了什么，苍老的脸上出现了颓然的颜色。

“俊夕……”

“爷爷……你告诉我……”

江俊夕闭紧眼睛仰面躺在病床上，他哭得浑身抽搐，泣不成声，“我到底是为了什么……而降生到这个世界上，为什么是我……要承受着这样残酷的命运？为什么……我要得这种病……为什么……是我……”

江爷爷无法回答。

他握住了江俊夕冰冷的手，眼泪一颗颗落下，“俊夕……”

颤抖的双肩暴露了他的痛苦，江俊夕悲伤滚烫的眼泪如决了堤的洪水，疯狂地涌下了苍白的面孔，浸透了他头发下洁白的枕套……

不知道为什么哭？

却总是想要流眼泪，因为每次看到她的时候，看到她的灿烂，就会更加清晰地感受到自己的悲惨，自己一无所有的未来……

黎破晓没有回家。

她径自走到了楚林训的办公室，在敲门得到允许之后，她推开门走了进去。

正在电脑屏幕前记录着什么的楚林训在抬头看到黎破晓的时候，稍微怔了一下，他把自己的目光又调回了电脑屏幕上，手指在键盘上迅速地敲过。

“你有什么事吗？”

“还是为了俊夕哥，我想知道……”

黎破晓走到办公桌前，看着楚林训，她的声音止不住地颤抖，“真的一点办法都没有吗？我看到他有多痛苦了，难道真的没有希望治好这种病？”

楚林训的手指顿在了键盘上，他平静地看着黎破晓，平静地说道：“黎破晓，我们从来没有放弃过希望。”

黎破晓眼眸黯然，“可是，是艾滋病……”

“那些在今天被称为是绝症的病，也许在明天，就会找到治愈的办法，更甚至也许就在下一秒，我们就可以让面临死亡的人获得重生的机会，如果我们的心里有着这样坚定的信念和想法！那么……”

楚林训定定地看着黎破晓的眼睛，“我们有什么理由要放弃希望?!”

黎破晓的身体陡然一震。

“我想你已经查阅了很多这方面的资料。”

楚林训起身，从黎破晓的身边走过，将手边的一份文件放在了对面的书架上，他的目光凝注在书架上那一排排关于艾滋病研究方面的著作上。

他淡声说道："你也一定知道，有多少专家学者都在为了攻克艾滋病这个'世纪绝症'而努力，有多少艾滋病人还在坚强地抗争，只要我们这种对生命的热爱还在，我们就留存着希望，而正是这样的希望，支撑着我们这些医生还有那些和俊夕一样的患者，一步步地走下去。"

"如果真是这样……"

黎破晓转过头看着楚林训，她的眼里已经盈满了眼泪，"如果坚持下去，就一定会看到希望吗？"

"我始终都这样相信，只要坚持就会等到奇迹。"

楚林训将书架上一条长长的红丝带取下来，红色的丝带从他的手指间垂落，他深邃的眼眸里有着温和的坚定。

"红色代表着充满热情的生命，那些和俊夕患着同一种病症的人，即便他们面对的是枯竭的未来，可是在他们的心里，同样有着对生命的渴盼和热情，如果是你，你可以漠视这种渴盼和热情，而轻言放弃吗？！"

黎破晓的目光停留在楚林训手中的红丝带上。

那样鲜艳的红色，就像燃烧的火焰，总可以让人心充满了希望和温暖，即便是面对着惨淡的未来，也要坚强地抗争下去。

所以生命，才会变得更加有意义。

"对不起……"

黎破晓心中一恸，泪水从她的眼眸里滚落下来，她忽然在泪水迷蒙间微微地笑起来，她在哽咽中微笑起来，澄澈的笑容沾染了滚烫的泪水。

"对不起，请原谅我所说出来的放弃，请原谅我……对不起……楚医师。"

从楚林训的办公室走出来，黎破晓在医院后面的花园里默默地将眼泪擦干，她在长长的休息椅前坐下来，下午暖暖的阳光照耀在她的身上，破晓的目光凝注在江俊夕病房的方向。

不知过了多久。

她脸上的泪痕已干，有小小的蝴蝶在破晓的眼前飞过。

“听说了吗？简雨涵好像还是不理你哥哥呢。”

“怎么了？”

“江俊夕都那样对待她了，她还是喜欢江俊夕，你说这女人是不是太奇怪了？你哥哥黎风也太没有面子了。”

跑道上。

黎破晓和乐晴一圈圈地慢跑着，体育老师正在不远处教那些百米冲刺选手技巧，乐晴就开始嘴巴不停地聊天了。

“不要说话了。”

黎破晓一边慢跑一边调整着自己的呼吸，“会岔气的，等会难受小心你家占亭心疼。”

“啊！讨厌，破晓，你又开始笑我。”

就在乐晴被刺激得大叫时，身穿白色运动服的黎破晓已经跑到她的前面去了，再有三圈，她们就可以结束今天的训练了。

“累死我了。”

在跑完最后三圈后，乐晴一下子就坐在了地上，用力地呼吸，“我最讨厌跑步了。”

“快起来。”

破晓站在原地做着小幅度的活动，时不时地会有百米冲刺选手风一般地在她的眼前跑过，她拉了拉身后的乐晴。

“跑完步就躺下不好啊，起来啦，不然一会体育老师会骂你的。”

“不要，我现在肚子很痛。”

“谁让你刚才跑步的时候没完没了地说话。”破晓无奈地摇头，她的手指向了远处的跑道，“再不起来的话，就看不到你们家占亭的百米冲刺了哦。”

“什么？！”

原本有气无力地坐在地上的乐晴一骨碌从地上站起来，冲到了破晓的身边，“在哪里？在哪里百米冲刺？”

“在那里！”

砰——

随着发令枪的一声，起跑线上的几个男生瞬间犹如离弦的箭一般冲了出去，那强烈的爆发力让在跑道周围围观的学生发出了震天的喝彩声。

“加油！！加油！！……”

“占亭，加油——！！！”

站在黎破晓身边的乐晴发出了最大的声音，浑然没有刚才疲累的样子，黎破晓都不禁被她逗笑。

百米选手迅速冲刺到终点！

结果不言而喻，李占亭是第一名！

乐晴早已经欢笑着冲过去，与刚刚跑到终点的李占亭用力地一击掌，两张面孔上都洋溢着充满了青春活力的笑容。

另外一边。

黎风活力充沛地站在跑道边，正在为参加接力赛的简雨涵呐喊加油。

明天就是全校运动会了，所以现在，这个几乎集中了常青高中所有学生的操场比往日更加的喧闹。

黎破晓的目光转向了远远的图书馆大楼。

长长的眼睫毛微微地扬起，她从运动服的口袋里拿出了自己的号码布，然后慢慢地攥到了自己的手心里。

静寂的图书室。

江俊夕依然站在相同的位置，看着窗外操场上的情景，看着那些可以自由自在飞奔的身影，他微微地抿紧嘴唇，眼里出现了黯然的失落。

“啊！果然还在这里！”

女孩子清亮的声音从俊夕的身后传来，江俊夕转过头去，他看到穿着白色运动服的黎破晓笑眯眯地从门边走过来。

“我就知道，这个时候你一定会在这里的。”

江俊夕看了看她，目光宁静，“不然我还能去什么地方？”

“去操场上为我加油啊！”

黎破晓飞快地回答，她走到他的面前，和他一样看着窗外的情景，“你看，每一个人在起跑的时候，都会有人在为他拼命地加油呢。”

江俊夕稍微从她的身边离开一些，他望着窗外，不说话。

“哥哥在为简雨涵加油，乐晴在为李占亭加油，还有很多男孩子都在为他们喜欢的女孩子加油，他们看上去都那么开心。”

黎破晓的手指在透明的窗户上轻轻地划过，她唇角的笑容柔软极了，“可是都没有人替我加油，就连黎风那个重色轻妹的哥哥，都懒得看我一眼。”

“……”

“俊夕哥替我加油吧。”黎破晓转头看着沉默的江俊夕，眼眸明亮，“我明天要跑女子三千米哦，俊夕哥能不能站在跑道上替我加油？”

江俊夕别过目光，“我不……”

“不要拒绝我啦。”

黎破晓带点耍赖地笑笑，“为了让你帮我加油，我还专门做了这个呢。”

她很是骄傲地从口袋里拿出了小小的号码布，在江俊夕的面前，犹如一面胜利的旗帜般用力地展开。

“看——”

江俊夕的目光不由自主地看过去。

洁白的号码布上，在那个漂亮的号码“一”的周围，另外还有几个用黑色的水笔认认真真地写上去的拼音字母。

Lpx — Jjx

江俊夕微怔。

淡淡的霞光透过透明的玻璃，温柔地笼罩着在窗边站立的两个身影。

“我听乐晴说，这样子把两个人的名字写上去，就好像是两个人在一起努力一样，我就会不知不觉地充满了信心和干劲。”

黎破晓很欣赏地看着号码布上的几个拼音缩写，“我和俊夕哥是最好的朋友，所以我把俊夕哥名字的缩写写上去，这样就好像是俊夕哥跟我在一起奔跑一样。”

江俊夕垂眸，“你用不着这样做。”

“我想这样做，我想和俊夕你一起努力。”

黎破晓将号码布握在手里，意气风发，“当我在努力的时候，俊夕哥要记得一直看着我，如果你能站在跑道上去，帮我喊一声加油，我就一定会跑一个第一名给你看呢。”

她满怀期盼地对他笑着。

“我才不会那样做！”江俊夕低声说着，他转过头拎起了自己放在一旁的书包，转身朝着图书馆的门口走去。

“要回去了吗？”

黎破晓跟在他的身后，仍旧是一脸灿烂的笑容，“正好我的训练也结束了，我跟俊夕哥一起回去吧。”

江俊夕停下脚步。

他转头看着黎破晓毫无瑕疵的明快笑容，他的嘴唇动了动，却并没有说出什么，径直转头走了出去。

自行车存放处。

当江俊夕推出自行车时，黎破晓已经推着自己的自行车在存放处的外面等着他了，她哗哗地按响了车子的响铃，悦耳的声音不绝于耳。

“快点啦，你太慢了。”

黎破晓将书包放在了车筐里，对着他摆摆手，“黎风那家伙眼睛里只有简雨涵了，我们一起回家。”

江俊夕推车朝前走。

黎破晓跟在他的身后，他们两个人从喧闹的操场边上走过，黎破晓转头看着在操场上奔跑的同学，笑着看前面的江俊夕。

“对了，俊夕哥有没有想要参加的体育项目啊？”

江俊夕眉头轻蹙，“开什么玩笑，我是不可能站在跑道上的。”

“不要说这样泄气的话，让你参加运动会又不是一定要让你跑。”

黎破晓若无其事地说着，“就算是那些运动会的志愿者啊，裁判啊，甚至是帮助清理跑道的同学，就算是没有成为选手，他们也在为自己喜欢的运动项目努力，这样不也是一件快乐的事情嘛。”

在他的身后，黎破晓满脸笑容，滔滔不绝地说着。

江俊夕推着自行车朝前走，他的目光若有若无地扫向了一个个从他身边跑过的万米长跑选手，选手们脸上有着细细的汗珠，却还在步伐稳健，气息平稳地前进着。

就算是面对着一万米那样长的距离。

他们也可以咬紧牙关，坚持到最后一刻，只要跑完就是胜利。

“俊夕哥想要参加万米长跑吗？”

黎破晓眼尖地看到江俊夕脸上的神情，她不禁咂舌，“好高远的目标呢，我跑女子三千米就会累个半死。”

江俊夕掉过头去，他骑上了自行车朝着校门驰去，“我不想参加。”

“等等我啊。”

黎破晓看着江俊夕突然远远地从自己的身边离开，她也赶忙骑上自己的自行车去追他，用力地踩几下，悦耳的铃声洒满一路。

“俊夕哥，等等我啦。”

黎家的香草园位于常青市郊。

灿烂的夕阳柔柔地洒满整条长长的山路，柏油路面上铺满了厚厚的落叶，一阵阵混杂着植物香气的山风吹过。

江俊夕骑着自行车在山风中行过，而在他的身后，黎破晓急急忙忙地追赶他，乌黑的长发随风飞扬。

他都没有一点等她的打算呢。

黎破晓嘴角一撇，脚下发力，快速地蹬着自行车，屏住一口气追上江俊夕，在与他擦肩而过的时候，她得意地大笑。

“哈哈，追上了！”

江俊夕抬起头来看着从自己身边擦过的黎破晓。

她得意地在自己前面笑着，乌黑的长发随风扬起，明亮的笑容洒满一路。

他一言不发地低下头。

于是在黎破晓得意还没有十秒钟的时候，江俊夕已经骑着自行车从她的眼前超过，而且还是一声不吭地将她甩出了好远。

太可恨了！

黎破晓咬牙，这根本就是沉默的挑战吗？！她深吸一口气，再度快速地蹬开了自行车，朝着江俊夕的背影追了上去。

于是。

在夕阳满天，飘着金黄色落叶的山路上，有两个骑着自行车的身影在相互追赶着，女孩子总是嘻嘻哈哈地笑得越来越开心，而少年在一言不发超越她的时候，紧锁的眉宇竟然开始不知不觉地打开，变得轻松一些，再轻松一些……

“江俊夕你敢这样吗？”

黎破晓骑着自行车再次与江俊夕并排的时候，她忽然松开一只手，单手抓着车把，孩子气一般地朝他炫耀着。

江俊夕扫了她一眼，她一只手在空中招摇着，看到江俊夕在看自己了，她更加的得意兴奋起来，竟然连另外一只手也打开了……

“我还可以这样哦。”

两只手都张开的黎破晓像一只飞鸟一样朝前飞驰着，超越了江俊夕，江俊夕被她打开两只手的动作吓了一跳，脱口而出。

“小心别摔倒。”

“什么？江俊夕你说什么？”黎破晓听到了江俊夕说话，却没有听清他在说些什么，她情不自禁地回眸看他，却忘了保持身体的平衡。

自行车头忽然转向！

黎破晓身体一个趔趄，她惊叫一声，忙伸出手去抓车把，但是已经控制不住自行车的大幅度侧歪。

嘭——

“啊——！！”

一声惨叫，自行车摔在路边。

江俊夕眉头皱了一下，脸上露出了不忍睹的神色，他一脚停地撑住自行车，转过目光看向跌入山路旁边草丛里的黎破晓。

黎破晓满身泥土地从草丛里探出头来。

她看到了停在路边的干干净净的江俊夕，狼狈地吐出嘴里的草叶，右腿传来一阵阵疼痛，她稍微停了一下才敢动弹。

“你没受伤吧？”江俊夕小心地审视她。

黎破晓摇头，“受伤倒是没有啦。”

“那你起来啊。”

“就不起来。”

她满腹怨念地坐在草丛里，满腹怨念地看着江俊夕，脸上露出了很是不爽的神色，“你刚才对我说什么了？”

江俊夕看着她倒在草丛里的样子，就好像是一只跌入水坑里的小鹿，他的唇角慢慢地上扬起一个柔软的弧度。

“我说，小心别摔倒。”

回家的时候稍微有点晚。

黎破晓一进门，就与因为坐公交车所以早就已经到家的黎风打了个照面，抓着篮球正准备出去练习的黎风看着黎破晓狼狈不堪的样子大惊失色。

“黎破晓，你去抢人家了？！”

“黎风！！”

黎破晓抡起自己的书包狠狠地砸向黎风的头，“你见过强盗有我这么狼狈的吗？！要抢也是别人抢我好不好？”

“哪个强盗那么衰？！抢你的东西跟抢警察局有什么区别！”

“你给我住口！”

就在黎破晓与讨厌哥哥说来说去夹缠不清的时候，黎妈妈的惊呼声已经从厨房的方向传了过来。

“破晓，你怎么把自己弄成这个样子？黎风，是不是你？！”

“妈，你儿子也有自尊心的啊！”

江俊夕将自行车停在了庭院的角落。

他清晰地听到了黎家住宅里传来的声音，他情不自禁地朝着黎家的大房子看去，眼里浮现出一抹微微复杂的光芒。

“俊夕……”

江爷爷站在了不远处，他朝着江俊夕招了招手，“快来吃饭了。”

江俊夕拿起自己的书包，转向了江爷爷的方向，他走了几步，又再度转过头来，看着那栋被灿烂晚霞笼罩的房子。

那是她的家，看上去那样温暖。

第二天。

在山间的小路上，晨光沐浴中，江俊夕再一次被黎破晓盯上，他在前面骑着自行车，稍稍一回头，就可以看到跟在他身后的黎破晓。

这一次，黎破晓乖乖地骑着车跟在他的身后，没有玩任何“特技游戏”。

他装作若无其事地回头。

她一看到他回头，就歪着头冲着他灿烂地笑，那一抹笑容让他的心里涌起一种很奇异的感觉，他转过头，继续骑着自己的车，再也不说什么了。

这一天。

常青高中万众期待的运动会终于开幕。

激动人心的音乐在整个校园上空回荡着，发令枪不时地响起，拉拉队的欢笑呐喊声不绝于耳，跑道上，充满青春活力的男孩女孩如风一般奔跑着。

黎破晓站在三千米跑道的起跑线上。

身穿雪白的运动服，乌黑的长发已经高高的束起，她一面踮着脚活动着，一面看着跑道周围为自己加油的人。

一张张笑脸，一声声呐喊。

却偏偏没有江俊夕。

黎破晓仰起头，她看向了图书馆的方向，目光安静平和，她知道江俊夕一定独自一人站在那扇窗前，她总可以让他从那里走出来。

“准备——！”

裁判员高高举起了发令枪，黎破晓深吸一口气，看向了自己的正前方，耳边已经响起了乐晴的加油声。

砰——

发令枪发射！

长发随风扬起，黎破晓在起身的瞬间冲出了起跑线！

江俊夕站在图书室的窗前。

图书室内静悄悄的，他靠在透明的窗户上，默然地看着那个在操场上奔跑的女孩子，他看着她，看着她在跑道上一圈圈地跑过。

看着她慢慢地超越对手……

看着她最终跑到了第一名的位置，她跑到了终点，却没有一点欢呼的样子，只是慢慢地弯下腰去，用手按了按右腿膝盖。

江俊夕微微疑惑地扬起眉头，他的手指无声地按在了窗户上。

心里闪过一丝沉黯的疼痛。

她的活力与灿烂，竟让他开始不自禁地嫉妒，让他突然意识到，他和她有着多么可怕的差别……

跑道上。

黎破晓拿到了第一名的小旗子，她直起身来看向了图书馆大楼的方向，眉宇间都是骄傲自信的笑容，她扬起手朝着那扇窗用力地挥舞着手里的旗子。

“你在做什么啊？”

赶过来的乐晴奇怪地看着黎破晓这样奇异的举动，她拉起了破晓的手，“跑了第一名把你给乐傻了啊？快点去报成绩啊。”

黎破晓转过头明亮地一笑，“你说的对，我是应该快点去报成绩呢。”

图书馆的图书室内。

江俊夕忽然看到黎破晓举着第一名的旗子朝着这边跑来，在他发怔之间，她已经跑进了图书馆的大楼。

江俊夕心一颤，他慌忙地转过身背对窗户，再从自己身边的书车上慌手慌脚地挑出一本书来看，装作自己正在认真地阅读。

很快地，他就听到了楼道里传来她的跑步声，转瞬之间，她就已经跑进了只有他的图书室，站到了他的面前。

“第一名！”

黎破晓骄傲地举起手中的旗子，笑容直通到她的眼底，“我说过，只要俊夕哥为我加油，我就一定可以跑第一名！”

“我没有给你加油。”江俊夕矢口否认。

“你有！”

黎破晓伸出手指在自己的号码布上点了点，笑容透出十分足的活力，“我把你的名字写在这里了，俊夕哥就是在和我一起努力。”

“可以了！别再说了！”

江俊夕难以自持地打断她的话，他扔掉手中的书，用力地转过头来，沉寂的眼眸里竟然没有一丝光亮。

“你到底想要做什么？你到底想要向我证明什么？”

黎破晓怔住。

她目光澄亮地望着江俊夕，在长方形的大窗前，江俊夕瘦弱的身体仿佛是虚无的，笼着一层淡淡的阳光。

“对不起……”

江俊夕深吸一口气，他顺着墙壁慢慢地坐下，抱着自己的膝盖，眼眸里出现了孩子般的孤寂和无奈，他低声说道：

“你只是在时时刻刻地告诉我，你所做的一切都是我没有办法做到的，你时时刻刻地提醒我，我有多么的脆弱，多么的无奈，多么的可悲……”

黎破晓手里的旗子慢慢地垂下去。

“黎破晓……”

江俊夕坐在地板上，抬起头来看了黎破晓一眼，他的目光透出淡淡的哀戚，“对于像我这样的一个人，你到底想要做什么呢？难道你看不出来我一直都在躲避你，难道你不知道你已经太过幸福和快乐，让我这样的人变得更像个傻子，更加悲惨和可怜……”

“……”黎破晓默默地望着他，“你真的只是这样想的吗？”

“难道我还可以有第二种想法吗？”江俊夕瞳孔无声缩紧，透出一抹凄凉，“像我这样一个没有未来没有希望的人，像我这样一个有可能随时都会死去的人，我还能怎么想？”

黎破晓沉默。

良久。

她深深地吸了一口气，然后在他的面前坐下来，她坐在他的眼前，然后笔直地凝视着他的眼睛，亮晶晶的眼眸里透出一抹澄净的光芒。

“江俊夕，其实我一直都想对你说，我最近看了一本书，一本很好看的书。”

她静静地说着。

江俊夕无声地抬眸，他不知道该如何回答她，而她的样子，却似乎不需要他的回答，只要他静静地听她说下去。

黎破晓微笑。

“你一定听过，叫《小王子》，它讲的是生命的本真，如何去坚守一份友谊，如何去拥有一份爱与关怀……”

安静的图书室内。

黎破晓将手中鲜红的小旗子展开，旗子上那胜利的名次鲜艳夺目，她静静地凝望着那一抹鲜红，微微一笑，笑容透出一抹温暖。

“我知道，也许就算是了解艾滋病并不是那么容易就传染的，但是，我现在还是没有办法克服我心里的这种恐惧，我不知道我这样说会不会伤害你，可是，我更想帮助你，我想让你知道，我愿意为你做一切你没有办法做的事情！”

“我知道你很想帮我。”

江俊夕别过头去，看着窗外玻璃上闪烁的阳光，“可是，我没有想要做的事情！其实像我这样的人，还会有什么想做的事情呢？！”

“真的没有想做的事情吗？如果就是因为自己身体的原因，就放弃眼前一切可能得到的希望，这不是太傻了吗？也许一个人的力量只能忍受痛苦，但两个人的力量，说不定就可以与这种痛苦抗争……”

黎破晓轻轻地咬住嘴唇又松开，她从地板上站起来，凝视着固执的江俊夕，“只要我们活着，就没有可能认输，只要可以看到终点，只要还有一线希望，那么就算是……就算是膝盖受伤，就算是每跑一步都会很痛，就算是这样……只要我还有力气，我都会坚持下去！我要做给你看！！”

江俊夕轻轻地看她。

他的目光透出一股无法碰触的戒备，然而，你却总可以从他的目光中看到他的心，那颗属于一个孤寂孩子的心。

“黎破晓，你为什么总要来找我？”

黎破晓微微一笑。

她从自己的衣袋里拿出那个她几乎从不离身的木雕小人，“我复明的时候，第一眼就是要看到这个俊夕哥送我的木雕，因为这个木雕是俊夕哥小时候的样子，在美国的时候，我一直念念不忘的，就是俊夕哥。”

江俊夕的目光凝注在她手中的木雕上，她真心地珍惜着属于他的肖像木雕，正如他同样真心地保护着那个属于她的肖像木雕。

他的眼底，闪烁着一丝滚烫。

“你曾经帮助过失明的我，这么多年来，我都永远记得你因为我看不见夕阳而教我聆听夕阳的那一幕，你曾让我拥有那么多的勇气和坚持，那么现在，我就不能让你一个人承受痛苦的事情。”

黎破晓微笑，她直直地凝望着他，“我要与你一起忍受痛苦，一同体验苦痛，一同去忍受这世间不公平的一切。”

江俊夕的目光无声地顿住。

他的视线停留在了黎破晓的面孔上，在那么短短的几秒间，黎破晓眉宇间的那份坚定和温暖让他默然动容。

她眸光如水般安静，一字一顿地告诉他。

“不管江俊夕你怎么想，可是在我的心里，我相信，我们都拥有这份力量！”

晓语：

也许，这个世上总有很多的事情并不能如我们所愿，所以我们才要学会面对，学会顽强。虽然努力的过程，很辛苦，也很难过，但是，一个人只能忍受痛苦，而两个人却可以挑战痛苦，但无论发生什么样的事情，我都不会放开你的手，这也许就是所谓的——信任。

CHAPTER 04

第四章 因为懂得，所以慈悲

夕言：

一直沉浸在可怕的黑夜里没有办法自拔，可是不管它有多让人伤心绝望，漫长的黑夜总会过去，太阳还会照常升起，而破晓的时候，千丝万缕的晨光，总会照到我的身上，也许我可以坚持，总可以等到这样快乐的一瞬间。

江俊夕孤寂一人坐在图书室的窗前，望着窗外的情景。

橙色的霞光笼罩着整个校园。

热闹激情了整整一天的校运动会就要过去，只剩下男子一万米的项目，操场上，跑道已经完全被清理干净了。

图书室里静悄悄的。

江俊夕抱膝坐着，沉默无声，就好像是一个被喧闹的人世遗弃的小孩子，只能停留在属于自己一个人的世界里。

这样就不用害怕，自己的伤痛被拆穿！

心痛如绞。

AIDS！

魔鬼般的字眼！！

他得的是这个世界上最可怕的病，他……还会有重生的机会吗？！

无声地攥紧手指，江俊夕透过玻璃凝注着远方，眼里的光芒不知不觉间变成一片沉寂的凄凉哀伤……

共同分担，就是重生！！

真的是……这样的吗？

真的可以报有……这样天真单纯的期待吗？可是如果有着这样期待地活下去，或许也可以……

获得自己想要的生活……

运动会的最后一个项目是——男子一万米！！

乐晴在跑道外沿的人群中四处寻找着黎破晓，这个家伙，居然整整一下午都不知道跑到什么地方去了，而就在她寻找的时候。

“那是怎么回事？”

人群里，忽然有人叫出声来，紧接着，站在人群中的乐晴听到了黎风的声音，“你干什么呢？这是男子一万米！”

黎风的声音有一点异样。

乐晴顿觉不对，她慌忙从围观的学生中挤出来，在看清跑道的那一刻，她愕然地睁大眼睛，看着站在跑道上的女孩子。

“破晓……”

黎破晓站在了跑道上，她依然穿着洁白的运动服，面容平静如水，而最最引人注目的是，在她的头发上，系着一根红色的丝带。

红色的丝带垂落在她乌黑的长发上，更加映衬得那一抹鲜红如火。

乐晴不知道破晓想要干什么，她吃惊地看着和那些男孩子一起做准备的黎破晓，她是要跑男子一万米吗？！

砰——

就在乐晴发呆间，裁判已经打响了发令枪，男子万米选手跑出了跑道，黎破晓居然同时起跑……

黎破晓在跑男子一万米！！

“破晓——”

乐晴拉着李占亭的手，在跑道的外沿跟随着奔跑的黎破晓，她对着破晓大声喊着，“破晓，你在干什么？你为什么要跑男子一万米……”

黎破晓却没有回答她。

红色的丝带在她的头发上飞扬着，她微微地咬住嘴唇，一言不发地调整呼吸，一圈圈地跑下去……

乐晴愕然地看着黎破晓从自己的眼前跑过去。

整个操场的呐喊声将运动会的热情全部的点燃，而在男子一万米跑道上，那个系着红丝带奔跑的女孩子却如此醒目地吸引了全校人的视线。

完全不知道破晓到底想要干什么。

乐晴呆呆地站在跑道旁，看着已经被男选手超了很多圈的黎破晓，在她身旁，响起了黎风疑惑惊讶的声音。

“她脑子坏掉了？”

一万米一共是二十五圈。

要在四百米的跑道上整整跑二十五圈。

十圈……

十一圈……

十二圈……

……

黎破晓已经忘记了到底过了多长的时间，轰然的呐喊加油声慢慢地变小了，慢慢地，跑道上只剩下了她一个人，还有那些围观没有散去的同学……

细细的汗珠从她的额头上滴落，濡湿的黑发贴在了她的面颊上，红色的丝带却依然在淡淡的霞光中鲜艳夺目地飞扬着……

她的步子越来越沉……右膝开始越来越疼……缝在身后的号码布上，那鲜明的Lpx — Jjx醒目耀眼。

她知道他会看……

不管是一时冲动也好，是她一个人在努力也好，两人之间的约定也好，固执的她就是要做给同样固执的他看！！

男子一万米已经结束，黎破晓还没有跑完，她已经累得身体摇摇晃晃，胸口一阵阵撕裂火辣的疼痛，好似有一把火在燃烧着。

受伤的右膝盖一阵阵疼痛传来，她还是要咬紧牙关继续跑下去。

跑道周围围满了学生，乐晴和李占亭看着一圈圈跑过来的黎破晓，黎风和简雨涵站在跑道旁，始终都没有离开，他们的眼眸里再也没有了惊讶的神情，而是一种支撑般的等待。

跑道上，那个全身都是汗，如被水浸透了一般的女孩子似乎拥有着一种坚韧的力量，让周围观看的人都情不自禁动容。

红色的丝带在她的发间飞舞着……

犹如一面胜利的旗帜……

江俊夕呆呆地站在三楼的图书室里。

他的目光凝注在黎破晓的身上，他看到了她身体的摇晃，看到了她的疲累与坚持，看到了她右腿朝前迈出时微微的颤抖。

墨黑色的眼眸里透出了一抹复杂的光芒。

“只要我们活着，就没有可能认输，只要可以看到终点，只要还有一线希望，那么就算是……就算是膝盖受伤，就算是每跑一步都会很痛，就算是这样……只要我还有力气，我都会坚持下去！我要做给你看！！”

江俊夕猛地转过身，背对着窗户仰起头，然后用尽全力闭上眼睛。

心跳突然很奇异地加快了速度，江俊夕的呼吸变得稍微有些急促，手指在身体的一侧，慢慢地捏紧，在一点点地攥到手心里去。

金灿灿的夕阳铺满整个校园，整条跑道。

黎破晓觉得自己的肺就要爆炸了。

汗水从她的身上滚落，她的全身没有一点干的地方，好像是刚从热水里捞出来一样，头发上甚至还有着丝丝缕缕的热气漫起……

脚步越来越不稳……

她觉得自己随时都有可能一头栽倒在地上……但是还剩下几圈……也许是一圈……也许是两圈……

只要努力，就一定可以坚持下去！

黎破晓咬紧牙关，抬起头朝前面的跑道看去。

但是——

跑道旁的一个瘦高的人影让她踉跄的脚步陡然顿住，黎破晓吃力地大口呼吸着，心肺阵阵火辣辣的疼痛，汗珠从她的脸上成串地滚落……

她大口大口地呼吸，定定地看着那个站在跑道线上的人。

江俊夕！

跑道周围的所有目光都集中在了江俊夕和黎破晓的身上，乐晴更是瞬间明白了黎破晓号码布上 Lpx — Jjx 的意义！

原来是黎破晓和江俊夕！！

简雨涵转过头走向了教学楼，黎风慌忙去拉她，却被简雨涵狠狠地甩开手去，黎风不知所措地看着简雨涵远远地走开。

他忽然转过头，恼恨地看着站在跑道外沿的江俊夕。

灿烂的夕阳下。

江俊夕的目光凝注在她一个人的身上。

“我……我在做……”

黎破晓费力地呼吸着，喉咙干哑疼痛，汗如雨下，她望着他，上气不接下气地说道：“我在做……向你承诺的事情……”

江俊夕的胸口一阵温热，他的面孔苍白却透出一抹温柔的颜色，“黎破晓……”

“坚持下去，决不放弃！”

黎破晓深深地吸一口气，擦干脸上的汗珠，鲜艳的红丝带垂在她白皙的面孔上，“不会让你一个人承受痛苦，只要你相信我，我会做给你看！”

江俊夕的目光轻颤。

她转头跑向了她最后的两圈。

在灿烂的夕阳映照下，在江俊夕的凝视中，她还在奋力地奔跑，坚持下去，决不放弃，那万米的终点，已经近在眼前！！

一个月后。

清晨的香草园笼罩在一片薄薄的白色雾气里。

秋日的空气带着淡淡的凉意，细细的水花飞溅着，落在翠色的叶片上，凝成一片仿佛是晶莹剔透的露珠。

江俊夕拿着水管站在香雪兰花田边。

他在耐心认真地为这片绿油油的香雪兰浇水，淡淡的香雪兰香气遍布在他的周围，那是一种沁人心脾的香气。

“俊夕哥。”

在白色的湿润雾气里，女孩子悦耳的声音由远至近传来，江俊夕转过头去，他看到黎破晓朝着他的方向跑来，双手轻摆的样子就像是秋日里的精灵。

江俊夕站在香雪兰边，水花从他手中的水管里飞溅出来，他唇角有着一抹柔软的弧度，那是一抹淡淡的微笑。

“在浇水吗？”

黎破晓站在江俊夕的身侧，看着那些旺盛地成长的小香雪兰，她调皮地笑起来，“爸爸出门了，早上都没有人带我跑步了，我也要和俊夕哥一起给香雪兰浇水。”

她兴致勃勃地从一旁拿起另外一根细细的水管，拧开水闸，立刻有水流从她手中的水管里流出来，黎破晓拿着管子站到了江俊夕的身边，和他一起浇灌香雪兰。

两股细细的水流流入香雪兰花田里。

“我听爸爸说，香雪兰这种花是要在冬天才会开放，是吗？”她站在他的身侧，认认真真地问他。

“嗯。”

熟知一切植物的江俊夕望着那一片香雪兰，“它是要在秋天才长出绿色的叶子，冬天才会开花。”

“这么说来，香雪兰就是冬天的希望了。”黎破晓笑意盈盈，“大概是上天也觉得冬天太过寒冷孤寂了，就安排了香雪兰在冬天绽放，这样，即便是再严寒的冬天，也会被这鲜花的香气所感染，变得美丽起来。”

江俊夕轻笑。

“等下我们一起去上学哦。”

黎破晓望着眼前那一大片翠绿的香雪兰，唇角向上快乐地扬起，“我就在香草园的大门那里等你，你要动作快一点哦。”

水花从水管里向外飞溅着。

江俊夕轻轻地捏紧手里细细的水管，他的目光纯净得就像那透明的水珠一样，他终于不想再排斥她的靠近，他开始眷恋她的温暖。

“好的。”

忽然有水流溅到了他的衣服上，凉凉的感觉让他愕然地转过头去，却看到拿着另外一根水管的黎破晓还是一副一本正经浇水的样子，只是她的唇角却泛出一抹无法隐藏的调皮笑容。

他明白了。

清晨的光芒中。

“啊——水好凉。”

那一片翠绿的香雪兰花田里，忽然响起一个女孩子惊讶的叫声，细长的水流从江俊夕手里的水管中喷射出来，在半空中划过一个透明的水帘，喷在了黎破晓的身上，黎破晓惊叫着躲避，额前的黑发立刻湿掉了。

即便如此——

她的脸上却有着灿烂耀眼的笑容，而江俊夕手执水管，看着她狼狈躲避的样子后，他收起了水管，望着湿淋淋的黎破晓。

“黎破晓——”

得逞的江俊夕的样子带着点骄傲男孩子的不屑，“傻死了，笨蛋。”

“你才是笨蛋。”

黎破晓毫不示弱地反击，她望着他，接着却是调皮地莞尔一笑，“江俊夕是傻瓜，是一个大傻瓜。”

江俊夕别过头去看着被雾气笼罩的香草园，唇角却全都是微微的笑意。

清晨的雾气慢慢地散去。

透明的水花在空中飞溅着，在那一片芳香宜人的香雪兰花田里，江俊夕认真地调整着手中水管的高度，而黎破晓笑眯眯地跟在他的身后，乌黑的长发在清香的风中飞扬。

黎破晓总是很“聒噪”。

她时不时地会摘一些香草叶子到他的面前去，煞有其事地请教香草的用法，江俊夕总是很耐心地给她讲解，但在发现她唇角越来越调皮的笑容时，他也会很快地在她的头顶上敲一个不轻不重的“爆栗”！

而在每一个早晨和傍晚。

在上学放学的路上，总是有那样两个骑着自行车的身影在你追我赶，就像是一场快乐的比赛，而随着时间的流逝，慢慢地，江俊夕的笑容变得越来越多，黎破晓就像是一个守护天使一样陪在他的身边，让他忘却烦恼，获得最简单的幸福！

晚上放学的时候。

参加完最后一节体育课的黎破晓三步并作两步跑回教室拿自己的书包，等到她拎着自己的书包走出来，乐晴她们几个已经站在了教室门口等着她。

“破晓，晚上我们约好吃烤肉哦，一起去吧！”

“不行啦！”黎破晓摇头一笑。

“为什么不行？！”乐晴很不高兴地噘起小嘴，“平日里你可是最爱参加这类集体活动了啊，不给理由坚决不行！”

“乐晴！”一个女生悄悄地捅了乐晴一下，朝着高三三班的教室门口示意了一下，乐晴转过头去看，果然看到江俊夕站在高三三班的门外。

“哦——”

乐晴似笑非笑地看着江俊夕，嘴里的话却是说给黎破晓听的，“原来是要等你青梅竹马的俊夕哥哥啊！既然如此，那我们就放过你们喽。”

江俊夕听到了这边女生的起哄，他苍白的面颊上顿时出现了一片淡淡的红晕，转头进了自己的教室。

“这么容易就害羞？”乐晴夸张地张大嘴巴，被黎破晓在脑袋上狠狠地敲了一记，“乐晴，你以为谁都像你脸皮这么厚！快点给我走啦！”

将乐晴这群疯丫头赶走。

黎破晓笑眯眯地走到了高三三班的教室门口，探头朝里面一看，只有江俊夕一个人坐在自己的位置上，班级里并没有其他的学生。

“怎么只有你一个人？”黎破晓好奇地走了进去。

江俊夕坐在窗口的位置，他看着窗外，脸上的红晕竟然还没有褪下去，却还要在黎破晓的面前遮掩。

“今天是我们班级和四班的足球对抗赛，所以大家都去观战了。”

“哦。”

黎破晓应着，坐到了江俊夕的对面去，她看着江俊夕，忽然微微一笑，“你脸红的样子还挺帅气的呢。”

江俊夕一愣，当他反应过来黎破晓的话时，他的面颊却更加的红了，

“你别胡说……”

“原来乐晴她们只是开一个玩笑就可以让你脸红成这个样子啊。”

黎破晓笑眯眯地，眉宇间的调皮意味更加的浓了，“俊夕哥，你是不是很喜欢我啊？告诉我吧，我可以考虑让你做我的男朋友哦。”

江俊夕的脸红得就像一只煮熟的虾子，“黎……黎破晓……”

“哈，脸红了，脸又红了！”

黎破晓笑得更加灿烂起来，趴在他的面前对他孩子般天真地眨眨眼睛，“果然没错，俊夕哥就是喜欢我！”

江俊夕终于忍无可忍，“黎破晓，你知不知羞？”

“我脸皮比较厚一点啦！”

黎破晓捏捏自己嫩嫩的脸蛋，一脸无辜的样子，“无论怎么样都不会脸红呢，我也没有办法啊。”

她一副很无奈的样子，眼眸里却有着掩藏不住的笑意。

江俊夕实在拿她没有办法！

“今天要去楚医生那里接受检查对不对？”

黎破晓终于放他一马，扭转话题，“我跟俊夕哥一起去吧，楚医生上次送我一本书，我还没有好好感谢他呢。”

“书？”

“对啊，就是这本《小王子》。”

黎破晓从书包里拿出被她珍惜保存得很好的《小王子》，她微笑着在江俊夕的眼前扬了扬手里的书。

“它让你和我都充满了勇气，所以这本书，是一本很神奇的书！”

江俊夕从黎破晓的手里拿过那本被她称为神奇的书。

沉甸甸的书放在他的手心里，就像是生命那值得尊重和膜拜的重量，江俊夕将书放在了桌面上，温暖的夕阳洒照在整本书上。

江俊夕和黎破晓的目光在交汇的一刹那，两人都无声地笑了笑。

他们不约而同地转过头去，看着窗外，在远远的天边，大片的夕阳灿烂如火地燃烧着，金灿灿的霞光铺满了大地的每一个角落。

教室里很安静。

两人都无声地凝注着夕阳，唇角浮现出柔软温和的笑容。

“黎破晓，其实我一直都很想，和平常人一样活下去，像一个最普通的十八岁男孩，可以自由自在地做自己喜欢做的事情，可以毫无顾忌地梦想未来，可以随时随地都畅快地笑起来，甚至可以，有一个女朋友！”

“……”

“可是我知道，我什么也做不到，这些对于我来说都是奢望，你对我说重生，可是像我这样的人，就连好好地活下去，都是一种奢望！我曾经痛苦的自暴自弃，我曾经憎恨我自己的命运，憎恨所有的人……”

“江俊夕……”

“但是后来，我终于想通了，”

江俊夕静静地凝望着远处的夕阳，低声说道：“就像是很久以前，我教你如何去聆听夕阳，很多事情，也许我们办不到，可是即使办不到，我们也要用另外一种方式让自己充满了勇气和力量，我们可以难过，可以伤痛，却绝对不可以放弃！”

阳光铺满了整张课桌。

一只略显苍白的手和一只白皙柔软的小手都放在那被阳光照耀的地方，他们在共同凝视窗外夕阳的时候，黎破晓的手指轻轻地一动。

她的手指碰触到了江俊夕的手指。

那只是很小很小的一次碰触，江俊夕的目光无声地凝住，他依然看着窗外，手却不敢擅动分毫，因为黎破晓的手指停留在他的手指上。

他默然地垂下眼眸。

那几乎是下意识的动作，仿佛是自惭形秽，他慢慢地抽离了自己的手指，从她温暖的指间，挪开了自己的手。

黎破晓的目光静静地移向了那只离开的手，她唇角的笑容却依然柔软。

常青市医院。

黎破晓坐在休息区内，江俊夕进入楚林训医师的办公室接受检查，她替他拿着书包，乖乖地守在外面等着他。

眼前来来往往的都是医院的护士和患者。

两个人从黎破晓的眼前走过，顿时引起了黎破晓的注意，男孩子穿着白色的病号服，在他身旁的女孩子却穿着干干净净的校服，两人在黎破晓的面前走过，黎破晓的视线停留在他们的手上。

他们的手，紧紧地握在了一起。

黎破晓目送着他们远去，她低下头来看了看自己的双手，又抬头看了看楚林训医师的办公室房门。

她微微侧头，轻轻一笑。

楚林训办公室的门终于被推开。

黎破晓站起身来，她看到从门后面走出来的楚林训和江俊夕，楚林训将一包调配好的中药放在了江俊夕的手里，对他认真地叮嘱着什么。

“俊夕。”

黎破晓跑到了江俊夕的身侧，她看到楚林训抬起眼眸看向自己，便马上对楚林训医师绽开了一个大大的笑脸。

“楚林训医师。”

楚林训点头，他看到了黎破晓手里拿的《小王子》，“这本书你觉得好看吗？”

“当然。”

黎破晓握着手里的《小王子》，转头看着身旁的江俊夕，笑意盎然，“我对俊夕说过，这是一本神奇的书，我非常非常喜欢。”

楚林训点头。

“楚医师，我们该走了。”

江俊夕将中药放在书包里，对着楚林训礼貌地鞠躬，“谢谢你的帮助。”

楚林训微微一笑，“药可能会更苦些，但要坚持不懈地吃下去，下次要记得按时来做检查。”

江俊夕点头。

他转过身，走向了通往医院大门的走廊，黎破晓一路跟随在他的身边，嘴里总是喋喋不休地说着什么，而她说的事情貌似都是很开心的事情，总是可以让江俊夕不由自主地微笑起来。

楚林训看着他们远去。

他看到，与黎破晓在一起的江俊夕，背影再不似从前那样沉重，仿佛笔直了很多，坚定了很多。

楚林训慢慢地放下心来，他微笑着转过身走进自己的办公室里。

医院的外面。

万千道温柔的霞光从江俊夕和黎破晓的眼前洒照下来，在他们同样清澈的眼眸里盈盈闪烁，流转着灿烂的光华。

就在两人朝前走的时候，黎破晓忽然微微地笑起来，她悄悄地伸出自己的左手握住了江俊夕的右手。

江俊夕的手指一僵，眼眸里的光芒也凝滞了。

她的手很暖很暖。

他却默不作声地想要从她的手心里抽回自己的手，但是她依然微笑着望着前面的绿树，嘴唇轻轻地开启。

“不许乱动哦。”

江俊夕惊愕地转头看她。

黎破晓的笑容明亮耀眼，那一抹柔软的温暖从她的眼底一直通透到她的心底的，她握紧了江俊夕的手。

“我啊，想要和俊夕哥一起牵着手走路，不管遇到什么样的事情，我都不会放开俊夕哥的手，因为俊夕哥是我最好最好的朋友。”

她的话，如一股清澈的暖流注入江俊夕的心里。

他终于不再要从黎破晓的手里抽出自己的手，他相信了她的坚定与无畏，相信了她的善良与勇敢。

“破晓，除了爷爷，只有你！”

江俊夕的眼前似乎有着一层湿润的雾气，他清澈的眼瞳仿佛琉璃般透明，“谢谢你给我这样坚定的力量，让我可以不用像从前那样绝望，那样毫无退路！”

“我让你很感动对不对？”

黎破晓吐吐舌头，朝着江俊夕眨眨眼睛，“俊夕哥，是不是很想哭啊？你哭一下吧，我不会笑你的。”

江俊夕愣了一下，看着黎破晓促狭的笑意，回瞪她一眼，“黎破晓，你以为我是傻瓜？我为什么要哭？”

“哭一下我又不会笑你！”

“你休想。”

晚上。

温室花房里点着闪亮的灯光。

黎破晓坐在桌子前，摆弄着那两个可爱的木雕小人，一个是她，一个是江俊夕，她用手指按住那个江俊夕的木雕小人，偷眼看了看一旁正在雕刻的江俊夕，唇角浮现出一抹调皮的笑意。

“来，敬礼，真乖。”

黎破晓按着男孩木雕的头，让它朝着女孩木雕低头敬礼。

江俊夕抬眸看了一眼黎破晓的举动，故意不理会她，于是黎破晓更加得意，拿起男孩木雕不停地给女孩子敬礼，嘴里还滔滔不绝。

“敬礼，敬礼，敬礼，敬礼，敬礼……好，俊夕真乖，继续给破晓敬礼哦……”

她玩得不亦乐乎。

忽然，她的手一空，江俊夕已经从她的手里拿过了自己的木雕，破晓马上可怜兮兮地跟一只小哈巴狗一样看着他，忍无可忍的江俊夕拿过那个女孩木雕，学着黎破晓的样子，很是潦草地让那个女孩木雕在男孩木雕面前弯下头。

“哈。”

黎破晓一拍手，配合着他的动作欢欣笑语，“拜天地。”

江俊夕先是一惊，面颊却立刻红了起来，他甩掉手里的木雕，瞪着黎破晓，“黎破晓，你脸皮真厚。”

黎破晓冲着他做了一个鬼脸，吐吐舌头，“我就这样，哼。”

花房里。

江爷爷在忙碌地打理着那些盆栽，时不时地会朝花房一侧看一眼，在听到他们两个人说话的时候，他就会忍不住微笑起来。

江俊夕争不过黎破晓，无语地端起一旁的药碗喝着已经煎好的中药。

黎破晓嗅到了中药汁苦涩的味道，看着江俊夕一饮而尽，她的脸上竟然出现了不忍睹的样子，她怕极了药的苦涩。

江俊夕刚刚把喝光了的药碗放在桌子上，就有一只洁白的小手捏着一颗已经剥好的水果糖放在了他的面前。

“快点吃糖。”黎破晓说道。

一粒水果糖晶晶莹莹地出现了江俊夕的面前，江俊夕无奈地一笑，将水果糖拿过来吃到嘴里，这些天来，每一次他喝完药，她都会准备一颗水果糖给他吃。

并且每天的口味都是不一样的，今天是芒果口味的水果糖。

“吃了糖嘴巴就不苦了，你喝的那些药光是闻着就让人很受不了了，感激我吧，我对你会不会太好了呢。”

“以后不要再给我糖。”

江俊夕将药碗推到了一旁，看着笑嘻嘻的黎破晓，“我又不怕药苦，别总是给我糖吃，不要把我当小孩子一样哄。”

“你本来就是小孩子！”

黎破晓假小子一般地撇嘴，看到江俊夕皱起眉头，马上伸手指向了一旁的江爷爷，大声地说道：“在江爷爷的面前，我们两个都是小孩子，怎么？你想比江爷爷还要大吗？江俊夕，你想造反啊！”

“我说在你面前我不是小孩子！”

“谁规定只有小孩子才可以吃糖，江俊夕你就是一个死要面子的傻瓜。”

黎破晓的伶牙俐齿让他的牙根直痒痒，他瞪着她，“黎破晓你就知道强词夺理，又野蛮又不讲道理。”

“江俊夕你敢这么说我，你想挨打是不是？”

“又开始拌嘴了？”

江爷爷端来刚刚煮好的红豆沙，就看到两个人又开始了拌嘴，这样的拌嘴他这些天已经听了无数次，每一次都让他忍俊不禁。

“你们两个还真是乐此不疲啊！”

“我不跟你说了。”

黎破晓听到了江爷爷的笑声，她顽皮地朝着江俊夕吐吐舌头，转头去帮江爷爷盛红豆沙，三碗红豆沙盛出来放在桌子上，冒着暖暖的热气。

“一定很好吃。”黎破晓端起红豆沙就要吃，江俊夕却忽然出声制止她，“你不要在这里吃东西，回家吃去。”

黎破晓怔了一下。

她抬头看到江俊夕有些为难的神色，江爷爷看着俊夕，忽然轻轻地叹了口气，黎破晓顿时明白了江俊夕的心思。

"江俊夕果然是傻瓜！"

她轻笑着说话，江俊夕抬起头来看她。

黎破晓用勺子舀起一勺红豆沙喝下去，顺势白了他一眼，"一起吃饭是不会被感染艾滋病的，就算我跟你吃的是同一碗我都不会被感染，你是傻瓜啊，都不会去看书的。"

江爷爷看着黎破晓的样子，再看看俊夕原本苍白的面孔上居然出现了一片淡淡的红润，他默默地转过身去，偷偷地伸出衣袖擦干眼角的泪珠。

"黎破晓……"

江俊夕安静地看着她闪亮的眼眸，她的嘴角粘着红豆沙，他微微地笑起来，"你为什么一点都不害怕？以前你不是还……"

"傻瓜。"

"……"江俊夕默默地看着她。

"有一句话叫作，因为无知，所以恐惧，可是还有一句话是——"

黎破晓深深地吸了一口气，周围都是红豆沙暖暖的香气，她对着他笑，双眼亮晶晶的恍若灿烂的星辰。

"因为懂得，所以慈悲。"

晓语：

那个时候的我，真的是一门心思地想要帮助俊夕，因为在我的眼里，俊夕只是生病了，就像是我们一起走在人生的路上，俊夕摔倒了，而我只需要扶起他，然后我们再一起走下去，就是这样的简单，而这样的感觉，这样一种温暖的爱，就像是一本书里所说过的一句话——

因为懂得，所以慈悲……

第五章 阳光下的阴影

CHAPTER 05

夕言：

很多时候，我们可以因为陌生人的痛苦和悲伤而难过，也会流泪。可是，如果有一天，当我们身边的人真真切切地遭遇到痛苦的事情时，当别人的痛苦有可能伤害到我们自己时，面对那个我们不敢窥视的可怕世界，我们却忘了那份善良与同情，原来也可以变得这样残忍和冷漠……

早操时间。

整个常青高中的学生都集中在操场上，在升旗仪式结束之后，将由播音组的组长简雨涵在校播音室内为大家发表升旗感言，在感言结束之后，就是校长的训话和对上一周的工作总结。

站在队伍里昏昏欲睡的黎破晓被乐晴用力地推了推，“破晓，你看啦，你哥哥去播音室了，肯定是去找简雨涵了，他还对简雨涵不死心呢。”

黎破晓瞥了一眼走进播音室的黎风，“他就在这一点上百折不挠呢。”

“人家叫情有独钟，你还不是一样，你那个Jjx还没有和我解释过呢，”乐晴瞅了瞅江俊夕的方向，“江俊夕虽然人孤僻了一些，但还是长得很帅的，你们两个人什么时候开始交往的？快点告诉我。”

“什么交往？！”黎破晓堵回乐晴的嘴，“我和俊夕哥的关系可是雪白雪白的，只有你这样的人才会胡思乱想。”

她这样说着，却还是连自己都不知道为什么地朝着江俊夕的方向看了一眼。

江俊夕静静地站在队伍中。

淡淡的晨光洒在了他帅气的侧脸上，他的面色虽然有着些许的苍白，但却依然有着独特的俊秀和宁静味道。

仿佛是感觉到有人在看他，江俊夕忽然转过头来，一眼就看到了黎破晓，他注意到了黎破晓的视线，稍微怔住。

黎破晓微微一笑。

江俊夕的目光竟然有些闪烁，似乎有点不好意思地轻咳一声，然后装作若无其事地转过头去。

一定是还记得昨天晚上“拜天地”的事情。

黎破晓像个恶作剧得逞的孩子一样偷偷地笑，而这个时候，乐晴扯了一下她的衣袖，“早操结束了啊，傻瓜，回班级了。”

黎破晓回过神来，发现操场上的同学都已经四散走向了自己的班级，而乐晴也已经拉着她准备上楼，但还没有走出几步，忽然操场上的喇叭里传来了一个很是坚定响亮的声音。

“简雨涵，我喜欢你有错吗？！”

这一句大胆热情的表白顿时传遍了整个操场，整个操场的人都看向了播音室的方向，黎破晓一听就知道那是哥哥黎风的声音。

乐晴张大了惊讶的嘴巴，“破晓，你哥哥好厉害啊！难道他不知道播音室的话筒是打开的吗？”

整个操场的人都在听他对简雨涵的告白，貌似那播音室里的两个人都不知道话筒还没有关闭，他们说的每一句话都会让整个学校的人听见。

“黎风，你神经病！”

“那个江俊夕有什么好？！冷冰冰的一副死人相，他还害你差点骨折！”

“这不用你管！”

“我本来不想管的，但我还是不得不来提醒你一句，你最好离江俊夕远远的，除非你想死，我告诉你，江俊夕他有艾滋病！！”

最末的一句话在传音喇叭里炸出来！！

整个操场刹那间死一般的沉寂，每一个人都定定地站在操场上！！

黎破晓的面孔顿时雪白一片，她惊慌地转向站在不远处的江俊夕，江俊夕的身体如石头般僵硬着，可以清楚地看到最后一抹血色从他的面孔上逝去——

传音喇叭里，黎风的声音还如炸弹一般传出来。

“我告诉你，他妈妈就是艾滋病患者，他妈妈把病传染给了他弟弟，他弟弟临死的时候又把病传染给了他，艾滋病有多可怕，你应该很清楚，你还准备去喜欢他？！”

江俊夕沉默地站在操场上。

整个操场上就像是可怕的刑场，江俊夕身边的人全都如避瘟疫一般地从江俊夕身边圆圆的退开，同时用一种惊恐眼神凝看着江俊夕。

就像是看着一个得了瘟疫的死刑犯！！

黎破晓望着江俊夕，她忽然转头，一言不发地朝着播音室的方向奔跑！

但是——

砰！

一楼播音室的门忽然被猛地推开，简雨涵面色苍白地冲出了播音室，她一眼就看到了站满整个操场的同学，还有独自一人站在操场中央的江俊夕。

气氛可怕的令人屏息。

简雨涵顿时呆在那里，而一路紧随的黎风也已经听到了操场上喇叭传出来的嘶嘶声，他们两个此刻才意识到，他们的话已经被全校园的人都听到了。

简雨涵面色苍白地站住。

一根筋的黎风索性破罐子破摔，一路戳穿到底，他指向了江俊夕，一脸愤然的火气，“江俊夕，你说你是不是艾滋病？！有本事你就把真相说出来——！！”

他的手指向了被孤立开的江俊夕。

江俊夕站在操场的中央，他默然地抬眸看了看黎风，双眸安静如无声的黑夜，苍白的面孔上没有半丝表情。

“你还想否认？！”

黎风顿时恼怒，“我爸爸妈妈吵架的时候我都已经听到了，你的弟弟江俊义就是得了艾滋病死的，你想害死我们所有人！！”

成为众矢之的的江俊夕孤零零地站在了众人鄙夷的目光中，只有一条长长的影子与他相伴，他仍然定定地站立着，仿佛全身笔直僵硬得无法动弹。

艾滋病！！

操场上可怕的静寂，静得仿佛可以听到每一个人呼吸的声音……

心跳的声音……

“你这个混蛋！！”

啪——

就在黎风在大声地怒斥江俊夕的时候，一记狠狠的巴掌在他的脸上狠狠地甩过，黎风怔然地睁大眼睛才看到妹妹黎破晓发了疯一般地将第二巴掌也抽到了他的脸上。

“黎风，你不就是为了追一个简雨涵吗？！至于这样陷害江俊夕？！你知不知这样乱说会害死人，你凭什么在这里撒谎骗人？！”

“我没有撒谎骗人！”

黎风被这两巴掌打得火冒三丈，推开疯了一般的黎破晓，更加用力地指向了江俊夕的方向。

“那天爸妈吵架的时候我就在门外，我听到了一切，你也在场啊，你明明就知道，江俊夕他就是艾滋病，他的弟弟就是死于艾滋病，他也会死的——”

“住口——”

气急的黎破晓伸出手去堵他的嘴，用力地抽他的脸，发狠似地叫喊，只希望能盖住黎风的声音，真恨不得当场把他打晕过去。

“黎风你混蛋，你就是一个大混蛋，你再敢诬蔑俊夕哥我就——”

“我是感染了艾滋。”

那个很淡漠很清晰的声音。

就像一根尖锐的针瞬间地，刺入了黎破晓的身体内，陡然止住了她所有的呼喊怒骂，让她揪打黎风的动作完全僵住。

黎破晓的眼眸里，闪亮的泪水刹那凝结。

她转过头，呆呆地朝着声音传来的方向看过去，全身的每一处都开始变得冰凉起来。

江俊夕的目光在她的脸上停留了片刻。

他深深地吸了一口气，慢慢地看向了自己的周围，在他的身边没有一个人，所有的人都已经远远地躲离他。

那只不过是几秒钟的时间，他就成了众矢之的，其实，他早就应该明白，这就是坦白的后果。

眼眸无声黯然，他心痛欲裂。

“黎风说的没错，我得了艾滋病！”

江俊夕的目光安静得仿佛透明的琉璃，他的手指在不易察觉地颤抖着，“这种病对于你们来说，真的很可怕吗？难道我生了病……就没有和你们一样公平活下去的权利吗？”

那一瞬。

因为胆怯，没有一个人敢靠近江俊夕。

江俊夕孤独地站在操场的中央，在真相被揭开的一刹那，他就像是被这个世界抛弃的一抹灵魂，从此，游离于正常世界之外。

高三三班那一天，没有正常上课。

只有江俊夕一个人坐在教室里，这个班级里的学生都远远地离开了，就连闻讯知道这一切的老师都没有出现。

然后。

几乎整个常青高中的学生家长都在那短短的一上午时间内闻知了这样的消息，他们全都来到了常青高中要求校方给出一个解释，坚决不同意一个艾滋病患者与自己的孩子在一起上学。

校方一时之间没有办法处理这么多抗议的声音，只好请所有到来的家长去学校的大礼堂，先由教导主任和几名老师来负责安抚家长的愤怒焦躁情绪。

黎风和黎破晓被校长叫走，在校长室里被整整盘问了一个小时。

等到校长带着黎风和黎破晓来到学校的大礼堂时，所有坐在这里的学生家长脸上都出现了愤愤不平之色。

“让江俊夕马上离开学校——”

“你们居然让艾滋病患者和我的孩子一个班级，你们学校怎么能这么不负责任？！”

“为什么要隐瞒事实？！校方难道不知道这件事情！！”

“让那个艾滋病患者离开学校，不能让他和我的孩子在一个学校里上学！”

当群情愤怒的家长们一直站起来抗议的时候，站在礼堂台上的校长擦着满脸的冷汗，不知道该回答哪一个问题才好。

“这件事情是我们校方的……失误，但是国家法律并没有说可以阻止艾滋病患者上学，而且，我们不应该歧视……”

“江俊夕这样的人就应该被赶出学校去！”

在喧哗吵闹的家长中，忽然响起这样一个毅然决然的声音，站在台上的黎破晓听到了这个无比熟悉的声音，她吃惊地抬起头来。

黎妈妈从人群中站出来。

她的脸上有着恍若化身为正义力量一般的坚韧之气，对礼堂里的家长大声地说道：“我早就说过，应该把这个孩子赶出去，不仅应该把他赶出学校，更应该把他赶出常青市，难道我们要和一个艾滋病患者呼吸同样的空气吗？”

黎破晓不敢相信自己的耳朵，她愤然，“妈妈！空气不会传染艾滋病，如果空气可以传染艾滋病，我们早就全死了！”

“你给我住口！”

黎妈妈一改往日的温柔，毫不留情地打断了黎破晓，再次转向了那些听她说话的家长，“江俊夕之前一直都住在我家的香草园里，但是请大家放心，我会竭力说服我老公，让江俊夕离开，不会让他伤害到任何人！”

几乎礼堂里的所有家长都在点头同意。

“迄今为止，江俊夕到底伤害了谁？！”

忍无可忍的黎破晓再次喊出声来，头一次如此针锋相对地凝注着自己的母亲和那些家长，“俊夕哥已经得病这么久了，你们当中谁被他传染了艾滋病？！常青市还有谁得了艾滋病？！”

“江俊夕就是被他弟弟传染了艾滋！”

“那是因为俊夕用自己流血的伤口去碰触了弟弟的血，”黎破晓绷紧身体，竭力噙住自己眼眶里的眼泪。

“与艾滋病人的日常接触是不会被传染的。俊夕哥到底在什么地方伤害了你们，你们就一定要把他赶走？如果你们自己的亲人得了这样的病，你们也会如此残忍恶毒的商量着要把他赶出去……”

黎破晓忽然语结。

因为她看到黎妈妈从人群中走过来，一直走到了礼台上，黎妈妈严厉地看了一眼黎破晓，眼里出现了极为明显的失望。

“黎破晓，你要是再敢袒护江俊夕，你就不是我的女儿！”

“妈妈！”

“你给我住嘴！”

啪！

黎破晓刚一张嘴，黎妈妈就狠狠一巴掌将她扇到了一旁，“黎破晓，你是不是想让妈妈死？！你是不是想让妈妈死在你面前你才甘心？！如果你再敢接近江俊夕，妈妈我……妈妈我就死在你面前！！”

黎妈妈的声音充满了狠戾之气。

黎破晓被掴击的面颊顿时红肿一片，她望着愤怒的母亲，颤抖着张了张嘴，眼泪却哗得一下流了出来……

高三三班。

江俊夕默默地坐在空荡荡的教室里。

他可以清楚地听到礼堂那边传来的沸腾声音，他却看不到一个人影，窗外的阳光明晃晃地刺进来，他抬起头望着干净的黑板，眼眸里一片空旷的透明……

窗外。

所有的学生家长都走出了礼堂，他们朝着教学楼这边走过来，全校的学生都无言地站在操场上，他们看着自己的家长走进教学楼，走到了高三三班的教室门口。

众目睽睽。

空旷的教室内。

江俊夕安安静静坐在位置上，长而乌黑的眼睫毛遮盖他眼眸里的全部神色，他看着摆放着课本的桌面，桌面上浮着一层淡淡的阳光，除此之外，什么也没有。

而站在教室外面的那群人中，黎妈妈站在了最前面，也是她最先开口说了话。

“江俊夕，我想你也知道我们这些人的来意了，为了我们健康的孩子，我们希望你能马上离开学校。”

江俊夕默默地坐在椅子上。

“难道你想赖在学校不走吗？”黎妈妈冷漠地看着他，“江俊夕，既然所有人都知道你是艾滋病患者，那么为了让我们的孩子有一个好的生存环境，请你离开这里！”

“马上离开学校！”在黎妈妈的周围，那些家长点头附和着。

“江俊夕，这里不是你该待的地方！”

他们只是站在教室的外面，没有人愿意走进教室一步，却是如此的同仇敌忾，要求一个不会给他们造成半点伤害的人离开他们的生活空间。

“江俊夕，滚出学校——！！”

“离开这里——！！”

被阳光洒照的角落里。

空荡荡的教室。

暖暖的光芒倾注在江俊夕的身上，他的面孔却如雪一般苍白，消瘦的身体在温暖的光线中无声地颤动着……

只有他一个人，站在被所有人敌视的空间内，无依无靠！孤立无援！！没有人可以帮助他！没有人会怜悯他！！

在所有人鄙夷的视线里……

江俊夕一声不吭地低下头去，用自己的右手轻轻地按住自己左手的食指，一点点地掐着，一下下地抠着自己左手食指的肌肤……

那样微弱的疼痛感，证明他还是活着的。

终于。

他伸出手来整理那些桌子上的课本，将那些课本慢慢地整理到自己的书包里，再慢慢地将书包系好，提在手里。

他从课桌前站起来。

伤痛的视线在空旷的教室里一一扫过，最后无声地停留在那张空空的课桌上，江俊夕最后按了按那张课桌，暖暖的，充满了阳光气息的课桌。

眼底深处似乎有着什么温热的东西要涌出来了……他拼命地压抑着，才忍住那仿佛有着无数把刀在胸口翻绞的疼痛呻吟抽泣……

他转过头，朝着教室的门口走去。

原本围堵在门口的黑压压人群，忽然朝着两边分开，让出一条很大很宽阔的通道来，他们给了他，最冷漠残酷的一条路。

江俊夕走出教学楼，那些人便跟在他的身后，就好像是押着他离开。

笼罩着千丝万缕阳光的操场上。

全校的学生都站在操场的一侧，看着江俊夕从教学楼里走出来，而黑压压的家长站在了他的身后，用一种鄙夷冷漠的目光送江俊夕离开。

江俊夕一个人站在了操场中央。

他朝着学生们站的方向看过去，目光无声地扫过那一张张充满了希望和未来的面庞，然后他的视线默默地停留在了一张面孔上。

黎破晓的身体一恸。

尽管他始终那样僵硬笔直地站着，可是，那一束目光却让她清晰地感觉到了他孤立无援，他的害怕，他的绝望，他的紧张无助……

江俊夕安静地凝看着黎破晓，仿佛她是他的最后希望，最后一根救命稻草……

“俊夕……”

黎破晓刚刚呢喃出那两个字，手臂就被身旁的黎风狠狠抓住，他压低声音在她的耳边提醒着。

“黎破晓，无论你有什么事，你有什么话，你都可以等到回家的时候再去找他！”

黎破晓眼泪纷落，“哥……”

“你没有听到妈妈刚才说的话吗？！”黎风用力地抓住她，“你现在不能去，妈妈在这里，你不能再让妈妈生气了，听我的话，等到晚上回去，你再去找他，你可以跟他解释，他一定会理解你的！”

他抓住了黎破晓，不让黎破晓走上前一步。

站满人的操场上。

太阳不知道在什么时候钻到了云层里，阳光消失了，淡淡的阴影覆盖着这片草场，也覆盖着孤独无靠站在操场上的江俊夕。

风从操场上慢慢地吹过。

江俊夕的头发随着风轻轻地飞舞，他望着黎破晓，她却站在人群中一动也不动，远远地离开他，他的心慢慢地凉了起来，凉成水，冻成冰……

“江俊夕，不要再看我的女儿！”

黎妈妈注意到了江俊夕的目光，她怒不可遏，“我女儿跟你这样的人是完完全全不同的两种人，你马上给我走！”

江俊夕的目光期盼地停留在黎破晓的身上。

站在学生群中的黎破晓却忽然背转过身去，背对着江俊夕，她抱住了眼前的乐晴，把头靠在了乐晴的肩头，一动也不动。

江俊夕垂下眼眸。

原来……

就连她，也在最后一刻放弃了他！

终于再也忍不住，泪水从他的眼眸里滚落，瞬间流满了他的整张面孔，大而滚烫的眼泪灼伤了他苍白的肌肤……

他的唇角慢慢地浮现出一抹淡淡的苦笑，就好像是，把这世间的人群冷暖全都看透了，而所有的一切，都与他不再相干！

他被这个世界彻底唾弃！

他转过头，提着书包决绝地走出了学校，再也没有回头。

在他的身后，不知所措的黎破晓趴在乐晴的肩头，泪如雨落，她哭得泣不成声，甚至让乐晴都忍不住掉下眼泪来……

那一天。

江俊夕被赶出了学校，那些家长终于可以松下一口气，他们皆大欢喜，他们如释重负，因为他们只会认为，他们赶走的是一场可怕的瘟疫，却没有人会认为，他们赶走的，只是一个生了病，比他们更需要帮助的孩子！

傍晚。

黎破晓骑着自行车，以最快的速度赶回了香草园，黎风骑着车跟随在她的身后，现在他也终于知道自己做得太过分了。

黎破晓赶回香草园的时候，黎妈妈正守在香草园的大门处等着她，严格地说，是监视着她！！

黎妈妈很清楚地知道自己的女儿这么着急回来是为了什么！

"破晓，跟我回去，我不许你去找江俊夕！"

她一看到黎破晓，就抓住黎破晓的手往黎家的大房子里面拉，黎破晓拼命地从妈妈的手里拽回自己的手。

"妈，我就去看看俊夕哥，你让我去看看他！"

“不行！”

黎妈妈拽住黎破晓，斩钉截铁地说道，“我说过，你敢再接近那个小子，你就不是我的女儿，我没有你这么笨的女儿！”

“妈！”

黎家的庭院里，一片喧哗的吵闹之声。

“妈……”

黎破晓眼眶含泪，不愿意跟着黎妈妈走进大房子里去，她抽泣着低声说道：“妈，我就去看俊夕哥一眼，我看一眼就回来，他今天太可怜了……”

“那个江俊夕到底给你吃了什么迷魂药？！”黎妈妈忍无可忍地看着黎破晓，黎破晓的急促让她的眼中出现了深深的质疑。

“黎破晓，你该不会是喜欢他这个……”

“是，我喜欢俊夕哥。”

黎破晓忽地一口承认，直视着眼眸里露出深深绝望和沮丧的母亲，“妈妈，就算是我喜欢俊夕哥，又有什么错？！”

啪！

刺耳的一声响！！

当今天的第二个巴掌掴在了黎破晓的脸上时，不仅是黎破晓愣住了，就连站在她面前的黎妈妈也愣住了。

黎破晓怔怔地捂住了自己发红的面颊。

“破晓……”

黎妈妈浑身都在剧烈地颤抖着，她看着被自己打了两个巴掌的女儿，眼泪哗哗地落下，痛楚地说道：

“你真的想让妈妈死吗？你想让妈妈死在你面前吗？”

庭院里的空气仿佛凝固了。

傻呆呆的黎风手足无措地站在那仿佛是在对峙的两母女身后，他完全不知道自己该怎么办好了，到底是该帮妹妹，还是帮妈妈？！

黎破晓捂着被打的面颊，她无言地望着自己流泪的母亲。

眼泪慢慢地滴落。

她忽然垂下眼眸，放下手来不理会红肿的面颊，“对不起，妈妈，我只去看他一眼，我马上就会回来的。”

说完。

黎破晓已经转过身去奔向了香草园的方向，这个时候，她不会再理会任何人的拦阻，无论如何，她都一定要见到俊夕哥。

“破晓！”黎妈妈流着泪无奈地大声喊道，“你想气死我？！”

“妈，我去看着妹妹。”黎风无法劝慰难过几乎发狂的母亲，为了躲避风头，他急急地跟在了黎破晓的身后，跟着她跑进了香草园。

黎破晓一口气跑上了香草园中间的温室花房。

她用力地推开温室花房的门，花房里的盆栽依旧郁郁葱葱，蓝莲花到了晚上就停止了绽放，而在大片盆栽的后面，有一个若隐若现的人影，在无声地忙碌着。

黎破晓微微喘息着，她的眼眸一阵湿润。

黎风在她之后跑进了花房，他也看到了那个在盆栽后面的模糊人影，他轻轻地松了一口气，然后将自己的手按在了破晓的肩头上，低声说道：“过去吧，跟他解释今天的原因，跟他说对不起，他总会听你的话！”

黎破晓咬紧嘴唇，轻轻地点头。

她走向了那个人影，嘴唇无声地张开，轻轻地喊出那个名字：“俊夕哥……”

盆栽后面的人影似乎听到了她的声音。

那个人从密密麻麻的盆栽架后面慢慢地走出来，他看到了站在花房里的破晓和黎风，看到了他们脸上的神情，惊讶地站住。

“你们……”

黎风的双眼忽然瞪得大大的，呆呆地看着那个出现的人。

黎破晓震惊地僵在原地。

江爷爷拿着花铲站在了他们兄妹二人的面前，他看着破晓，又朝他们的身后望了一眼，疑惑地问道：

“怎么了？破晓，今天俊夕没有和你一起回来吗？”

那一瞬。

仿佛是五雷轰顶！

黎破晓呆呆地看着江爷爷，她的嘴唇张了张，泪水从她的面颊上一行行地滑落，“俊夕……俊夕哥没有回来……”

“俊夕没有回来啊。”

江爷爷先是茫然地看着流泪的黎破晓，紧接着，他忽然紧张起来，“是不是俊夕出了什么事？俊夕怎么了？”

全身都在那一刻失去了知觉！！

眼泪从黎破晓的眼眸里噼里啪啦的掉落。

心痛如绞，她似乎突然意识到了什么，她如陷入泥沼的鱼一般张开嘴唇，却窒息得快要死去，痛苦得快要死去！！

江俊夕没有回来。

她抓住了自己的胸口的衣服，当那一种无可名状的悲伤在她的身体里狂涌的时候，她颓然坐倒在地，涕泪交流，再也动弹不得！

黎破晓忽然从地上站起来，她转过头，用力地冲出了温室花房。

“破晓！”

黎风一路呼喊着追了出去，他看到了妹妹满脸的泪痕，滚烫的泪水爬满了她面孔上的每一个角落……

"俊夕哥——！"

黎破晓发疯一般地在山坡上奔跑着，天边的夕阳如火一般燃烧，她跑得飞快，双腿似乎早已经脱离了她的控制，她无法停下来……

香草园里的风在她的面颊边呼呼地吹过……

一望无际的天空下，千顷的香草园内，黎破晓仿佛疯了一般地奔跑着，拼命地大喊着，眼泪绝望地冲刷着她的面庞。

"俊夕哥——！！"

泪水模糊了她的双眼，她什么也看不见，脑海里，却有着痛楚的片段如幻灯片一样清晰无比地闪过……

她说一定会帮助他！

她说无论何时都会牵住他的手！！

她说因为懂得，所以慈悲！！

可是——

她却欺骗了他，在他最需要帮助的时候背弃了他，她再也没有解释的机会，再也不会拥有那样的机会，因为江俊夕已经走了，带着她的背叛，一个人离开了……

独自一个人的他，身患绝症的他，要怎么活下去……

"俊夕哥——！！"

那一声绝望的哭喊传遍了香草园的每一个角落，而在香草园里忙碌的工人都闻声从花田里直起腰看向山坡。

他们所有人都看到了那个哭泣着大喊，哭泣着奔跑的女孩，他们吃惊地睁大眼睛，却都不知道到底发生了什么事！

"江俊夕——！！"

竭力哭喊的黎破晓，她的身体却再也经受不住这样极限的奔跑，终于，双腿力气尽失，她的身体一歪，从山坡上一路滚落……

那一刻的香草园。

依然安静美丽得仿佛是童话里才有的地方，而只有在秋天才会长出绿叶的香雪兰，却不知道在这一年的冬天，是否能够绽放出纯净的花朵来……

晓语：

江俊夕走了！

他没有返回香草园，没有返回他最后剩下的一个家，他甚至选择离开了江爷爷，他走了，离开了这个伤心的地方！！

他失踪得如此安静。

而我，却再也得不到一个可以和他解释的机会！！这样无法诉清的痛苦，足以让我愧疚终生，足以让我一辈子都没有办法原谅我自己！！

也许上天不给我这样的机会是对的！因为那个时候，变得懦弱和害怕的我，即便有着千万种理由，却还是和别人一样，狠狠地伤害了他！！

下篇——红丝带

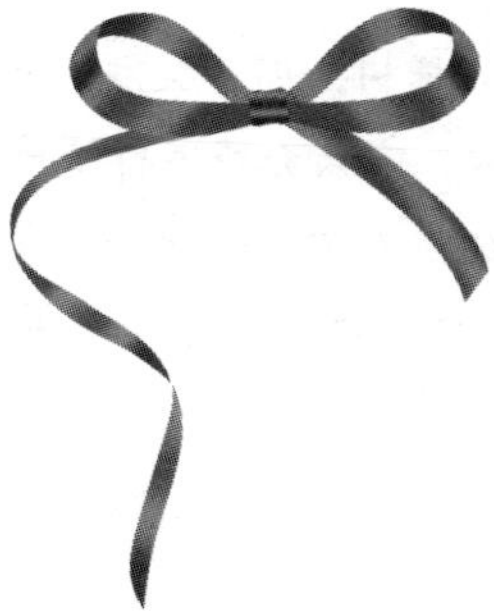

CHAPTER 06

第六章 唯有伤痛铭刻于心

夕言：

如果说一个人就是一棵树，那么艾滋病就像是一把锋利的斧头，它不会将你连根拔起，它只会毫不留情地砍断你的枝枝蔓蔓，削去树皮，砍断你身上的所有关系和温情，让你再也没有办法支撑下去，到最后，你也许不是死于这种可怕的病毒，而是死于冰冷，死于寂寞，死于无法承受的悲哀……

两个月后。

深秋已经来临，天气变得萧瑟寒冷起来，香草园的工人忙碌着为香草花田搭建温棚，江爷爷在俊夕失踪以后，一病不起，黎爸爸便不再安排他做任何事情，只要他安心养病就可以了。

黎破晓收拾好书包走出房间的时候，一家人都在饭桌前等着她吃饭。

“破晓……”

面色紧张的黎妈妈看到破晓走出来，慌忙从餐桌前站起来，“我今天熬了你最爱喝的鲫鱼汤，快点来喝啊。”

黎风看看黎妈妈，又看了看黎破晓。

将身上的书包背好。

就仿佛是没有听到妈妈说的话，黎破晓一言不发地走到门口穿好鞋子，然后转过头来，对着坐在餐桌前的黎爸爸低声说道：

“爸，我上学去了。”

黎爸爸叹了口气，“先过来吃饭。”

黎破晓低下头，轻声地应了一声，“我去学校餐厅吃。”这样说着，她人已经转过身去，推开门离开了。

黎妈妈失望地坐回椅子上。

她叹了口气，然后用手撑住了自己的额头，一脸的伤心。

从江俊夕离开到现在，整整两个月的时间，黎破晓没有对她开口说过一句话，而每到假期的时候，黎破晓就会骑着脚踏车出去寻找江俊夕，她找遍了小小的常青市，再然后，就开始在常青周边的市镇里寻找，却一直都找不到江俊夕！

他就像是突然人间蒸发了，也仿佛是，这个世间根本就没有过这样的一个人！

上午。

已经上完了两节课的常青高中。

“这周的模拟考试的题都好难啊！”

在学校的走廊里，乐晴一面跟着黎破晓，一面看着自己刚刚领回来的卷子，“我最讨厌立体几何了，每次都会做错。”

黎破晓沉默地将卷子收好，继续朝前走。

乐晴吐吐舌头，跟在她的身边，自从江俊夕离开之后，黎破晓就没有说过什么话，就连平日里灿烂的笑容，也从她的脸上完全的消失了。

只要是黎破晓身边的人，都可以察觉到她的这种变化。

路过高三三班教室门口的时候，黎破晓忽然停下脚步来。

乐晴讶异地看着朝教室里面打量的黎破晓，她突然想起，这是江俊夕曾经的教室，而此刻在教室里，原本摆放着江俊夕桌椅的位置却空荡荡的。

有人搬走了江俊夕的桌椅。

“江俊夕的桌椅呢？”

黎破晓抓住了教室门口的一个学生问，那个学生指了指窗外的方向，说道：“刚才被人搬下去了，说要送到物资管理处去！”

搬走了？！

惊讶的乐晴循着那个学生的手指看出去，果然在操场的中央，几个男学生正搬着江俊夕用过的桌椅朝着物资管理处走去。

一阵风扫过乐晴的面颊。

乐晴转头定睛一看，黎破晓居然已经跑向了下楼的楼梯，整个楼道里，都可以听到她急促的奔跑声。

乐清吃惊地喊道：“破晓，你要干什么？！”

“不许搬。”

操场上，当几个男生听到女孩子的声音传过来的时候，一路跑来的黎破晓已经用手按住了桌子，她的目光干干净净的，在几个男生的脸上扫过。

“你们不可以把这副桌椅搬走，这是江俊夕的。”

几个男生愣住。

“可是……”

其中一个男生似乎害怕黎破晓眼里的冰冷，嗫嚅着说道：“因为班级里要调动座位，而且这个位置空着也是浪费，再说江俊夕他不会回来的。”

“他会回来的！”

黎破晓坚定了自己的声音，伸手按住桌面，噙住眼里突然闪动的泪花，“你们曾经那么残忍地对待过他，难道现在，还要连他曾经存在的一点痕迹都抹杀？”

几个男生不知所措地对望，当下僵立在了操场的中央。

“他就是回来了，也不能来学校上学！”

高三三班的学生，高个子的佟城走了上来，神情冷漠地看了一眼黎破晓，“江俊夕他是艾滋病患者，我们不能容忍一个艾滋病患者和我们在一起上学，如果被感染了要怎么办？！”

黎破晓转头看他，目光深冷，“日常接触不会感染艾滋病，俊夕和我们一起上学，根本不会让我们任何一个人感染艾滋病！”

被她反驳的佟城眉头一皱，“黎破晓，你不要管我们班级的事情。”他扫视了一遍那些搬抬桌椅的男生，不耐烦地说道：

“还等什么？！快点把桌椅抬走。”

“不行！”

黎破晓用力地按住桌子，白皙的面容上出现了一片愤怒的苍白，“谁也别想搬走这桌椅，俊夕哥一定还会回来，把书桌搬回去！！”

“黎破晓，你这是在跟我作对！”

“我今天就跟你杠上了！”

操场上，已经有很多人朝着这边围拢过来。

而黎破晓此言一出，顿觉没有面子的佟城脸上青白一片，“黎破晓，你不要以为我不敢收拾你！你哥哥黎风我都不怕，我还会怕你？！！你给我闪开——”

黎破晓固执地站立不动，瞪视着佟城，毫不退缩，“我就偏不闪开！”

操场上人群哗然。

简雨涵从人群中挤出来，吃惊地看着这边对峙的情况，而察觉到事情不妙的乐晴早已经转身去搬救兵，寻找李占亭和黎风。

操场上的人越聚越多！

就连教学楼里面的人，都似乎察觉到了这边的火药味道，纷纷从窗户的位置探头出来瞧热闹，甚至还有人专门朝着这个方向跑过来……

就好像又回到了早操的时间！

“黎破晓——”

佟城气得面红耳赤，双目喷火，“你不要以为你是女生我就不敢对你怎样？！你一班的人凭什么管我们三班的事情？！江俊夕的桌椅就是不可以留在班级里。”

黎破晓毫不示弱地看着佟城，剑拔弩张，“这是我俊夕哥的位置，就是不许你们动！马上把桌椅给我搬回去！！”

“江俊夕他是艾滋病，他不可能再回学校来读书。”

佟城咬牙切齿，他觉得自己的面子丢尽了，“你少在我的面前自以为是，装清高，谁不知道你和江俊夕的关系不简单，你是不是喜欢他？你也应该去检查一下，免得你自己也感染艾滋病！”

周围人异样的目光顿时都投向了黎破晓！

佟城的话语中有着洋洋得意的恶毒！！

“佟城——”

黎破晓直直地看着他，她看着他那近乎无赖一般的笑容，冷冰冰地说道：“你曾经学过的，读过的那些书都吃到狗肚子里去了！如果哪一天你得了艾滋病……”

“闭嘴！你才会得艾滋病！”

黎破晓的话让很容易暴怒的佟城面色刹那难看起来，他扬手就是一拳，将黎破晓狠狠地打到了一旁，黎破晓一头栽倒在地，她的眼前顿时乌黑一片，脑袋轰隆隆直响！

居然真的打人！！

人群一阵骚动，顿时之间，愤怒不平的目光都投向了出手打女生的佟城，每一个人的眼中有着愤懑不平的目光。

“佟城，你还是不是男生？！”

站在一旁的学生会会长简雨涵最先抱不平，站出来厉声喊道：“你居然敢打女生！你也配是常青高中的学生！”

“我就打了！你能把我怎么样？！”

佟城转头瞪着简雨涵，脸上有着悍然的放肆，“黎破晓她敢咒我得艾滋病，我就打她，这样还算是轻的，她要是再敢说一句，我就……”

“混账东西！”

骄傲且冷酷的佟城话未说完，腹部忽然遭受重击，他痛得身体一晃，整个人都被掀翻在地，他的眼前赫然出现了黎风狮子一般愤怒的脸。

“你敢打我妹妹！你再给我嚣张一下试试？！”

“揍他！”

李占亭干净利索地抓住了佟城的衣领，按住想要反抗的佟城，抬起头来示意黎风可以直接开打，“黎风，不能放过这小子！！”

战况大逆转！！

刚才还很嚣张的佟城转瞬就被冲到操场中央的黎风和李占亭按在了地上，黎风一拳砸了下去，佟城的半张脸顿时肿了起来。

这可是货真价实的打架了！

围观的人群马上全都朝后退开，看着在操场中央发生的骚乱，简雨涵不知所措地站住，不知道该去拉哪一方。

几乎全校的学生都聚集到这里，已经有人冲去通报老师了。

乐晴已经将几乎昏过去的黎破晓拉了起来，黎破晓额头青紫，眼里仿佛有着恍惚茫然的白雾，她似乎还没有清醒过来。

“破晓……破晓……”乐晴紧张地叫她，“破晓，你要不要紧，我送你去医务室……你的额头在流血……”

深秋的操场上。

耳旁传来的是一声声急促的呼唤声音，黎破晓捂着头，茫然地睁开眼睛，噼里啪啦的金星在她的眼前慢慢地散去，而她眼前的一切却还似乎是在摇晃的，就连那张课桌，那张属于江俊夕的课桌也在摇晃着……

心中却一阵抽痛，她在痛楚的恍惚中记起来了，俊夕哥的桌椅……那些人想要把他的桌椅搬走……

俊夕哥走了……再也没有出现过……

犹如幻灯片的一张张播放，那些纷乱的，让人无法忘却的记忆片段如洪水一般在她的脑海里汹涌碰撞着，呼啸着！！

刺目的阳光在她的眼前明晃晃的闪耀着……

她的视线凝结在那张书桌上。

恍惚间，那是一片纯白色的世界，瘦弱的男孩子趴在课桌上，在温暖的阳光中，他抬起头来看到了她，然后他微微地笑起来，笑容中透出一丝明亮的孩子气……

他似乎是在对她说话……

“破晓，除了爷爷，只有你！”

他的眼前似乎有着一层湿润的雾气，他清澈的眼瞳仿佛琉璃般透明，“谢谢你给我这样坚定的力量，让我可以不用像从前那样绝望，那样毫无退路！”

胸腔里狂跳的心脏似乎就要蹦出来！

她惶然的面孔顿时雪白如纸，滚烫的眼泪刹那间夺眶而出……泪水从黎破晓的眼眸里疯狂地滚落下来……她忽然压抑不住自己的哭声……止不住地哭起来……她捂住嘴唇，眼泪漫过手指……

“江俊夕……”

她颤抖着说出这个名字，耳膜一阵阵轰轰作响，泪水哗哗落下，她似乎再次看到了他……再次看到了那个瘦弱单薄的身影……

那个在偌大的操场上回过头来的江俊夕！

那个孤立无援默然流泪的江俊夕！！

那个身患绝症却还要承受鄙视，被别人赶出学校的江俊夕！！！在他最痛苦的时候，却因她的懦弱而背弃的江俊夕！

整个操场的人都在看这里！

整个操场的人忽然之间鸦雀无声！！

所有人都沉默地看着那个拼命流泪的女孩子，就连就要打起来的那三个人，黎风，李占亭，佟城都呆呆地看着这边的方向……

“俊夕哥……”

黎破晓摇摇晃晃地从地上站起来，她踉跄着扑到了那张空荡荡的桌椅上，双腿却瘫软着跪在了地上，她的脸触到了冰冷的桌面，眼泪全都流在了桌面上……

她紧紧地抱着那张桌子不放，就好像那是她最后的一份坚持，最后一份守望！！

操场的人都怔怔地望着哭泣的黎破晓，他们不知道她到底怎么了，为什么会突然哭得这样伤心，仿佛全世界都已经坍塌了一般伤心绝望。

“你们……你们怎么可以这样做……”

黎破晓颤抖的声音包含了她的懊悔和无助，她啜泣着，眼泪发疯地滚落下来，“他没有伤害过你们任何人，跟他在一起整整三年的时间，他到底让你们谁得了艾滋病？为什么……一定要把他赶走……”

被冷风吹拂的操场上。

那些呆站的同学似乎明白了什么，他们沉默地看着抱紧江俊夕书桌的黎破晓，每一个人眼底都潜藏着一份愧疚的神色。

“他已经如此悲惨了，你们到底想要他怎样？”

黎破晓在痛苦地抽泣着，伤痛欲绝的声音传给每一个站在操场上的人，她的身体害冷一般地颤抖，额角凝着鲜红的血丝……

仿佛是沉浸在自己的世界里，她喃喃地说着那些话，将自己心中那份对俊夕哥的愧疚全都一层层地剥开，甚至不惜让自己疼痛到无法呼吸。

“你们说他性格孤僻，你们说他不愿意和人接近，现在你们总算知道了，他为什么要这样做？！他为什么要躲避你们？！他只是……不想因为自己让你们当中任何一个人受到伤害……可是，太可笑了，当你们知道他是如此善良的时候，你们……却把他赶走了……”

“破晓……”

乐晴站在黎破晓的身后，她的眼里闪动着泪花，“你别说了，我们知道……”

“不知道！你们全都不知道……”

黎破晓的眼眸空洞呆滞，她张开嘴唇，大颗的眼泪滚落面颊，“你们全都不知道，一个人等待死亡来临是多么恐惧的事情，你们全都不知道，即便背负如此痛苦的命运却还是被人唾弃驱赶是多么可怕的一件事情，你们全都不知道，离开的江俊夕要怎样坚持着活下去，他要怎样做，才可以让自己能够活下去——”

黎破晓深深地垂下头，她紧紧地抱着那张桌子，仿佛那样就是保护江俊夕的一种方法，她曾经背弃了他，所以她懊悔，她伤痛，她痛不欲生……

她却没有机会去补偿！

“全都是我的错……”

黎破晓闭上眼睛，泪水带着明亮的星芒纷落，她的声音仿佛是从流血的心里一声声地剜出来，她的唇齿间都是苦涩的泪水，“其实……我才是最残忍的人，我才是最可恨的人！我给了他希望，我又亲手摧毁了他的希望！现在，他走了，无论我怎么努力，我都没有办法找到他，我曾经信誓旦旦地说要帮助他，可是我却没有做到，我做不到，我就像一个傻瓜一样，我根本就做不到！”

操场上。

黎破晓伤心欲绝的哭泣声狠狠地揪扯着每一个人的心。她哭得伤心，哭得上气不接下气，却让每一个人都知道，他们曾经做了多么残忍的事情。

黎风和李占亭放开了佟城，佟城看着哭泣的黎破晓，没有人看到他的面色，他只是默然地垂下头去。

简雨涵捂住嘴唇，眼泪哗哗落下。

悲伤在黎破晓的身体里凝结，她几乎空洞麻木的眼珠动了动，却有更多的泪水从她的眼眸里纷纷扬扬地落下来，

咚！

黎破晓忽然将自己的头用力地撞在了那张课桌上，无论怎么做，她都没有办法让自己心底那份罪恶感消失一分一毫。

“全都是因为我，我就像一个傻瓜一样，我懦弱，我胆小，我就是一个笨蛋，我伤害了他，我连补救的机会都没有……”

“别这样！”

满脸泪水的乐晴扑上来抱住黎破晓，轻声抽泣着，“破晓，好了，不要说了，我们都知道了，我知道你很难过，别再说下去了……”

“他没有伤害我们，我们却狠狠地伤害了他，难道……难道艾滋病真的这么可怕吗？可怕得让我们连做人最基本的慈悲都没有，让我们变得这样冰冷无情。”

泪水从黎破晓的下颌处滑落。

她流着泪环顾着周围的人，那些人都低下头去，没有人可以面对她含泪的目光，没有人可以做到无愧于心。

黎破晓眼眸却慢慢地透出一抹微弱的光亮，“从现在开始，我不会再让你们当中的任何人一个人伤害江俊夕，即便他是艾滋病患者，他也

是一个有尊严有未来的人，他也有拥有一张书桌的权利。”

清冷的操场上。

黎破晓流着泪推开了乐晴，踉跄着从地上站起来，轻轻地咬住嘴唇，一个人用力地拉着江俊夕的书桌和椅子，朝着教学楼的方向拖过去。

如潮水一般。

操场上的人群都无声地让开一条道路。

全校学生的目光都集中在黎破晓和她用力拖着的那副桌椅上，每一张面孔上都有着无法言喻的表情，简雨涵还在哭，很难过地哭泣着。

有老师站在人群中。

校长挤进了人群，跟着费力拖着桌椅的黎破晓，他叹着气，“黎破晓同学，你说得都很对，但是请不要干扰正常的上课秩序，江俊夕现在已经离开学校，关于他的事情，我们以后再来处理好不好。”

黎破晓不说话。

她的眼泪从面庞上无声地滚落，她仿佛听不到校长的话，只是吃力地一个人拖着那张桌子和椅子，拖向教学楼。

校长再度叹气，“黎破晓同学，我们不能不理会家长会的投诉……”

仿佛什么都听不见。

在这种时候，她可以什么也不管，什么也不顾了。

在操场的秋日光芒里，黎破晓的额头上有着鲜红的血迹，她一面默默地流泪，一面吃力地拖动着那很重的桌椅。

围观的人群里，有学生无声地低下头去。

“让我来吧。”

头顶有声音传来，黎破晓的手忽然一空。

她抬起头来，黎风和李占亭已经分别拿起了桌子和椅子，他们两个都沉默着，转身大踏步将桌椅搬向教学楼。

校长茫然无措地望着被搬走的桌椅，他转过头，却看到了围观在操场上的那些学生，当他看清楚那些学生赞同的目光，还有简雨涵的眼泪时，他怔住了。

黎破晓呆呆地站在操场的中央。

慢慢地……她的眼中有眼泪滚出来，她擦一下，没有擦干净，然后再擦一下，眼泪却又再次无声地滚落下来……

那一日的阳光，带着一种明亮的寒冷。

那一日的操场上，几乎集中了整个常青高中的学生。

那一日的操场上即便站着这么多的人，却还是安静无声的，大家都默默地望着哭泣的黎破晓，却长久地，没有离开一步……

傍晚。

常青市医院。

楚林训从病人休息散步的花园里走出来，他才走出几步，就看到了那个站在树荫下的女孩，女孩的额头上贴着白色的纱布，眼睛红肿得像个桃子。

她站在那里，已经等了很久很久。

楚林训微微眯起眼睛，黎破晓却已经看到了他，她朝前走了一步，站在楚林训的面前，声音带着生痛的沙哑。

“楚医师……”

楚林训冷淡地看着她，“黎破晓，你到底有完没完？！”

黎破晓低下头，咬住嘴唇又松开，“我只是想要问一句，您是否知道俊夕哥的下落？我真的非常担心他。”

“你害他还不够惨吗？！”

楚林训漠然，“我对你说过，如果你决定帮助俊夕，就不可以中途放弃他，一定要坚持到底，可是你做了什么？！你在他完全信任你的时候抛弃了他，你让他更加清楚地知道了艾滋病的可怕，你毁灭了他想活下来的全部勇气！”

黎破晓面色煞白，红肿的眼眸里再次盈满了泪光。

楚林训不愿看她流泪的样子，他掉过头去，声音却依然冷酷不近人情，“真正狠狠伤害俊夕的不是那些将他赶出学校的家长，不是那些冷漠的学生，是你黎破晓，是给了他希望又亲手扼杀希望的黎破晓，是自以为是拯救天使却没有完全的勇气让他跌入更可怕地狱的黎破晓！！”

黎破晓啜泣，“对不起……”

“不要对我说对不起！”

楚林训狠声呵斥她，无视她满脸的眼泪，“现在，你还想找他做什么？！你有什么资格出现在他的面前？！好好回家去过你的乖乖女日子吧！不要以为现实都跟漫画一样，我现在很后悔，我当初为什么要相信你？！你根本就没有想过要好好地照顾俊夕！”

“我没有！”

黎破晓如被蜂蜇一般抬起头来，泪水盈然，“我没有想要伤害俊夕，我想找到俊夕，我承认是我一时懦弱害了他，可是至少给我一个机会，给我一个弥补的机会！”

“我已经错信了你一次，你以为我还会给你第二次机会！”

楚林训转过身，眼眸冷锐，“而且连我也没有了第二次机会，我如果知道江俊夕在什么地方，我早去找他了，你不要再来问我！”

楚林训径直离开。

深秋的风从黎破晓的身上拂过。

黎破晓僵硬地站立着，她看着楚林训的背影，用力地咬住自己的嘴唇，甚至不惜将自己咬痛，咬伤，而滚烫的眼泪却从她的面颊上一颗颗地落下来。

“我会找到他的！无论如何我都一定会找到江俊夕。”

当女孩子颤抖却坚定的声音传过来的时候，楚林训的脚步无声地一顿，他的目光凝注在正前方那一棵高大的梧桐树上。

在他的身后。

黎破晓擦干自己脸上的眼泪，她转过身走向了花园的出口，纤细的身影在夕阳下却有着一种分外坚韧的味道。

深秋的花园里。

金黄色的落叶随风落下。

身穿雪白医师服的楚林训慢慢地转过头来，他看着那个女孩远远地离开，一直到她的身影消失在那一片夕阳映照出的光影之中。

也许。

一切都是从江俊夕离开的那一刻发生了变化。

就在楚林训凝望着黎破晓离开的时候。

常青高中内，简雨涵站在操场上的公示栏前，她拿着一张写满了密密麻麻字迹的大页纸张，铺在了公示栏上，那页纸上写着——艾滋病知识普及！

有一只手从她的身后伸出，替她按住了那张大纸的边角，简雨涵转过头去，在她的身后，李占亭和乐晴替她拿来了更多的资料，而黎风则站在她的身侧，平静自然地为她按住了整张板报。

香草园内，花房里的木雕落了淡淡的一层灰，江爷爷站在一片翠绿的香雪兰前，他的手里捏着江俊夕最常使用的刻刀，只是呆呆地看着那片刻刀，身体仿佛是定住了一般，许久都没有动弹。

黎家的大房子里，黎妈妈独自一个人坐在四人的餐桌前，她的眼里有着越来越多的失落，饭菜都已经凉透，却没有一个人回来。

周日的上午。

家悦超市的大仓库内。

穿着工作服的工人正在忙碌地将整箱整箱的货物搬上卡车，一个约三十多岁的中年男子用毛巾擦了擦身上的汗，顺手将自己的矿泉水递给一个瘦弱的少年。

“阿俊，喝点吧，一会儿就该吃午饭了。”

瘦弱的少年略微喘息着将一箱货物搬上卡车，他戴着一顶白色的帽子，帽檐压得很低，看不清楚他的脸，却可以清晰地看见豆大的汗珠从他的下巴处滑落，尽管喉咙很干，他还是推开了那个好心男子的矿泉水。

少年摇头，表示自己不渴。

“还挺能干的。”

温善的成叔叔拿起矿泉水自己喝了一大口，再看少年，好心地问道：“你这么小的年纪怎么就出来打工了？不上学吗？”

少年只是低头干活。

过了许久之后，久到问他话的中年男子以为他不会回答了，少年却在把一箱货物搬上车之后，低声地说了一句。

“我不上学了。”

“吃午饭了。”

当给工人的盒饭运过来的时候，成叔叔自己拿了一份，又拿了一份递给瘦弱的少年，少年接过盒饭，自己一个人走到了仓库的角落里，坐下来一口口地吃。

他吃得很急，也很香。

等到被一口饭噎到，江俊夕咳嗽一声，脸上露出了很难受的神色，他用力地捶打自己的胸口，嘴里全都是难以下咽的饭粒，好心照顾他的成叔叔已经将一瓶没有开封的矿泉水递到他的眼前。

“喝点水，噎到就不合算了。”

他犹豫了一下，微微抬起头，帽檐下是一双小心谨慎的眼眸，他看了看笑着的成叔叔，最后还是接过了那瓶水，只不过在喝完之后，将矿泉水牢牢地抱在了自己的怀里。

“小小年纪，还是念书的好。”

成叔叔看着少年手指上磨出来的水泡，他摇头，这个小工友瘦得像个小孩子，比他自己的孩子大不了多少，他想了想，从自己的衣袋里掏出几粒糖放在了少年的手里，“刚才从货箱里掉出来的几粒糖，本想拿回去给我儿子吃的，还是你吃了吧！”

那几粒水果糖放在了少年的手里。

少年低头看着那几颗亮晶晶的糖果，他怔了怔，眼角却忽然湿润了，慢慢地泛起了一丝星芒般明亮的泪光。

心里忽然翻涌过一阵灼热的疼痛！

“吃了糖嘴巴就不苦了，你喝的那些药光是闻着就让人很受不了了，感激我吧，我对你会不会太好了呢。”

“黎破晓，你以后不要再给我糖了，我又不怕药苦，别总是给我糖吃，不要把我当小孩子一样哄。”

“你就是小孩子！”

默然地将那几粒水果糖用力地攥到手心里，少年将手中的盒饭放下，他沉默地剥开了一粒糖，然后将透明的糖果放在了嘴里。

很甜很甜的味道……

那样甜的味道，却也背弃了他……

含着糖块的少年忽然仰起头来，他轻轻地捏住自己酸涩的鼻子，慢慢地闭上眼睛，在拉得很低的帽檐下，有两行滚烫的眼泪悄无声息地滑过他的眼角……

“成叔叔，我的自行车修好了吗？”

仓库外，女孩子的声音传过来，乐晴一身简单的运动装，从仓库的外面走进来，这是她家的超市。

成叔叔忙一迭声地说道："修好了，修好了，就等你来取了。"

他转身从仓库的角落里推出一辆橙色的自行车来，而乐晴转头对一个被仓库的大门遮挡住的地方说道：

"破晓，你过来等我一下啊，站在那里多累。"

"嗯。"

接着走进来的是同样推着自行车的黎破晓，她扎着高高的马尾辫子，而头顶上扎束的红丝带分外的夺目鲜艳。

"成叔叔，这是我同学黎破晓。"乐晴给成叔叔介绍，"我今天就是要和她去不远的清和市找人，所以就劳烦你连夜帮我修脚踏车了，真是不好意思。"

"没关系，不就是修个自行车嘛，有什么劳烦不劳烦的。"成叔叔爽朗地笑着，转头看向仓库的一角，"阿俊，拿两瓶矿泉水来。"

成叔叔的声音很大，让破晓和乐晴都下意识地看过去。

但是。

在成叔叔转头招呼的那个角落里，却是一个人影都没有，只剩下一堆高高堆起的货物。

"奇怪，这小子这么快就跑了。"

成叔叔愣了一下，自己转身去拿矿泉水，边拿边说，"我给你多拿几瓶水吧，虽然是深秋，外面的温度还是挺高的。"

"好啊。"

乐晴笑眯眯地答应，然后试着自己的脚踏车，成叔叔已经将几瓶矿泉水放在了黎破晓的车筐里，随口问道：

"你们到清和市去做什么？找朋友啊。"

黎破晓的面孔带着些微的苍白，额头还贴着纱布，她抬起头来看着热情的成叔叔，勉强挤出一丝微笑来。

“嗯，我们是去找一个朋友。”

她要去找江俊夕，但是没有想到，乐晴也愿意和她一起去。

“你的脸色不太好！”

成叔叔看出了黎破晓的虚弱，他善意地提醒她，“路上要小心，看你这个样子，不会是发烧吧。”

黎破晓摇头，“我没事。”

“怎么可能会没事？！”乐晴的手抚上了黎破晓的额头，脸上又出现了担心的神色：“你明明就在发烧，我说你真是为了找江俊夕都不要命了，你都让我急死了，这两个月你说你已经找了多少个地方，你自己都数不清了吧？”

“乐晴，别说了。”

黎破晓推着自行车拉着乐晴朝外走。

她没有注意到那堆货物。

而在那堆货物的另一端，在一个阴暗的角落里，将帽檐拉得几乎把整张脸盖住的少年瘫坐在水泥地面上，没有人可以看清他脸上的表情，唯一可以看到的，就是他紧紧咬住的嘴唇，颤抖的肩头，还有……紧紧攥住的手指。

他在拼命地压抑着自己的眼泪……

不要让她看见……

不要让她听见……

“你怎么在这里？”

盖在脸上的帽子忽然被人掀开，成叔叔看到少年一脸的泪痕，那些眼泪犹如狰狞的小蟹爬满了他面孔的每一个角落，从他的下巴处滑落……

他在哭……

成叔叔愣住了，“阿俊……”

“对不起……”

江俊夕嘴唇颤抖，他从地上摇晃着站起来，即便休息了这么久，他居然还是汗流浃背，面色苍白。从成叔叔的手里拿过自己的帽子，他慢慢地走到前面去，微晃的视线里竟然清晰地映出了那个骑着自行车越行越远的纤细身影。

阳光金灿灿地洒照在女孩子的身上，而红色的丝带束在她的头发上……仿佛是一团燃烧的火焰……

江俊夕的眼眸里依然凝结着滚烫的眼泪。

然后。

他的身体晃了晃。

眼前忽然一黑，大脑的意识在刹那间模糊，江俊夕眼睛一闭，泪水溢出眼眶，单薄的身体如落叶一般地，无声无息地倒在地上。

救护车在马路上尖锐的鸣叫着，飞快地行驶着。

就像一阵疾行的风，卷起路边一阵阵金黄色的落叶，当救护车刚刚停在了常青市第二医院的门口时，救护车的后门很快打开，有护士推着担架车从车上下来，而等待多时的医生都已经迎上来，簇拥着担架车朝着急诊室奔去。

突然休克的江俊夕躺在担架车上，那样急速的前行让他从铺天盖地的昏黑中稍微清醒过来，他被送进了急诊室，在勉强幸存的一点点意识里，他忽然感觉到手臂一凉，有细细的针尖将要刺入他的皮肤……

心中一震！

江俊夕竭尽全力地抽回自己的手臂！

那个将要为他抽血的护士猝不及防，她手中的针管在江俊夕的手上滑下一条长长的血口子，从手臂一直到手腕……

护士惊叫，“你……”

“别碰我。”

江俊夕吃力地说话，拼尽全力地睁开眼睛，他仰面躺着，眼前出现一张张陌生的面孔，那些都是要来抢救他的医生和护士。

“我是……”

干裂的嘴唇沁出鲜红的血珠，江俊夕艰难地呼吸着，他的面孔苍白，声音微弱得仿佛随时都要消失掉。

“我是……艾滋病患者……”

啪——

他此言一出，原本为他抽血的小护士如被毒蛇咬中，迅速甩手扔掉了手中的针管，同时，那些原本将要救他的医生和护士竟在同一时刻后退，如避瘟疫，远远地避开了江俊夕。

江俊夕孤寂地躺在急诊室的病床上。

他轻轻地闭了闭眼又睁开，仿佛这样的反应，这样的一切他早就已经习惯，用尽身上的最后一份力量，他吃力地从床上坐起身来，眼前的一切还是一片不清晰的昏黑。

受伤的手臂还在向外流着血……

他的身体如风中的落叶一般摇晃着，随时都有可能栽倒下去，而整个急诊室的医生和护士都没有人敢走到他跟前一步，他们全都恐怖地看着江俊夕，脸上的五官都仿佛是在一刹那挪了位。

一分钟前，他还是一个需要抢救的病人！

一分钟后，他就是所有人眼中可怕的瘟疫！！即便是医生，也会视艾滋病如魔鬼！！

“我怎么了？”

江俊夕用手撑住病床，努力让自己的视线清晰一些，他转向离他稍微近一点的那个医生，低声问道：“你知道我为什么会晕倒吗？”

“应该……应该是贫血。”

那个医生朝后退了一步，仿佛和俊夕呼吸同样的空气都是一件很可怕的事情，“你不如去找一点含糖多的东西来吃，我们这个医院……”

江俊夕揉揉眼睛，试图让自己完全清醒过来。

他抬起头来看到了挂在病床旁架子上的一个输液瓶，那本是用来给他输液的，现在却没有一个护士愿意上来为他打针，他的眼里泛出淡淡的湿润光亮，喉咙沙哑干涩犹如咳血。

“这是输液瓶里装的是葡萄糖，对吗？”

“对的。”

那个医生连连点头，又朝着站在门边的小护士使眼色，“这样好了，我现在马上派人出去给你拦车，把你转送到常青市医院去，那里比较大而且正规，也许可以帮助你……”

“谢谢，不用了。”

江俊夕摇头，他吃力地仰起头，取下了那瓶装着葡萄糖的输液瓶，将输液管扯掉，然后揭开了输液瓶上面的盖子，将瓶子里的葡萄糖溶液缓缓地喝下去。

所有的医生和护士都离得远远的，为难地看着坐在病床上的江俊夕，他们甚至在不知不觉间屏住了呼吸。

江俊夕认真地喝着那一瓶葡萄糖。

然后。

温热的眼泪从他苍白的面颊上无声地流下来，而那双漾满泪水的墨黑色眼眸里，充满了静静的忧伤……

傍晚。

当常青市医院的医师楚林训赶到第二医院的时候，江俊夕已经离开了，急诊室的医生面露难色地向楚林训讲述了白天的事情，那个医生不住地叹气。

“我们没有想到他是艾滋病患者，他自己说出来的，那我们能怎么办呢？谁也不敢去给他扎针啊……”

他甚至觉得他的做法是理所当然的。

楚林训站在急诊室的中央。

那个医生指挥着护士将所有江俊夕碰过的物品都抬出去消毒，至于沾染了江俊夕的血的那张被单更要被夹出去焚毁。

白色的被单落在地上，耀眼洁白的被单上，那一抹从江俊夕手臂上流出来的鲜血已经干涸凝固了。

楚林训的眼瞳越缩越紧。

站在他身边的医生恨不得将整个急诊室都清洗一遍，不停地抱怨着，“小小的年纪怎么会得艾滋病呢？但是我们也没有办法，得了这种病……”

“得了这种病又怎样？！”

倏地。

那名医生的衣领被楚林训用力地抓住，楚林训的脸上竟然出现了决绝的怒气，“艾滋病人也是人，你们这些做医生的到底有没有医德！！”

医生被楚林训突然升腾的怒火震慑住。

他觉得楚林训随手都有可能出手打他，因为楚林训的怒火竟然是如此的真实可怕！！

急诊室的外面，忽然传来一阵急促的脚步声，面色苍白的黎破晓踉踉跄跄地跑进急诊室里，她一眼就扫到了楚林训。

“俊夕哥他在……”

“他已经走了。”

出乎意料的，楚林训冷冷地放开了那个满脸冷汗的医生，眼里有着难掩的失落，是他打电话通知的黎破晓。

“走了？”

黎破晓一怔，她怔怔地看着急诊室里的每一个人，“他不是突然休克了吗？他不是被救护车送到医院了吗？他病得很严重，他怎么可能走了？”

站在黎破晓身边的一位护士为难地开口，“可是他说，他是艾滋病患者。”

黎破晓转过头去。

她看到那名护士满脸的为难，她似乎明白了，她的眼里现出越来越多的惊讶和绝望，她茫然地看着那一个个急诊室的医生和护士。

她的耳膜轰然。

“所以你们就让他走了是吗？”

她的嘴唇煞白一片，环顾四周的人，眼眸不可思议地睁大，盛满了空旷哀伤的晶莹，“就因为他是艾滋病患者，你们就不想给他治疗，你们让他走了……你们是医生……你们却让一个被救护车送来的人走出了急诊室——！”

“我们没有不救他。”

被楚林训放开的医生整整自己的衣领，伸手指着急诊床旁已经空了的架子，“他是贫血，我们给了他一瓶葡萄糖喝。”

“给他葡萄糖喝？”

黎破晓的嘴唇不住地颤抖着，眼眸里泪花闪烁，“你是说……你们当中没有任何一个人愿意为他打针输液，所以你们就给了他一瓶葡萄糖，让他自己喝下去？”

几乎所有人，都在那一刻沉默，没有人可以回答黎破晓的话。

黎破晓呆呆地看着那些医生。

那些医生在她的视线中慢慢地垂下头去，黎破晓眼里的悲伤越凝越多，一滴眼泪从她的眼眸里掉落下来……

他们真的那样对待了俊夕哥……

俊夕哥……

黎破晓开始不敢往下去想，仿佛再想下去就会有什么痛苦的伤口被鲜血淋漓地掀开，她的身体渐渐地僵冷起来，双腿沉重得再也站不住。

倏地。

一片苍白刺入了黎破晓的眼眸。

黎破晓泪光闪烁的目光慢慢地停留在急诊室地面上的白色被单上，被单上，已经干涸的血迹分外的耀眼，它证明，江俊夕曾经在这里过。

身体无声地一震。

黎破晓噙着眼泪慢慢地，无声地走上去。

走到那张白色的被单前，她缓缓地蹲下身去，伸出颤抖的手指，慢慢地碰触那片纯白，心痛如沸，她用力地咬住嘴唇，手指无助地颤抖……

楚林训转过头去，他的眼角一片湿润。

被单上，鲜血已经凝固了……

耳膜旁全都是轰嚣的声响，眼泪哗哗地落下来，她的喉咙仿佛是被看不见的手捏住了，她张大嘴巴，却发不出一点声息……

良久。

滚烫的泪珠从黎破晓的眼眸里径直掉落，落在了被单的纹理中，洇出一片小小的湿润，心脏“突突”地狂跳着，针刺一般的疼痛在她的全身弥漫着。

黎破晓一声低低的啜泣哽咽，“俊夕哥……”

那一声心痛的呜咽还未说完，就像是满心的伤痛还没有找到一个可以宣泄的破口，等到楚林训惊愕地转过头来的时候——

心力交瘁的黎破晓已经昏厥在地。

晚上十点左右。

闻讯赶来的黎爸爸和黎妈妈到达医院，他们冲到病房里的时候，高烧刚退的黎破晓正在输液。

楚林训默然站立在一侧。

“破晓。”

黎妈妈心痛地看着黎破晓躺在病床上的憔悴样子，她伸出手来握着破晓冰凉的手，心痛地落下眼泪。

“破晓，你怎么会让自己病成这个样子啊？破晓……”

黎爸爸握住了破晓的另外一只手。

黎破晓已经清醒，她却只是仰面躺在病床上，一句话也不说，睁大眼睛呆呆地望着闪亮的天花板，仿佛没有听到黎妈妈的呼唤。

她的双眸明亮空洞如冰凌。

“破晓……”黎妈妈更加心痛和紧张，“破晓……破晓……是妈妈啊，妈妈来看你了啊……你跟妈妈说话啊……”

她无奈地推着女儿的肩头。

黎破晓一直不说话。

恍若失去了灵魂一般躺在病床上，良久良久之后，她忽然轻轻地抽泣一声，慢慢地闭上了眼睛，却有两行泪从眼角滑落下来……划过苍白的面颊……

她哭了……

“破晓……”

黎妈妈慌了，她的手按在黎破晓的额头，惶然地说道：“是不是哪里痛？你告诉妈妈，是不是哪里痛……哪里不舒服……”

黎妈妈殷切关怀的声音就在耳边。

身体如被一把冰冷的刀刃切割，在黎破晓的身体里发狠似的翻绞，她的脑海里，却全都是江俊夕凄凉痛楚的身影。

更加多的眼泪从黎破晓的脸上滑落，黎妈妈关切的声音却换来她伤心绝望的哭声，紧紧地闭着眼睛，黎破晓忽然失声大哭。

泪如雨下……

被一种可怕的罪恶感完全吞噬，最后一分力气和理智都被耗尽的她终于再也支撑不住，她崩溃得哭出来，喊出来……

“妈妈，我喜欢俊夕哥……不可以吗？为什么……我不可以喜欢俊夕哥……”

“……破晓……”

黎妈妈声音哽咽，心痛得说不下去话，“妈妈不拦你了，只要你能保护好自己，妈妈就不会再……拦你……”

“可是……现在就算是妈妈答应，我也不配喜欢俊夕哥，我欺骗了他……我是一个坏人……我伤了他的心……”

黎破晓一面颤抖着哭泣，一面上气不接下气地诉说着，“我对他说……我在他最需要帮助的时候转过身去，我给了他希望，却又在他最需要帮助的时候放弃了他！他现在这么可怜，我该怎么办……我到底该怎么办……”

“破晓……”

黎妈妈明白了黎破晓哭泣的原因，她伸出手为女儿擦眼泪，却总也擦不干，她想让破晓安静下来，却发现女儿的身体颤抖如打摆子，她终于也忍不住哭出声来。

“破晓啊，你别哭，都是妈妈的错，都是妈妈的错……妈妈知道错了，妈妈以后再也不会为难你了……你别哭了……”

可是，一切都已经无法挽回了……

“我欺骗了俊夕哥，我明明告诉他我会帮他的，我却骗了他……他不会原谅我的，他永远都不会原谅我的……”

没有人可以哄住黎破晓。

泪水如星芒一般从黎破晓的眼里滑落，她一面颤抖着推拒开黎妈妈安抚的手，一面闭着眼睛大声地哭着，像一个被丢弃的布娃娃一般痛苦绝望地哭泣着，泣不成声……

晓语：

我们在很痛苦的时候，总是希望周围人能够帮助自己，可是，当别人遇到了同样的痛苦时，我们却往往忘记了伸出援手，俊夕哥变得如此悲哀，我终于知道，艾滋病的确是一种绝症，它最先断绝的，不是人命，而是——人世间的一切温暖。

第七章 等待你回来

CHAPTER 07

Waiting

十二月。

常青高中的八十五周年校庆日，黎爸爸连同在美国的黎破晓的外公一起向学校捐助了修建一栋学生活动楼的全部费用，且为学校捐献了一整套先进的教学设备。

同时，黎爸爸还无偿地提供了香草园作为常青高中校庆的场所，晚上，几乎整个学校的学生和家长都来到了这片市郊最大的牧场，不仅有整台的晚会可以看，校方还特意准备了可以燃放整晚的焰火。

这里，将是学生整夜狂欢的地方，而作为学生会会长的简雨涵早早地来了，带领一些学生帮助香草园的工人准备晚会，黎风一如往常地陪在她的身边，李占亭与乐晴也是形影不离地忙碌着。

傍晚，晚会还没有开始，香草园里就已经聚集了很多的学生，打闹欢笑的声音不绝于耳，到处都充满了一种年轻的活力。

常青市长途车站。

坐在长途汽车站的休息椅上的江俊夕将一张前往临市的长途车票放在衣袋里，他穿着单薄的衣裳，面色带着憔悴的苍白，手臂被纱布简简单单地包扎着。

即便是这样，他的眼眸却还是有着从未有过的安静。

少顷。

他从身侧端起了一碗已经泡好的方便面大口地吃起来，热腾腾的泡面让他的面孔变得不再清晰，他喝了一口微烫的面汤，似乎泡面太辣了，他咳了起来，虽然只是那么几声咳嗽，却让温热的眼泪哗地一下涌出了眼眶……流满他苍白的面孔……

这样悲凉的眼泪突然涌出来，完全的猝不及防。

坐在对面的旅客讶异地看着他。

江俊夕转过头去将眼泪擦干，再抬起头来刹那，他看到了休息椅旁边的公用电话，湿润的视线就此定住。

傍晚。

天边是淡淡的夕阳，带着冬日的凉意。

黎破晓披着厚厚的外套，坐在自家的梧桐树下，她的手里捏着那一本《小王子》，一直沉默不言地坐着。

只是在这里，就可以听到香草园那一边不时传来的热闹欢呼，然而这一切，对于她来说，都仿佛是很遥远的事情。

黎妈妈从房子里走出来，她将一碗暖暖的鸡汤放在了梧桐树一旁的桌子上，再看看毫无反应的黎破晓，黎妈妈目光哀伤地转回到了屋子里去。

除却不远处传来的嬉笑声。

这片庭院，却安静的可以听到落在地上的梧桐树叶被风卷起的声响，黎破晓抬起头望着头顶上那一片天空，而石桌上的鸡汤，早已经凉却。

就是在这个时间。

铃——

在庭院最偏僻的角落，江爷爷的房子里，忽然传来一阵电话铃声，江爷爷并不在家，所以那铃声一直响着，也一直没有人接听。

于是。

梧桐树下的黎破晓转过头去，看向了铃声传来的方向。

喧闹的长途汽车站内。

在电话接通的刹那间，江俊夕张开口，那一声“爷爷——”却没有喊出声来，硬生生地鲠在了喉咙，眼泪从他的眼中落下。

然而。

就在他沉默流泪的这一瞬，在电话的那一端，却传来一个女孩子安静的声音，“你好，请问你是要找江爷爷吗？”

“……”江俊夕的身体猛然僵硬。

“……”电话那一端的黎破晓迟迟没有得到回应，她的声音再次传过来，“你先告诉我你是谁，等江爷爷回来……”

啪！

江俊夕猛地挂上了电话，然后整个人就好像是突然被抽离了全身的骨头，他颓然地弯着腰瘫软在地上，眼泪刹那间疯狂地涌满了整张面孔。

黎家的庭院里。

黎破晓呆呆地看着突然被挂断的电话，手中的电话传来嘟嘟的忙音，那个人居然一句话都没有说就挂断了电话。

心里突然涌起一阵很奇怪的感觉。

黎破晓慢慢地放下电话。

她转头走出江爷爷的屋子，然而，还没有走出几步，她忽然猛地转过身来，恍若梦醒一般地死死盯着那个电话，眼眸里的光芒疯狂地颤抖起来。

瞬间。

黎破晓扑到那个电话前，她的气息陡然变得紧张而又紊乱，苍白的手指哆嗦着查着来电显示键。

长途汽车站内。

但公共电话突然之间铃声大作的时候，正在公共电话周围经过的行人都不由自主地看过去，他们只看到一个不停作响的公共电话，和靠在电话旁不停流泪的少年。

那个少年瘦得像根草叶。

即便没有人接听，电话铃声却还在矢志不移地回响着，一遍遍地重拨，一遍遍地响起，一遍遍地等待着他的回应。

江俊夕却僵硬地站立着，他的头无力地靠在电话的一侧，眼泪纷纷落下，手指紧紧地攥住，嘴唇里传出低不可闻的啜泣。

他本可以转头就走。

可是。

他却做不到！

他本可以不接这个电话，可是他又控制不住自己的手指，因为他已经漂流在外面太久太久的时间，他已经太累，他太想听听一个与他有关的声音，他太想接触那份可望而又不可及的温暖，他太孤独太孤独了……

只是想要听一听那个声音……

电话在他的耳边回响着，他颤抖着抬起头来，眼里盈满悲凉的泪水，那电话仿佛有千斤重，却还是被他一点点地拿了起来。

终于。

他听到了那一端传来的声音，那样坚定清晰的声音，他听到她对他说话，胸口一阵抽痛，滚烫的眼泪顺着苍白的面颊长划而下。

因为。

电话那一端的女孩子在电话接通的一刹那，用平静温暖，甚至是含着几分笑意的声音告诉他。

“江俊夕，我在等你回家。”

那一刻。

在人来人往的长途汽车站内。

江俊夕紧紧地攥住手里的电话听筒，头无力地靠在电话机身上，全身都在竭力压抑地哆嗦着，他死死地咬住嘴唇，眼泪止不住地落下来……

电话里，黎破晓的声音带着他渴望已久的温暖，一点一滴地传到他的耳朵里。

“江俊夕，我们所有人都在等你回来呢，江爷爷每天都在温室里打理你种植的那些盆栽，他说，如果盆栽枯萎了，你回来的时候会难过的。”

电话里，黎破晓的声音竟然是出奇的平静和温暖，就好像是对一个离家很久的孩子念叨着家里的事情，让他知道，家里的人都在思念和等待着他。

“还有你种的那些香雪兰就要开花了，你说香雪兰是秋天长叶，冬天开花，你应该快一点回来看看它们，如果你再不回来，我就把那些香雪兰全都拔掉，你是知道我脾气很大的，我真的会这样做的。”

她在电话里很认真地威胁他。

拼命流泪的江俊夕靠在电话机上，他听着她威胁的声音，竟在满眼的泪水中破涕一笑，然而，那一抹凄凉的笑容过后，他的眼泪却流得更加汹涌起来……

“我哥哥黎风因为你的事情被我爸爸狠狠修理了一顿，他保证说，等你回来了要好好补偿你，还有我妈妈，我因为到处找你都生病了，她很生气，说等你回来要好好收拾你。”

“……”

“在你们班级里，你的桌椅一直都完好无损地保存着呢，老师没有安排人去坐你的位置，大家都在等着你回来，大家……大家为了你，学习了好多关于艾滋病的知识。”

“……”

“我攒了好多好多的糖果，各种味道的，就等你回来吃了，对了，我吃了几个芒果味道的，芒果味道的比草莓味道好吃一点呢，那以后你吃草莓的，我吃芒果的。”

“……”

电话里，黎破晓的声音，如闲话家常，她平静的声音让他感觉，他背负的所有沉重悲伤都不过是一片轻柔的羽毛，他心底所有的苍凉都会过去，他也有一个叫作家的地方，而她，正在等待着他回去。

曾经发生的一切痛苦事情都可以烟消云散。

她笑着对他说，最近所发生的一切开心或者是不开心的事情。

“我爸爸说，过春节的时候要做年糕给我们吃，因为明年就要升学考了，我爸爸希望我们两个人还有黎风都能考上好的学校，吃了年糕就会年年高。”电话里的黎破晓轻轻地叹了口气，“只可惜你啊，跑出去这么长的时间都不回来，快点回来啦，我有好多话想对你说呢，你今天晚上就要回来，记得吗？”

电话的另一端。

江俊夕死死地咬住嘴唇，因为一张嘴就是心痛的哭泣声。

她的声音还在他的耳边响起，似乎还微微地笑了一下，“江俊夕你真是一个傻瓜，你不回来的话，香雪兰都不会开花的，我就在梧桐树下等着你，相信你的勇气，相信我的勇气，你知道你一定会很坚强地走回来，我就一直等下去，你要给我好好记住，我会一直一直等下去。”

她似乎把话都说完了，却迟迟没有等到他的回应。

“江俊夕，我要挂电话了哦。”

“……”

“我真的挂电话了哦，你要记得快点回来，你要是敢不回来，等到被我抓到的时候，我会狠狠打你的。”

“……”

嘟……嘟……嘟……

在十二月的微冷傍晚。

在人来人往，到处都是陌生面孔的长途汽车站。

身穿单薄衣服的江俊夕，瘦弱苍白的江俊夕，他握着已经挂断的电话，用力地捏住酸涩的鼻子，无声地靠在那里，泪流不止……

而电话的另一端。

黎家的庭院里。

黎破晓怔怔地望着已经被自己挂断的电话，从她眼里疯狂滚落的泪水浸痛了她的面颊，濡湿了她胸口的衣裳，眼前是湿润的白茫茫雾气，她咬牙坚持着，让他听完自己那平静温暖的声音……

现在，她再也撑不下去了。

“破晓，你怎么了？”

当寻找她的乐晴走进来的时候，乐晴震惊地看到黎破晓蜷缩在电话的一旁，她把头深深地埋到自己的手心里，就像一个脆弱的孩子一般痛哭着，悲伤欲绝的眼泪从她的手指缝间溢出，滴落……

那一夜。

哭泣过后的黎破晓披着外套坐在梧桐树下，默默地看着庭院的大门处，而在那大门外，一条笔直的道路伸向了远远的地方。

黎破晓长久地望着那一个方向，她的手心里，轻轻地握着那个男孩木雕，她已经握着木雕很久很久了，握到手里小小的木雕温暖无比。

不远处的牧场里，有着喧哗热闹的声音，而这些声音，都是与黎破晓无关的，她只要听到一个声音，江俊夕回来的脚步声。

在她的身旁，乐晴一直陪着她，然后，李占亭和黎风走出来了，再然后，黎风回到牧场去，在简雨涵的面前说了几句话，简雨涵怔住，而在他们两个人身边的另外几名同学，也已经听到了他们说的话。

消息就是这样传出去的。

夜渐渐地深了，也更加的凉了。

当黎爸爸和黎妈妈拿着厚衣裳到庭院里给黎破晓的时候，他们发现，站在庭院里的，并不只是黎破晓一个人。

还有乐晴，李占亭，黎风，简雨涵和一群高三年级的学生，而在牧场的那一边，当热烈灿烂的焰火在空中绽放的时候，已经有更多的人闻知了消息……

黎破晓只是默默地坐着。

她面色平静地望着庭院大门外的那条道路，她呼出的气息在冷冷的空气中形成淡淡的白雾，她的手指冰凉，眼眸却清澈无比。

她告诉过他。

她在等他回家，并且会一直一直地等下去。

夜色深沉。

在一条长长的马路上，一辆开往临市的长途汽车忽然停下来，有个瘦弱的少年从车上走下来，长途汽车又重新开走了。

江俊夕沉默无言地站在马路上，路边的灯光昏暗，在这样一个清冷的夜里，除了马路旁边的野草之外，整条马路上就只剩下了江俊夕。

江俊夕很疲累地坐在了马路边上。

他的眼眸里闪动着孤寂落寞的光芒，轻轻地抿紧嘴唇，他微微地侧转头，无声地凝望着自己左边的方向，那是常青市的方向。

他的眼眸里凝着微弱的亮光。

冷冷的夜风从他如纸般苍白的面孔上吹过。

夜空中有着两三颗星。

江俊夕就这样坐着，手里慢慢地捻弄着一根枯草，似乎已经坐了很久很久的时间，而周围始终是一片凝重的夜色，整条马路都是静悄悄的，他只能听到自己的呼吸声。

枯草忽然从江俊夕的手指间掉落。

江俊夕从马路边上站了起来，他转头看了看自己的左边，那是常青市，他又看了看自己的右边，那是临市。

江俊夕垂下眼眸去。

他转向了右边的马路，朝着临市走去，而在他的背后，常青市离他越来越远……

然而。

再走了几步之后。

江俊夕慢慢地停下了自己的脚步，他的脊背一点点僵直，手指攥紧成拳，苍白的面孔上流淌着静静的忧伤。

他转过头。

在漫无边际的夜色里，在冷冷的马路上，孤独一人的江俊夕像一个离家的孩子般无依地望着常青市的方向，他低下头，从自己的衣袋里，拿出一块小小的木雕，那是女孩木雕，很漂亮的女孩子，总是灿烂无比地对他微笑的女孩子。

轻轻地捏紧手里的木雕，他的身体冰冷疲惫，而凝结着温热泪水的眼眸里，充满了一片复杂深邃的伤痛……

破晓时分。

天就要亮了，微凉的雾气在静静地弥漫着，远远近近的景物都变得模模糊糊。

黎家的大庭院里，已经站满了学生，在他们的身后，那些留下来的家长不知所措地看着自己的孩子们，而黎爸爸和黎妈妈站在庭院一侧的台阶上，黎风和简雨涵，李占亭和乐晴一直都站在黎破晓的身边。

整个庭院里，安静得没有一点声音。

黎破晓始终坐在梧桐树下。

她披着厚厚的衣裳，如水般清澈的双眸却定定地凝望着大门外那条笔直的道路，她在等待，平心静气地等待……

“江俊夕你真是一个傻瓜，你不回来的话，香雪兰都不会开花的，我就在梧桐树下等着你，相信你的勇气，相信我的勇气，你知道你一定会很坚强地走回来，我就一直等下去，你要给我好好记住，我会一直一直等下去。”

周围没有一点声音。

白色的雾气还在蔓延着，在隐隐约约的白雾里，那条长长的道路上，依然没有一个人影，但是站在庭院里的学生们却没有散去，即便是家长，也不忍让他们离开。

黎爸爸走到了江爷爷的身边，将自己厚厚的外套披在了江爷爷的身上，江爷爷默默地擦干自己脸上冰凉的泪水。

天边是淡淡的青色，启明星的光芒渐渐地弱了下去。

庭院里。

黎破晓轻轻地呼吸着，乐晴担心地看了看大病初愈的黎破晓，她走上前来，低声说道：“破晓……”

黎破晓却忽然站了起来。

乐晴怔住。

在淡淡的晨曦中，黎破晓慢慢地走向了那庭院的大门，她的目光中凝着一抹奇异的光芒，就好像是听到了什么一般，她轻轻地，屏住呼吸走过去……

黎破晓站在庭院的大门前。

被白雾笼罩的天地里。

长长的道路上，重重的雾遮挡了人的视线，黎破晓默然地站立着，只是在眼底深处，那一抹温暖的光亮却越来越清晰。

纯白色雾中，有着急促而又稍微踉跄的脚步声传来……

站在庭院里的人都听到了那个脚步，而突然意识到了什么似的乐晴突然热泪盈眶，紧紧地攥住了李占亭的手。

黎破晓始终站在大门前。

她望着那一片被白雾笼罩的道路，直到那个瘦弱的身影越来越清晰地出现在她的眼瞳里，越来越近……

白雾渐渐散去……

远远的山路上，那个瘦弱的少年，已经很累很累了，却还在微微喘息着一步步艰难地朝着她走过来，帅气却苍白的面孔上一片沉默的坚持。

走了整夜的他还是不懈地向前挪着自己的脚步，一步一踉跄……

“即便看不见，你也可以选择倾听夕阳的声音，只要你充满勇气和坚持，即使有些事情我们可能会因为自己的原因而暂时做不到，但也可以用另外一种方式让自己拥有力量等待奇迹的发生！”

“这就是聆夕。”

黎破晓缓缓地推开了庭院的门。

江俊夕在距离她几步外的地方喘息着站住，因为走了太多太多的路，他的额头上有着细细的汗珠，眼眸幽黑深邃。

他看到了站在庭院里的学生们，看到了那一双双善意的眼眸，看到了含泪的爷爷，看到了距离他几步之外的黎破晓。

他忽然有些紧张得无所适从，不知道该怎么办才好。

然而。

黎破晓却一直静静地凝视着他，她认认真真地看着他，仿佛是要把他辨认得清清楚楚，看他是不是曾经的那个江俊夕。

良久。

她柔软的嘴唇忽然扬起一抹温暖的弧度，目光澄澈安静如泉水，她微笑举起手里的男孩木雕，对离开好久终于回来的江俊夕轻声地说道：

“欢迎回家。”

江俊夕眼角濡湿。

黎破晓走到了江俊夕的面前，她看到了他疲累苍白的脸色，她的手伸出，却不轻不重地揪住了他的衣领，声音中带着一点点颤抖的赌气。

“笨蛋，你让我等这么久！”

江俊夕鼻子酸涩，他沙哑地开口，“对不起，全是我的错。”

“没关系，我愿意等你。”

就在那一声之后。

黎破晓在江俊夕还没有反应过来的瞬间，用力地拥抱住了江俊夕，将自己的面颊紧紧地贴在了他的胸前。

她拥抱了他。

江俊夕倏地睁大眼眸，他的身体在刹那间僵硬了。

冰冷的身体被瞬间的温暖所占据，将近几个月的出走的痛苦陡然化作胸口滚烫的感情，他竟然连一个拥抱都承载不住。

一切就仿佛是在梦中。

他们彼此紧握着对方的木雕像，在漫长的等待后相遇。

在那条有着微微薄雾的山路上，两旁还未落尽的梧桐树也随风沙沙作响，黎破晓拥着瘦弱的江俊夕，她听到了他胸口的心跳声。

怦怦怦……

这样真切的声音……

她无声地闭上眼睛，温热的眼泪浸透他胸口的衣裳，直透到他冰冷肌肤的纹理中去，暖和他本已经冰凉绝望的心。

“江俊夕，江俊夕……我终于等到你回来了。”

很多年后——

当那一日守望在黎家庭院里的人们开始回想记忆中的片段时，才发现，原来一切浮光掠影的片段都可以压入记忆的最深层，然而，唯有那一瞬，那一份等待，那一次男孩与女孩的拥抱，却依然刻骨铭心。

因为那也许是，在寒冷的冬天里，最真切的一份温暖。

阳光明媚的上午。

常青市医院的走廊里，忙碌了整整一夜的楚林训从动物试验室走出来，在走向通往自己办公室的走廊时。

“楚医师。”

女孩子明亮的声音突然钻入他的耳朵里，楚林训微怔，他在转身的刹那间就看到了黎破晓一脸宛如晨曦般耀眼的笑容。

她活力四射，信心饱满，“楚医师，我答应你的事情，我做到了哦。”

黎破晓像一只雀跃的小鸟，她的手指向了走廊一旁的休息区，惊愕的楚林训循着她的方向看过去——

他的眼眸忽地亮起。

瘦弱却依然精神很好的江俊夕站在休息区的椅子前，他望着楚林训，礼貌地低头，声音中带着真诚的歉意。

“楚医师，对不起，这段时间让你为我担心了。”

楚林训的办公室内。

黎破晓留在了外面，楚林训和刚刚做完全身检查的江俊夕相对而坐，楚林训的目光在江俊夕明显瘦下来的面庞上扫过，他的目光中带着一个医生特有的敏锐。

“你最近身体怎么样？”

“没什么变化。”

江俊夕的声音带着轻微的沙哑，他在刻意躲避着什么，“和平常一样，我准备接着喝你给我的中药，你今天……再给我开一点药吧。”

楚林训的目光在江俊夕微微肿起来的咽喉处停留了片刻。

他从办公桌前站起来，走到江俊夕的面前，看着江俊夕那轻松的笑容，楚林训的鼻子忽然有些发酸，他低声说道：

“把手臂伸出来给我看。”

江俊夕脸上的笑容凝固了，他无法面对楚林训认真的目光，只能默然地低下头，静静地说道：

“我真的很好。”

楚林训没有说话，他拿起了江俊夕的右手臂，然后将俊夕的衣袖挽上去，眉头顿时皱了起来，一切正如他所料，江俊夕的手臂上已经开始出现带状疱疹。

这是恶化的前兆。

楚林训放下了江俊夕的手臂。

江俊夕沉默地低头把衣袖挽下，遮挡自己难看丑陋的手臂，他静静地别过头，轻轻地抿住嘴唇一句话也不说。

“我会马上联系宇南市帝垣医院的院长，把你送到那里的艾滋病临床研究基地去。”

向来都是雷厉风行的楚林训从一旁的架子上取下了一叠资料交给江俊夕，“这些都是艾滋病研究基地的资料，你认真了解一下，做好去的准备。”

江俊夕默然地拿着那些资料。

那些凉凉的纸页上，写着关于艾滋病临床研究基地的全部信息，还有最新的药物和治疗方法，详尽得让人可以一眼看到艾滋病的可怕。

江俊夕微微苦笑。

良久，坐在办公桌前的江俊夕缓缓地抬起头来，他看着站在窗前的楚林训，眼眸里出现一片湿润的忧伤。

“楚医师，我想要问你一个问题。”

楚林训看他。

冬日里的温暖阳光照进来。

面对着大窗的江俊夕，他的面孔有着雪花般冰冷的颜色，含泪的眼眸中一片水晶般晶莹剔透，瘦弱的身体让他看起来像个泡沫一般易碎。

“如果……到了临床基地……我是不是就不能像一个正常人一样生活……”

江俊夕捏着那几页资料，恍若虚无一般地微笑着，“就像是泰国的天堂之家，收留那些快要死的人，我们唯一要做的事情……就是等死……我不想去那个地方……”

楚林训的身体无声地一震，他凝注着江俊夕，眼前这个少年的平静却让他觉得自己有一种窒息般的挫败感。

阳光中。

“你告诉我……”

坐在椅子上的江俊夕宁静得仿佛不再呼吸，他认真地看着楚林训，笑容苍白无力，微弱沙哑的声音一片艰难的哽咽。

“我是不是……快要死了？”

医院的花园里。

来这里休息的黎破晓居然发现了一棵已经变为白色的蒲公英种子，她开心地一笑，弯腰摘下了蒲公英，将洁白的小绒球一般的蒲公英送到嘴边，用力地一吹，蒲公英种子便摇摇晃晃地飞向蔚蓝的天空。

如水晶般晶莹的光芒中。

透明纯白色的蒲公英种子漫天飞舞，犹如纯净无瑕的纯白色的天使。

“对不起，你是常青高中的学生？”

她的身边忽然传来男孩子的声音，黎破晓回头，看到了一个十五岁左右的男孩子站在自己的身边，男孩子的面孔出奇清秀，但脸色却是苍白，眼珠漆黑漆黑，目光投注在她的身上。

黎破晓微笑，“对啊，我是常青高中的学生。”

“太好了，我叫徐家乐，”清秀男生有点不好意思，“我一直都想考常青高中，成为常青高中的学生是我的梦想，到时候就能跟学姐你穿一样的制服了。”

“可是……你生病了？”黎破晓迟疑地看着他身上穿的病号服。

“跟同学踢足球的时候扭伤了脚。”徐家乐不好意思地笑笑，对黎破晓很是尊敬，“学姐你怎么会在医院里？也是身体不舒服吗？”

“我陪朋友来。”

黎破晓微笑，边说边指了指徐家乐的身后，“如果你真的那么想上常青高中，那你就要更殷勤地叫他学长哦。”

江俊夕走到了黎破晓的面前。

黎破晓背着手笑眯眯地看着江俊夕，“怎么样？楚医师有没有因为你这段时间的‘出逃’教训你？他说你的身体怎样？”

“一切都还好。”

江俊夕温和地笑笑，黎破晓注意到他的手里捏着的几页资料，她好奇地看过去，“这是什么啊？楚医师给你的？”

江俊夕才发现自己的手指发硬，他居然一直都死死地卡着那几页资料，在黎破晓看过来的时候，他的心没来由地一慌。

“没……没什么。”

江俊夕慌忙将那几页纸塞到了一旁的垃圾箱里，黎破晓怔怔地看着被他扔掉的那几页资料，她疑惑地看着江俊夕，但是在他们的身边，徐家乐终于忍不住插话了。

“江俊夕学长好，我是想要考常青高中的徐家乐。”

江俊夕微带诧异地看向徐家乐，而徐家乐也将比肩站立的江俊夕和黎破晓看了一遍，眼里顿时充满了促狭的笑意。

“学长和学姐是情侣吧，看上去真是太般配了。”

“般配？”

一听这话，黎破晓的脸上立刻出现了调皮的笑容，“我们真的看上去很般配吗？”她兴奋地用手肘捅沉默下来的江俊夕。

“俊夕哥，听到没有？他说我们很像情侣呢。”

她太过兴奋地用手肘把江俊夕捅了个趔趄，“听到没有？听到没有？又开始不好意思了对不对？！”

“黎破晓！”

江俊夕的身体摇晃了一下，在站稳之后瞪了她一眼，示意她不要闹了，而黎破晓却笑得更加开心了。

她就知道，只要一说到这个话题，腼腆的江俊夕就会脸红得像个番茄，而她就喜欢看江俊夕脸红的样子，跟一个小女孩一样。

黎破晓不说了，但开始一个劲地偷笑。

满面通红的江俊夕无奈地揉揉鼻子，忍不住提高了声音，“黎破晓，你是女生，脸皮怎么这么厚？”

黎破晓吐吐舌头，“你脸皮那么薄，那我也就只能脸皮厚了，不然，等俊夕哥对我表白的时候，我就变成老姑娘了。”

“我……我为什么要对你表白？！”

“因为你喜欢我啊，真是的，这还用问！”

当这样的争论大有愈演愈烈的时候，站在二人面前的徐家乐便认定了他们是情侣关系，为了停止他们的争吵，徐家乐更是热心地建议。

“俊夕学长，什么时候我们一起踢足球吧？我足球踢得特别好，是我们初三年级的队长呢。”

“这种事情等以后再约啦。”

黎破晓打断了他的提议，拉起江俊夕的手臂，眼眸明亮，“我和俊夕哥要回去了呢，我们还有很多事情要做。”

“哦。”

徐家乐看着黎破晓拉起了江俊夕的手，意味深长地笑起来，“是，我明白了，还是约会比较重要啊。”

“对，对。”一语点中黎破晓的下怀，她快速点头的样子就像是鸡啄米，“徐家乐你这么聪明，一定可以考上常青高中的哦。”

黎破晓笑起来的样子灿烂如盛开的花。

江俊夕的面颊已经涨红，他有点恼羞有点无奈地从黎破晓的手里抽出自己的手，转头就走。

“俊夕哥，等我啦。”

黎破晓手臂一空，转头就看到江俊夕已经朝前走了，她慌忙跟上去，跑了几步之后又似乎是想到了什么似的跑回到垃圾桶前，伸手进去把江俊夕扔进去的那几页资料又重新捡了回来。

“你……”徐家乐吃惊地看着黎破晓一系列的举动。

“不要吵。”

黎破晓在急忙中还不忘做一个“嘘”的手势，将资料放在自己的包包里，转头去追已经走出去的江俊夕，拉住江俊夕的手，一脸小无赖的样子对他笑着。

江俊夕每次都会瞪她一眼，再抽回自己的手。

但每一次，笑眯眯的黎破晓都会锲而不舍地再次抓住他的手，把自己的手放在他的手心里，强迫他握住。

徐家乐看着他二人走远。

他们相携的身影在温暖的冬日阳光里分外醒目和美丽，十五岁的徐家乐揉揉头发，清朗的面孔上都是帅气的笑容。

“看起来，他们果然很般配呢。”

傍晚。

黎家的温室花房内。

江俊夕照例在打理着那些花花草草，而黎破晓坐在一旁的桌子上看书，她时不时会抬起头来看江俊夕一眼，眼里闪动着淡淡的迟疑。

“我查了一下，从我们这里到宇南市，如果坐车的话，大概要两个小时。”

正在看书的黎破晓忽然笑着说了一句。

江俊夕手中的动作一顿，他的目光在刹那间黯然，长长的身影立在了花架前，如僵住般一动也不动。

黎破晓眼珠明亮，仿佛没有察觉到俊夕的黯然，“如果我想去看你，只要两个小时就可以见到你，而且……就像是感冒之类的疾病一样，早一点接受治疗，就一定可以早一点好起来，那里的医院，总归比常青市的医院要好很多很多。”

江俊夕转头，漆黑的眼眸里有着脆弱的固执，“黎破晓，你看过那些资料了？”

“嗯。”

黎破晓居然点头承认，她的脸上有着平静而又自然的神情，“我看过之后，感觉很开心，不，应该说，我觉得非常非常开心，因为我终于知道，有这样一个地方，可以治疗俊夕哥的病。”

“别说了，我不会去的。”江俊夕转回头来不看她。

他沉默了一下，抬起头深深地吸了一口气，再然后一言不发地拿起一旁的水壶，为那些摆在花架前的盆栽浇水，清凉的水浇在一片片花叶上，花叶变得更加鲜艳起来。

他在花架前忙忙碌碌。

“俊夕哥……”

黎破晓看着他的背影，声音温和起来，“为什么要抗拒去更大的医院呢？楚医师都给你安排好了，他是真的想要帮你，说不定在那个研究基地里，就会有攻克艾滋病的药物，也说不定在俊夕哥你与病魔抗争的时候，就会有人研发出艾滋病疫苗……”

水流哗哗地浇在了盆栽上。

江俊夕沉默地逐个给花浇水，甚至有些花已经浇透了水，他还是浇下去，漫溢的水花溅到他的衣服上，他的面孔上。

“俊夕哥。”

黎破晓合上课本，她不再对他嘻嘻哈哈，而是用很郑重很认真的态度对他说，“你去楚医生说的那个研究基地好不好？我不想让你拖延自己的病情，一旦……病情恶化了……”

江俊夕的手蓦地一抖。

水壶从他的手中掉落，摔在他的脚下，凉凉的水顿时流了他满脚，黎破晓吃惊地从桌子后面站起来，瞪大眼睛。

“俊夕哥……”

江俊夕呆呆地站立在那一片水流中。

他的目光凝注在落到地上的水壶，有汩汩的流水从壶嘴中流淌出来，他的目光中，光亮逝去，只剩下一片静静的哀伤。

“破晓……有一件事，其实我一直都想告诉你……”

温暖的花房里，他缓缓地抬起头来望着黎破晓，微弱沙哑的声音中带着止不住的颤抖和怯懦。

“……我……怕死，我真的怕死。”

他的声音轻得可怕，仿佛一片羽毛般脆弱。

然而如此轻的声音却如重锤一般狠狠地砸在了黎破晓的心上，黎破晓的耳膜轰轰然，而在她的眼前，江俊夕那张年轻苍白的面孔，竟在刹那间不再清楚。

黎破晓的声音全部鲠在了喉间。

“就是因为这个原因，我想要留在这里。”

江俊夕的视线静静地穿透了那片透明的玻璃窗，他的目光悠远而又哀伤，“在这里，至少在一个很短暂的时间内，我可以忘记我在生病，我甚至幻想……其实我和你们一样充满希望地活着，我还可以逃避……艾滋病给我带来的绝望阴影……这样的逃避，就好像在我闭上眼睛睡觉的时候，我可以想象自己是一个健康的人……”

黎破晓怔怔地望着他。

“可是……”

江俊夕的眼眸一片透明，越来越多的哀伤如水般在他的眼底里缓缓地流动，“一旦去了那个地方，我就没有办法再做一个普通人，我更没有办法麻痹自己，我只能承认我患的是艾滋病，是绝症，我就要死了……”

江俊夕的喉咙忽然哽咽。

他低下头去，用手指擦掉眼角湿润的泪珠，拼命地咽下胸口翻涌的悲伤，然而再抬起头来，眼里却有着无法擦干的泪花。

黎破晓悲伤的视线却一眼扫到了他从衣袖里隐隐约约露出来的手臂。

她的眼眸蓦地瞠大。

“俊夕哥……”

黎破晓身体一震，几乎落下泪来，又急又痛地快步上前拉他的手臂“你的手臂上长了什么东西？这是什么……”

“这什么也不是。”

江俊夕却害怕一般地将她推开，他将自己的手臂放在了背后，躲避黎破晓的目光，“我没有事，我一点事都没有。”

“恶化了……”

黎破晓仓皇无奈地看着他，眸光伤痛，“已经恶化了对不对？所以楚医生才要求你去帝垣医院，所以他才说……”

“别说了，我绝对不会去。”

江俊夕退到了玻璃花房唯一一面墙前，他拒绝了黎破晓，默默地把头抵住了那冰冷的墙壁，眼眸里盈满了孩子般负气无奈的倔强。

“不管这是懦弱还是逃避，就算是只能活一年，或者是几个月，甚至是几天，我也想像一个正常人一样活着，我不要死在医院里。”

黎破晓的胸口一阵阵剧痛。

她静静地看着他，眼神里透出深深的悲伤，整个玻璃花房里静寂无声，甚至可以清楚地听到呼吸的声音。

窗外，冬日的夕阳染红了半个天际。

“江俊夕，你明天可以回学校了。”

花房的门被人用力地推开，黎风冒冒失失地冲进来，脸上带着自得的笑意，洪亮的声音大得甚至可以引起回声。

“我们都跟校长争取过了，校长说只要其他班级的学生没有意见，家长会不投诉，你就可以……”

他滔滔不绝的声音忽然卡住。

因为即便是有心没肺的黎风，也终于察觉到了花房里的气氛，那样压抑沉默的气氛，让他脸上的得意瞬间变成了不解和疑惑。

“你们怎么了？”

没有人回答他。

水壶孤零零地躺在地上。

玻璃窗外的阳光带着些许冬日的寒意。

黎破晓望着江俊夕消瘦的背影，她轻轻地咬住嘴唇又松开，如同化石一般定定地站在原地，一动也不动。

江俊夕在第二天回到了常青高中。

那一天还没有到早操的时间，常青高中的大部分学生却都集中到了操场上，李占亭站在一个摆放在校门口的桌子前，向每一个走入学校的人递送一份艾滋病知识普及传单。

校门口，高大的梧桐树挺立如盖。

简雨涵和乐晴站在树下，终于，她们看到了跟随在黎风身边来到的江俊夕，两个女孩子顿时笑容灿烂地迎了上去。

“江俊夕同学，欢迎回学校。”

笑嘻嘻的乐晴最先开口，心情大好地朝着站在江俊夕和黎风身后的黎破晓挤眉弄眼，“我套用了破晓的台词哦，破晓，你不会生我的气吧？”

她笑着看破晓。

黎破晓却无声地垂下长长的眼睫毛，没有说话。

这完全出乎所有人意料之外的反应让乐晴怔住，转眼之间自己准备的一肚子话就全都忘记了，而她身旁的简雨涵忙打开圆场。

“江俊夕同学，”美丽的简雨涵温和地笑着，“请跟我来，为了你的归校，我们特地为你准备了一份礼物哦。”

在所有人都伴着江俊夕走向学校大礼堂的时候。

还没有从怔忡中缓过来的乐晴一把拉住了走在人群后面的黎风，“黎风，破晓到底怎么了？”

黎风耸肩，表示自己也很不解，“我也不知道，从昨天开始，她就没有和江俊夕再说一句话了。”

什么？！！

从昨天开始，黎破晓就没有和俊夕说过话？！

乐晴不敢置信地睁大眼睛，她更加的惊讶起来，无法想象到底发生了什么事。

常青高中的礼堂内。

高三年级的学生都集中在这里，而江俊夕被简雨涵等人推到了礼台上的一个投票箱前，投票箱正对面的黑板两端，分别写着两个词——留下，离开。

在写着留下的那一侧，画满了清晰的“正”字。

而在写着离开的那一侧下面，空荡荡的一个字都没有。

江俊夕似乎明白了什么。

他缓缓地低下头去，胸口一阵阵温热。

“这是我们昨天发起的高三年级大投票，投票的主题就是——你想让江俊夕留下还是离开？结果是，所有的高三年级学生都愿意让你留下。”

学生会长简雨涵微笑着为他解答，“虽然我们还不能让整个学校的人都接受你，但是我们这些朋友都想让你留下来。”

简雨涵把手指向了站在礼台下的那群高三年级的同学。

江俊夕转过头的时候，他看到的是一双双善意的眼睛，微笑的嘴角，那些，都是即便不熟悉，却还是与他相伴三年的高三学生。

“江俊夕——”

站在乐晴身边的李占亭爽朗地一笑，“虽然你平日里不言不语好像很冷僻的样子，但是当我们知道你拒绝和我们接近是想要保护我们的时候，我们这些人，又怎么会让你一个人孤独地离开。”

“对的。”乐晴拼命地点头，“我们大家都是这么想的。”

“你可以留下来，但是不要当我的情敌哦。”

黎风笑着在江俊夕的胸口不轻不重地捶了一下，一副酷酷的样子，“这辈子我最大的梦想就是要追到简雨涵，谁都不可能是我的对手。”

黎风直截了当的表白让站在礼台下的高三年级学生哗然大笑，就连江俊夕也忍不住扬起了唇角。

简雨涵的面孔一红，眼里却出现明亮的笑意。

“对了，还有破晓。”

乐晴想起了一直都沉默的破晓，她转过身去寻找站在台下的破晓，“整个高三年级都投票了呢，却独独缺了破晓，你可是江俊夕力量的源泉。”

黎破晓被乐晴推到了礼台上，黎风把粉笔塞到了破晓的手里。

乐晴心无城府地笑起来，“快点再去补上一笔，这样，我们三年级把江俊夕留下大投票活动就圆满了。”

那一刻。

所有人的目光都集中在了黎破晓的身上，每一双眼睛里都含着期待的笑意。

黎破晓握紧手里的粉笔。

江俊夕站在她的对面，他望着她，她的肌肤白皙晶莹，乌黑的长睫毛下，那一双如清潭般的眼眸蕴藏着他怎么看也看不透的东西。

黎破晓从他的面前走过，走到了那面黑板前。

接着。

江俊夕听到了一阵惊讶的吸气声，而站在江俊夕身边的乐晴甚至震惊得都失声叫了出来。

“破晓，你弄错方向了。”

江俊夕转过头。

黎破晓站在黑板前，她抬起头，然后在黑板上写着离开那一侧的下面，用粉笔认认真真地画下了一笔。

江俊夕的目光唰地黯然下去。

整个礼堂，在刹那间鸦雀无声。

谁也没有想到，本应该最支持江俊夕留下来的黎破晓居然选择让江俊夕离开，而黎风等人更是呆呆地不知道到底发生了什么事。

“俊夕哥……”

黎破晓放下手中的粉笔，她站在黑板前，静静地凝望着江俊夕，她的目光带着一抹凝重的痛楚，轻声说道：

“就请你，答应我这一次，你去研究基地，好不好？”

礼堂内。

简雨涵拉了拉乐晴的手，但是乐晴对着她摇头，表示自己也不知道是怎么回事，所有人的眼眸里都透出一抹浑然不解，因为那是一个只属于他们两个人之间的谜题。

“难道……”江俊夕的嘴唇轻颤，消瘦却依然清秀的面孔上，一片屏息的苍白，“你一定要这样逼我？你一定要……”

“我要你活下去。”

湿润的眼泪在黎破晓的眼眸里闪烁着，她一瞬不瞬地望着他，仿佛这样就可以硬生生地直望到他的心底里去。

“即便是一个很痛苦很艰难的过程，即便要比别人付出更多的努力和艰辛，即便是这样，江俊夕你也必须要活着，我才不管你有多难过，更不管你想要过什么样的生活，我就要你活着，除此之外我什么也不管。”

活着……

她一遍遍地重复着那个字眼。

江俊夕的心底一阵阵疼痛，他如石膏一般僵在那里定定地望着她，系在她头发上的红丝带如火焰一般闪耀在他的眼里，闪耀在他的心里。

“你说如果能够过正常人的生活，哪怕你只能活一年，几个月，几天你都愿意，可是，我不愿意，我不愿意你这样做。”

“……为什么？”

“因为那对我来说太残酷，因为我想有更多的时间和俊夕在一起，因为我要的不只是几天，几个月，一年，我要的是十年二十年，我要的是更长久的时间，我想要一辈子都和俊夕哥在一起。”

“那是我根本办不到的事情……”他的声音忽地带着脆弱的急促。

“你可以！”

眼泪瞬间从黎破晓的眸中掉落，打湿了她乌黑的眼睫毛，“你还没有努力过，还没有为自己抗争过，你凭什么说自己办不到？！就当是为了我，为了自私的黎破晓，为了让所有关心的人不伤心。”

“……”

“江俊夕，不止你一个人害怕死亡，我也害怕，我也害怕俊夕哥突然离开我，我不想让这样的事情发生，我不想放弃希望，哪怕是最后一分希望，如果……如果你死了我会很伤心很伤心，我会难过死的……”

江俊夕慢慢地握紧自己的手，每一下呼吸都让心脏一阵阵抽痛。

黎破晓默默地凝注着江俊夕，她清澈的眼眸含着清亮的泪珠，却有着一种深沉的坚韧，宛如那些在突破云层的一米阳光。

“我不要你死，江俊夕。”

心痛如沸。

僵硬如石的江俊夕忽然别过头去，他的面容愈加的苍白无力，紧紧地闭上眼睛，痛楚的眼泪哗哗地落下来……

冬日的阳光依然温暖。

空气一下子静得出奇，仿佛一瞬息间，什么都已经改变了。

有高大梧桐树的枝叶通过礼堂的窗户延伸进来，随着风轻轻地摇摆着，那一阵沙沙的声响在每一个人的耳边重复着。

站在礼堂里的人，都怔怔地看着他们两个人。

瘦弱的身体在寂静的礼堂里轻轻地摇晃。

良久。

江俊夕眸光黯然，声音有着一种沙哑的脆弱：“你有没有想过，即使我接受治疗，我也许还是只有死路一条。”

“……我想过。”

“那你为什么还……”

“接受治疗，还有一丝机会，可是放弃治疗，却只能等死。”

黎破晓的心底一片滚热的疼痛，她轻声说道：“也许，在俊夕你为自己生命抗争努力的时候，就会有克制艾滋病的特效药或者是疫苗出现了，那个时候，俊夕哥就可以活下来，作为一个健康的人活下来。”

江俊夕的面容雪白，“我还有那样的机会？”

“如果你现在放弃了，你就绝对没有这样的机会，可是……如果你坚持，即便命运惨痛无奈……只要是还活着，我们总有机会，总有希望……”

黎破晓走到了江俊夕的面前。

她抬头看着他宁静苍白的样子，她把自己的手先放在自己的心口上，然后含着眼泪对他轻柔温暖地微笑。

“俊夕哥，我会一直陪着你，陪着你坚持下去，陪着你一起等待奇迹，因为有一句话，我其实很早以前就想告诉你，很早以前……就想让你知道……”

她把手从自己的胸口移开，然后慢慢地放在了江俊夕的胸口。

白皙的小手贴合在他的心口，黎破晓的目光真诚宛如洒满阳光的海面，那样深邃的感情从她的眼底里泛了上来。

“我喜欢你，江俊夕。”

礼堂内响起一阵抽泣声。

那些看着他们的同学都听到了黎破晓的表白，他们先是吃惊，然而在惊讶过后，他们的眼眸里却不约而同地出现了感动的清光。

那仿佛是天籁般温暖的告白。

江俊夕的喉咙一阵阵哽咽，他的睫毛颤了颤，有一种滚烫的感情就要突破他的胸腔，在他的心里左右激荡，竟然让他激动得疼痛起来。

心跳仿佛就要停止了。

江俊夕深深地吸了一口气，他忍住眼眸里那一片湿润的泪水，停留在身体一侧的手慢慢地抬起，然后覆上了压在自己胸口的那只小手，他静静地用自己的手包容了她的手。

黎破晓破涕为笑。

在冬日的阳光中。

紧紧交握的两只手，却仿佛是充满了神奇的力量，总可以带给他不可思议的温暖，总可以让他感觉到一种坚强的力量。

希望无处不在。

正如在冬日里绽放的香雪兰，只要坚持下去，即便是在严酷的寒冬，你也可以看到那一片迎雪初绽的洁白花朵。

晓语：

那个时候，我还不知道我和俊夕的未来会是如何，会发生什么样的事情，但我终于可以相信，我拥有足够的勇气和他一起承受苦难，也许这就是无畏的年少轻狂，我已经决定要做那个人，那个在他痛苦难过的时候，可以与他分担，给他坚强力量的那个人……

CHAPTER 08

第八章 同一片蔚蓝的天空

夕言：

人生就是一条长长的跑道，我们每一个人都在努力地奔跑着，但并不是我们每一个人都可以拿到第一名，可是这样努力着，这样为了一个目标而奋力地奔跑着，这样即便洒满了汗水和泪水也不会放弃妥协地跑下去，这本身就是一件幸福的事情。

一月二十日，周六。

血压正常，有稍微低烧，38 度 5，剧烈咳嗽现象有所减退，体重比入院时有所增加，可以继续采取中药疗法。

楚林训合上江俊夕的病历，抬头看半靠在病床上的江俊夕，他微笑，“恭喜你，江俊夕，你恢复得不错。”

就在一个月前。

江俊夕入住帝垣医院传染病区，也就是艾滋病研究临床基地，他的病情得到了很好的控制。

楚林训本就是帝垣医院的医生，为了医治江俊夕而留在了常青，现在他也随着江俊夕一起来到了帝垣医院，继续担任江俊夕的主治医师。

黎爸爸为江俊夕付了全部的医疗费。

“谢谢。”

半靠在床上的江俊夕，笑容中带着纯净的安心和舒畅，而曾经苍白的面色也在入院后的治疗中变得好看了很多。

他的视线投向了病房的窗户，眼里闪动着晶莹的幸福光芒。

一大束向日葵迎着明亮的窗户，在盎然绽放着。

漂亮可爱的女孩木雕摆放在窗口，憨态可掬地对着坐在病床上的江俊夕透出甜美纯净的笑靥。

楚林训注意到了江俊夕的视线，就连一向严肃的他都忍不住调侃，

“你的小女朋友黎破晓去什么地方了？”

“今天是学校寒假前发布成绩，她早上回常青市取模考成绩了，大概过一会就回来。”

江俊夕一语说完，才发现自己居然默认了楚林训称黎破晓为自己女朋友的说法，他立刻变得不自在起来。

“楚医师，黎破晓她不是我的……”

“我不是什么啊？”

伴随着明亮悦耳的声音，用红色的丝带系着马尾的黎破晓三步并作两步跳进病房里，她穿着从隔离间换上的白大褂，开心地朝着江俊夕晃了晃手中的大书包，得意洋洋的像个得胜的将军。

“俊夕，我妈妈特地让我带了小煎饺给你吃哦。”

江俊夕摸摸鼻子，不好意思地笑起来。

楚林训自觉地朝后退去，保持嘴角的笑容，将病床一旁的位置让给黎破晓，黎破晓走过来，疑惑的目光从楚林训的脸上扫过。

“你们刚才在说什么？为什么楚医师你笑得这么奸诈？”

楚林训戏谑的目光移到了江俊夕的身上，促狭地扬起唇角，“这个要江俊夕回答你才行，我们不太好说，我现在要去探视别的病人了，不打扰你们。”

楚林训微笑着转身离开。

病房里安静下来。

二人的独处让江俊夕有一点莫名的尴尬，他再次咳了一声，转头看到黎破晓始终笑盈盈地坐在自己的对面，双手捧着那个装着煎饺的便当盒。

江俊夕怔住。

“要不要吃？”

黎破晓垂涎的样子看上去比江俊夕还想吃那些煎饺，“我妈妈做的煎饺，可是天下第一好吃的哦，我从早上到现在跑来跑去的，都还没有吃过早饭呢。”

江俊夕忍俊不禁，“好啊，正好我饿了。”

浅黄色便当盒被掀开。

金灿灿的煎饺端端正正地摆在便当盒里，黎破晓把筷子递给江俊夕，自己低头数了数煎饺，然后抬起头来十分开心地汇报。

“一共是二十个，我们一人十个哦，你先吃。”

江俊夕拿着筷子夹了一个煎饺放在嘴里，香气浓郁的饺皮带着脆脆的油香，而馅汁更是鲜嫩爽口，唇齿间都是温暖的味道。

“很好吃吧？”

黎破晓期待万分地看着他，等看到江俊夕点头，她松了一口气，眼眸因为太过开心的笑容而弯了起来，“你喜欢吃就太好了，前几天我跟我妈妈说你吃不下东西，我妈妈就绞尽脑汁地想啊想，终于想到做煎饺给你吃，那下一次，我还带煎饺来。”

“替我谢谢阿姨。”

“你不用这么客气啦。”

黎破晓也从便当盒里夹出一个煎饺吃了一口，连连点头，“果然很好吃呢，不然我吃五个，你吃十五个，不许剩下，否则我会生气。”

江俊夕微笑点头。

黎破晓很快地吃完自己那五个煎饺，然后笑眯眯地坐在病床的一侧，看着江俊夕一口一口吃煎饺，目光一瞬不瞬。

在她全神贯注的注视下，江俊夕终于支撑不住，他抬头看她，“黎破晓，你为什么一直盯着我看？”

“因为我喜欢你啊。”黎破晓回答的义正词严，“我喜欢你，所以就一直盯着你看，这是很天经地义的事情呢。”

她这样的直率，让江俊夕想不脸红都不行。

“俊夕哥才不用不好意思呢，我就是喜欢看俊夕哥啊。”

黎破晓双手支颌，睁大眼睛凝视着江俊夕，笑容柔软，“因为俊夕哥对我很重要，是我生命中最重要最重要的人。”

江俊夕却轻轻地抿住嘴唇，慢慢地垂下眼眸。

他仿佛没有听到她的话，只是低下头去，再度拿起筷子夹一个煎饺来吃，笑着说道：“煎饺真好吃，阿姨果然手艺一级棒，就是不知道黎破晓你什么时候能做出这样好吃的煎饺。”

江俊夕满口赞誉着美味的饺子。

黎破晓抽了抽鼻子，她也不再去追问他什么，只是拿起筷子把煎饺全都推到了江俊夕的那一边，眼眸依然如星星一般闪亮耀眼。

“你喜欢吃就最好了，俊夕哥要把这些全都吃光，一个都不许剩下。”

江俊夕点头，继续吃煎饺。

“傻瓜，你就是一个大傻瓜！”

没过多久，正在吃东西的江俊夕听到了黎破晓的声音，他抬起头来，却看到黎破晓在不轻不重地敲着手里男孩木雕的头。

她不知何时侧身对着江俊夕。

纤细的手指在男孩木雕像的头上指指点点，黎破晓正在教训着那个木雕，“又倔又不听话，把我说的话都当成空气，我是女孩子呢，对你表白你都不理不睬，煎饺那么好吃吗？煎饺长得比我好看？”

“……”

“我对你说了那么多好听的话，你却连一句‘我喜欢你’都没有对我说过，我真的生气了，我真的生气了哦，让你不听话，让你不听话，傻瓜，傻瓜，大傻瓜。”

黎破晓的手指不停地上下敲打着男孩木雕的头以示惩罚，小小的木雕被黎破晓敲打折腾得左右摇晃，让人都不忍看下去了。

摆放着窗边的女孩木雕正对着病床的方向，依然是一副笑眯眯的样子，仿佛是在嘲笑着被黎破晓欺负的男孩木雕。

“黎破晓。”

在她的身侧，江俊夕忽然出声。

黎破晓转过头来，撇着嘴看江俊夕，“干什么？没看到我正在忙吗？你吃你的东西好了，才不要你管我。”

她倒是一副很委屈的样子，就好像她刚才“指东打西”的行为完全不存在一样。

江俊夕忍俊不禁。

在洁白的病房内，江俊夕那一抹柔柔的笑容就仿佛是笼着一层朦胧的光晕，他摸摸鼻子，眼珠黑如点漆，却明亮无比。

“你才是傻瓜。”

晚上。

终于放了寒假的黎破晓代替江爷爷守在医院里，她就在江俊夕的单人病房里休息，一张与江俊夕的病床并排的临时床铺上。

“如果感觉不舒服了就告诉我。”

在关灯前，黎破晓再次认认真真地审视了江俊夕的面色，在确定他确实没有什么异样之后，忍不住再次叮嘱。

“紧急按钮就在你床头，你一伸手就能碰到，一旦身体发生状况你就一定要说话，就是有一点点发烧也要说。”

她喋喋不休地说个没完。

江俊夕躺在病床上，笑着开口，“你好啰嗦。”

黎破晓嗔怒地瞪了江俊夕一眼，给他把被子认认真真地盖好，转身走到自己的临时床铺前准备躺下，但是她刚刚伸手按了按枕头，却又转过身来。

“怎么了？”江俊夕看着她。

“我突然想到了一个很好的办法。”

黎破晓迅速地从自己的头上解下束发的红色丝带，走到江俊夕的面前，将丝带的一端系在了江俊夕的手臂上，另一端缠绕在自己的手指上，“这样会更保险，你只要在难受的时候扯一下红丝带，我马上就可以醒过来了。”

黎破晓因为自己的聪明才智而得意地笑起来。

她再次走到自己的临时床铺前，这次终于可以顺利地躺下去了，她盖好被子，又转头看了看在两人中间吹落的红颜色丝带，唇角上扬。

“俊夕哥，晚安。”

江俊夕点头，清秀的面孔上出现温暖的笑容，“晚安。”

啪。

黎破晓关上了床旁边的台灯，房间里的光线立刻暗了下来，安静的空间里，只可以隐隐听到两人均匀的呼吸声。

窗外有着淡淡的月光照进来。

搁放在窗台上的男孩女孩木雕在这一片如水的银辉中，相携并立，他们时时刻刻都在笑着，有着孩子特有的天真和无邪。

黎破晓躺在临时床铺上，她的眼眸亮亮的，了无睡意地看着天花板，到最后实在撑不下去了，她侧转身子，看着对面的江俊夕，小声地说道：

“俊夕哥，你睡着了吗？”

江俊夕躺在床上侧过头来，眼眸清亮，“怎么了？睡不着吗？”

“嗯。”黎破晓点头，枕着自己的手背凝看着江俊夕，“俊夕哥，有一件事情，你一定要答应我呢。”

江俊夕疑惑：“什么事？”

“其实这件事情我已经和楚医生说了呢，他说你的身体状况非常好，可以出院和我们一起过春节。”

江俊夕怔了怔，“你要我回去……”

“回去和我们一起过年啊。”

黎破晓舒舒服服地吸了口气，“我妈妈准备了很多好吃的东西，爸爸说，过年要很多人在一起才热闹，如果江爷爷和俊夕都不在的话，那种感觉就跟没有过到一个团圆年一样。”

江俊夕不说话。

“要是你不答应的话我就生气了啊。”黎破晓冲着江俊夕瞪大圆圆的眼睛，“你要是乖乖答应呢，我就唱一首歌给你听。”

江俊夕莞尔，“你唱歌？你会唱什么歌啊？”

“我当然会唱啊，而且还是很好听的歌呢。”

黎破晓会心地一笑，转过头去仰面躺在自己的床上，看着头顶上的天花板，深深地吸了一口气，开口用很轻很柔的声音唱道：

“……一闪一闪亮晶晶，满天都是小星星。挂在天空放光明，好像千万小眼睛。一闪一闪亮晶晶，满天都是小星星……”

温暖安静的病房里，黎破晓唱着童谣的声音轻柔地回响着，让这被月色笼罩的病房也多了一份温柔的色彩。

江俊夕忍不住笑出来，“黎破晓，这就是你的歌？”

“是不是很好听？”黎破晓转过头来调皮地眨眨眼睛，眼瞳乌黑明亮恍若星光，“这是我唱的最好听的一首了，鼓掌。”

她自己率先伸出手来为自己鼓掌。

系在她手指上的红丝带牵着系在江俊夕手臂上的那一端，黎破晓看江俊夕光是笑着不动，她眉头一皱，用力地扯扯红丝带。

“快点鼓掌，不然我生气了。”

江俊夕摸摸鼻子，无奈地鼓了掌之后紧跟着说道：“黎破晓，为什么你让我感觉我们两个像傻瓜？”

黎破晓从床上坐了起来，她拥着自己的被子，看着江俊夕。

江俊夕被她盯的心里发毛，为自己刚刚说过的话而后悔，“好了，我不是说你是傻瓜，你唱得很好听。”

“我觉得我这样唱歌很没有意境呢。”

黎破晓不知道又想到了什么，她从自己的床上蹦下来，将自己厚厚的毯子和被子全都搬下来，江俊夕更加不解地望着她，但是红色的丝带连接着他和她，她一动，就把江俊夕从床上拉了起来。

“黎破晓……”江俊夕被红丝带牵扯着，跟在她的身后。

“不要吵，快点过来帮忙啦。”黎破晓将自己的被子和毯子全都铺在了正对病房大窗的地方，又转身走到江俊夕的床前，将江俊夕的被子和毯子全都抱起来，同样铺在了大窗前的空地上。

两床纯白色的被子拼在了一起。

“好了。”

忙忙碌碌的黎破晓稍微有点气喘，她蹲下身去拍了拍被子的一端，转头对站在自己一侧的江俊夕笑道：

“快点过来躺下。”

江俊夕还是满眼的疑惑，但还是听从黎破晓的话躺在了那一侧，黎破晓用被子把江俊夕盖得严严实实的，她自己就要躺在另外一侧。

江俊夕倏地一下子从雪白的被子里面钻出来，眼眸瞠大，声音结巴，“黎……黎破晓，你干什么？！”

“对了。”

黎破晓摸摸头，仿佛恍然大悟一般地看着江俊夕，“还有一件事没有做呢。”

她站起身从窗边拿过那一对娃娃木雕，放在了江俊夕和自己中间，也让它们躺好，再对还是一脸惊讶之色的江俊夕说道：

“你现在可以躺下了。”

江俊夕一阵面红耳赤，看着已经躺在自己身侧的黎破晓，“我……

我为什么要躺下？你这是……”

“躺下听我唱歌给你听啊。”

黎破晓舒舒服服地躺在被子里，眼望着窗外闪亮的星光，长长的睫毛轻轻扇动，“这样才比较有意境呢。”

“我……”江俊夕面孔通红，从牙齿间挤出一句话来，“我不……”

黎破晓眼睛一翻，躺在那里斜斜地瞪了江俊夕一眼，“江俊夕你不要惹我生气啊，我可是会打人的。”

“可是……”江俊夕连耳根子都烧红了，白色的病号服更加衬得他脸如番茄，“男……男女七岁不同席！”

“哈哈哈哈哈……”

江俊夕硬挤出的那一句话让黎破晓放肆地一阵大笑，她在被子里弯着腰笑得很大声，甚至笑得打起滚来，笑得眼泪都快要流出来了。

“江俊夕，你居然能说出这样的话来，你居然说出这样的话来，你以为你是夫子……哈哈哈……”

对她彻底无奈了。

江俊夕只能趁着她低头大笑的时候，在她的头上做了一个“轻捶”的手势，以示他坚决的反抗。

她一抬头，他就迅速缩回自己的手！

“马上给我躺下。”

黎破晓擦掉眼角笑出来的眼泪，不忘记威胁他，“你是想现在乖乖地躺下，还是我狠狠地打你一拳然后你头上顶着一个包再躺下？你自己选。”

江俊夕迟疑地看着她。

黎破晓才不管他的犹豫，直接将他拽到了平铺在地面上的毯子上，然后用厚厚的被子严严实实地将他盖好，自己也躺在他的身侧，而娃娃木雕放在他们的中间。

“好了，现在可以了。”

黎破晓仰面躺着，望着窗外灿烂的夜空星辰，“俊夕哥，听我唱歌给你听哦，我唱完的时候你要记得鼓掌，不然我就不客气了。”

“……”

“一闪一闪亮晶晶，满天都是小星星，星星眨着小眼睛，闪闪烁烁到天明，好像千万小眼睛……”

黎破晓唇角含笑，轻缓地唱着那支软软的歌谣，就好像是回到了他们共同的童年时代，他们香草园的山坡上……

小俊夕教她充满希望……

教她学会如何聆听夕阳……

窗外的星空，一片灿烂的光芒。

房间里温暖如春，江俊夕和黎破晓盖着雪白的被子，他们并排躺在星光、月光之中，望着窗外耀眼的星辰，那一瞬宁静安心的感觉，竟然是天地如此之大，而他们却是如此幸福的渺小，如此幸福的存在……

红丝带静静地牵系着他们两个人的手。

黎破晓的歌声犹在耳边温软地回响，雪白的被子上面，一只小小的手慢慢地伸出，然后轻轻地握住了那只苍白的大手，她默默地握着他的手。

江俊夕盛满星光的眼瞳无声地动了动。

“我啊，从很小很小的时候，就有一个没有对任何人说起的愿望呢。”

黎破晓握紧江俊夕的手，温暖地微笑着，低声说道：“这个愿望就是，等到我长大的时候，我很想跟俊夕哥结婚。”

江俊夕的胸口慢慢地起伏，他仰面看着窗外的星光。

黎破晓的眼瞳静静的，那一抹笑意仿佛可以从她的眼底通透到他的心底，她的声音犹如清晨的露珠，带着清新和晶莹的纯净。

“我现在就握着俊夕哥的手，永远永远都不会放开你，所以，谁也别想把你从我的身边带走，谁也不可能让你离开我，就算是艾滋病也不可能，因为我要做你的新娘，我要穿着最漂亮的婚纱和俊夕哥结婚。”

“……”

没有得到他的回应。

黎破晓转过头去，发现躺在自己一侧的江俊夕已经闭上了眼睛，均匀绵长地呼吸着，他似乎已经很熟很熟地睡着了。

黎破晓微微一笑。

她稍微凑到他的面前，然后轻轻地贴在他的耳边，柔柔地说道：“俊夕哥要记得，一定要做我的新郎哦。”

江俊夕依然闭着眼睛，长长的眼睫毛温顺地贴在苍白透明的肌肤上。

黎破晓转头看着窗外的夜空星辰，唇角漾着美美的笑容，她握着江俊夕的手，让彼此温暖交融，然后静静地闭上眼睛。

她睡熟了。

漫天的星光透过大窗洒入整个房间。

而在窗前并排躺着的江俊夕和黎破晓，红色的丝带从两人的手间垂落，宛如从上天降临到人间的天使精灵，他们在月光中沉睡，安详美好。

在悄无声息间……

江俊夕长长的眼睫毛轻轻地颤了颤，他闭着眼睛，一滴泪水却从他的眼角处缓缓地滑落，凝着温柔的星光，落到了洁白的枕头上……

第二天的天气出奇的好。

黎破晓带着江俊夕到帝垣医院传染病区的花园散步，她穿着医院特意准备的白大褂，手里拿着一个红红的苹果，跟随在穿着病号服的江俊夕身边。

花园里人并不是很多。

有几个人围在亭子里打牌，下棋，也有几个病人在一起做着简单的运动，但在他们的周围很少看见陪伴照顾他们的家人。

“这里大都是艾滋病人，”江俊夕慢慢地朝前走着，静静地说道：“他们也和正常人一样，有着自己的幸福、悲伤，还有快乐、难过……”

黎破晓牵着江俊夕的手，和他一起走。

“小凡今天乖吗？”

不远处，身穿医师服的楚林训俯身到一个坐在长椅上的小女孩面前，小女孩穿着厚厚的衣服，抱着大大的布偶熊，冲着楚林训使劲地点头。

“嗯，小凡今天吃了药，也打了针，小凡很乖，叔叔给我买大大的熊吧。”

“那好，现在叔叔要考小凡了，答对了，叔叔明天还给你买一只大熊。”楚林训的笑容透出一种爱的善良，他的手在小孩子的头上抚了抚。

“先说第一条……”

“一起吃饭，一起洗澡，一起玩耍，一起学习都不会传染艾滋。”

“第二条……”

“使用同一个卫生间，咳嗽，打喷嚏，握手，拥抱不会传染艾滋。”

“第三条……”

“被蚊子、苍蝇叮咬不会传染艾滋。”

“好，小凡全都答对了。”

楚林训微笑着对她竖起了自己的大拇指，他亲昵地将小凡抱在了怀里，举止间带着恍若亲人般的温暖，雪白的医师服让他整个人莫名地耀眼起来，仿佛天使。

“最后一个问题，要是小凡流了血怎么办？”

“这个我也知道。”可爱的小女孩抱着怀里的大熊，依偎在楚林训的怀里，乖巧懂事地张开小嘴说道：“要一个人处理干净，把擦血的纱布交给医生，不可以让别人接触到我的血液，不可以伤害别人。”

“那个孩子因为父亲的原因，在一次输血的时候感染了HIV。”

站在黎破晓的身边，江俊夕低声说道：“她今年五岁，是这里年龄最小的艾滋病患者，大部分感染了艾滋病病毒的婴幼儿，只能活到三岁左右，她却很坚强地撑到了现在，只可惜，她健康的妈妈却从未出现过，因为艾滋，她被自己的妈妈遗弃了。”

黎破晓抬眸看着那个孩子。

在楚林训检查过后，小小的孩子便抱着自己的大熊，跟在了护士身后离开，楚林训转过头来，看到了一直站在一旁的黎破晓和江俊夕。

他淡淡一笑，走了过来。

“准备什么时候出院？”楚林训看着虽然消瘦却很有精神的江俊夕，他笑笑，转向一旁的黎破晓，“药我都已经开好，别忘了带回去给俊夕吃，还有我只给你们三天的时间，三天之后要马上回医院。”

“知道了。”

黎破晓点头，挽着江俊夕的胳膊，吐吐舌头抱怨道：“等到年初二的时候，我就会乖乖地把俊夕带回来，真是的，楚医师怎么变得这么婆婆妈妈。”

“真够凶的。”楚林训把目光转向江俊夕，目光里透出促狭，说起话来意味深长，“以后有你好受的了。”

江俊夕摸摸鼻子，但笑不语。

“什么？”

黎破晓看着他二人的神色，顿时明白过来了，伸出手来在江俊夕的手臂上不轻不重地一掐，江俊夕的脸上露出了极度吃痛的表情，楚林训后退一步，显然是怕被黎破晓的愤怒牵连，退后一点才能看好戏。

“江俊夕，你敢和楚医师一起欺负我，我很凶吗？我到底哪里凶？”

她掐得他整个眉头都皱在了一起，只能一迭声地讨饶，“黎破晓你不凶，你一点都不凶，我错了，我错了……”

黎破晓这才满意地放开手。

江俊夕揉揉自己被掐的手臂，看了一眼站在旁边明显幸灾乐祸的楚林训，忍不住开口说道：“楚医师，你这是故意陷害我。”

楚林训摊摊手，表示自己是无辜的，“江俊夕，你太冤枉我了，是你的女朋友太野蛮，这和我可没有什么关系哦。”

“那个人是谁？”

黎破晓诧异的声音打断了江俊夕和楚林训的对话，江俊夕转过头去，他看到黎破晓的手指向一扇窗。

那是一楼病房的一扇封闭的窗。

一个瘦骨嶙峋男子躺在窗的那一边，他的面孔朝向花园这一边，默默地凝看着花园里的花草树木和来往的人群，他的眼眸里有一种难以言喻的空旷和寂寞。

黎破晓的手心一空。

她抬起头，发现俊夕已经朝着那扇窗走过去。

“俊夕……”

黎破晓疑惑地看着他的背影，而站在她身侧的楚林训平静地开口说道：“那是一个晚期艾滋病人，艾滋病毒侵入神经组织，神经系统病变，HIV脑病，他已经完全痴呆了，忘记了所有的一切，亲人，朋友，爱人……全都忘记……”

黎破晓惊骇地转过头看着楚林训，“那么他的亲人……”

“他的亲人把他送到医院后就再也没有来过，确切地说他已经被家人抛弃了，是医院的护士在护理他，一日三餐，打针吃药。他只能躺在那里等待死亡。”楚林训的声音夹杂着一种异样的情绪，他无法抑制自己言语中的苦涩，“也许……他现在的痴呆失忆是一件好事情，至少这样，他就不用带着对家人的伤心失望离开这个人世。”

黎破晓轻轻地掩住嘴唇，她忽然有一种想哭的冲动。

江俊夕走到那扇封闭的窗前。

窗里面的那个憔悴男子，凝望着江俊夕，忽然傻傻如婴儿般笑起来，弯曲如棍的手指摇摇晃晃地指着窗外的俊夕。

他的嘴巴轻轻地开合，似乎是在说着什么。

江俊夕的鼻子一阵酸涩，他伸出手来，用力地推开了那扇封闭的窗户，近在咫尺地面对着那个即将临世的艾滋病人。

那个男子瘦得可怕，厚厚的被子覆盖在他的身上，却仿佛被子与下面的毯子都是贴合的，根本就没有他的身体一样。

窗外清新的空气透进来，憔悴苍白的男子依然伸着手指，嘴巴颤动着，“……果……果……”

江俊夕转过头。

黎破晓拿着苹果站在他的身后，俊夕明白了，他从黎破晓的手里拿过苹果，转向那个奄奄一息的病人。

“给你。”江俊夕轻声对他说。

那只枯瘦的手颤抖着伸到了江俊夕的面前，江俊夕将红红的苹果放在了那只手上，他的手指触到了男子如柴的手指，触手一片可怕的冰凉，宛如死神的温度。

江俊夕的眼眸里闪过一抹惊悸。

而那个骨瘦如柴的男子却痴痴傻傻地笑着，拿着苹果往嘴里塞，只可惜他已经一点力气都没有，焦黑的牙齿只能磨下一点点果皮。

他却笑着，咂着嘴里的一点果皮味道，颤颤嗡嗡地将苹果放在窗台上，然后心满意足地枕着雪白的枕头，依然维持原来的姿势看着窗外的花园。

江俊夕垂下眼眸。

他转身从窗口处离开，黎破晓怔了怔，转身跟在他的身边，江俊夕的身体紧紧地绷着，瞬间苍白的面孔透出绝望的气息。

“有一天，我也许会和那个人一样呢？忘记了所有的一切……忘记了……”

黎破晓忽然一阵紧张，“俊夕你不会的……”

“我要是忘记了怎么办？”江俊夕的嘴唇煞白煞白，眼里有着一种逃避般的恐惧，“忘记了所有的人，忘记了你……我……我将来会忘记黎破晓……”

江俊夕忽然蹲下身去。

“俊夕……”黎破晓惊讶地去扶他，但是江俊夕却深深地低着头，伸出双手紧紧地包住自己的头，低声说道：

“别碰我。”

黎破晓的手僵在了半空中。

“让我静一下。”江俊夕深深地埋着头，手指泛出青白的颜色，声音微弱颤抖，“你不用管我，让我静一下，我很快……就没有事情了，很快就可以……”

黎破晓呆呆地站住。

恐惧的江俊夕就像一个脆弱的孩子一样蹲在她的面前，他瘦弱的脊背紧紧地绷起来，仿佛随时都会从中间硬生生地绷断一样。

大年三十，旧年的最后一天，团团圆圆的一天。

黎家的庭院内，到处都挂满了红灯笼、红对联，黎爸爸给香草园的工人全都放了假，并且发了数量不菲的一笔红包，让每一个人都可以喜气洋洋地过新年。

黎家内，更是热闹非常。

大大的餐桌上已经摆满了各种好吃的菜肴，香香的年糕被煎得金灿灿的，而黎妈妈正在把一盘盘虾饺端上桌，更是引起大家一阵赞叹之声，黎妈妈包的虾饺是一绝，也是一个工序很麻烦的事情，单是做虾馅就耗费了整整一上午的时间。

下午三点。

黎家的团圆饭正式开始。

江爷爷坐在黎爸爸的右手边，左手边坐的是忙碌了整整一上午的黎妈妈，黎风坐在黎爸爸的对面，江俊夕坐在黎破晓的身边。

“可以吃了吗？”

黎风肚子早已经饿得咕咕叫了，看准一个鸡腿就准备伸筷子，被黎破晓用勺子毫不客气地给挡住，“黎风，还没有说新年愿望呢。”

黎风无奈地皱眉，“黎家的传统还真是一千年不变啊。”

“当然。”黎爸爸心情大好，“黎风，先从你开始，你的新年愿望，你是高三学生，我希望你的愿望能够给我有点进取性。”

“从上高一开始，我的新年愿望就从来没有变过！”

黎风的目光少有的严肃和认真，双掌合十在自己的胸前，俨然男子汉的模样，“我一定要娶到简雨涵！娶到简雨涵！”

黎风还在念念不休的时候，黎爸爸的叉子已经朝着黎风狠狠地挥舞了过去，“黎风，你作为黎家的长子就是这样一副德性！”

江俊夕和黎破晓同时笑了起来。

“黎风，你可以安静了。”

黎爸爸十分恨铁不成钢地瞪了一眼兀自哈哈大笑的黎风，礼貌地转向一旁的江爷爷，“江伯，还是你说吧。”

江爷爷慈祥地笑起来，转向身边的江俊夕，声音隐含无数期待，“我的愿望，就是希望俊夕能够有幸福的生活。”

他苍老温暖的手握住了俊夕微凉的手。

“我的新年愿望，”黎妈妈也同样微笑着看着江俊夕，“希望俊夕可以一直陪伴在我们身边，和我们一起过新年。”

黎破晓轻声，“妈妈……”

“俊夕，破晓……”黎妈妈眼神温柔地凝望着黎破晓和江俊夕，“以前是我不对，让你受了很多的委屈，作为一个母亲，我愿意相信我的孩子，我愿意相信你们和……爱护你们。”

江俊夕抬起眼眸望着含笑的黎妈妈，他的眼眶一阵阵发胀。

“我的新年愿望和我老婆是一样的。”

一旁的黎爸爸爽朗地大笑起来，“俊夕是我们家庭中的一员，所以希望每一年的这个时候，这张桌子上，都有江俊夕，俊夕啊，你要好好努力别让我们失望。”

江俊夕低下头去，声音不由自主地哽咽，“是，我知道了。”

“你的愿望是什么？”

一旁的黎破晓扯扯江俊夕的袖子，明亮的笑容在她的眼前漾开来，“该你说了，你的新年愿望。”

“我的新年愿望……”

江俊夕的目光无声地颤了颤，眼底一阵湿润，他低声说道：“只希望……将来不论到何时，都能好好地记住你们……”

黎破晓忽然怔住。

她的目光瞬间黯然，扯着江俊夕衣袖的手指一阵阵发紧。

江俊夕温和地微笑着，静静地说下去，“记住爷爷，记住黎叔叔，黎阿姨，记住黎风，记住……黎破晓……记住你们大家……”

满桌子上的人都有些疑惑地看着江俊夕。

气氛忽然变得有些古怪。

“怎么可能记不住嘛？”

不明所以的黎风最先笑起来，“你又不会失忆，我们对你这么好，你要是忘记我们岂不是很没有良心。”

江俊夕唇角的那一抹笑容仿佛是脆弱的泡沫。

“该我了，该我了。”

黎破晓忽然响亮地出声，把大家的视线都集中到自己的身上，她微微一笑，双掌合十在胸前，闭上了眼睛。

“我希望我能够考入北京大学中文系，将来成为一个作家。”

说完，她睁开了眼睛，拿起一边的筷子，开心地说道：“好了，大家都许完愿了，可以吃东西了。”

但是，整张桌子的人都纹丝不动地看着她。

黎破晓抬起头，咬着手里的筷子，疑惑地看着大家，“你们怎么了？我许了一个很奇怪的愿望吗？”

“就这么简单？”黎风质疑地看着黎破晓。

“我希望考上北京大学中文系啊，那么好的大学，哪里有简单？！”

“我说你的愿望就是这样吗？”黎风撇撇嘴，“还以为你会说一大堆和江俊夕有关的肉麻兮兮的话，居然是为了自己许愿，你难道都不为江俊夕着想吗？”

“拜托，这家伙已经够幸福了。”

黎破晓用手肘捅了捅江俊夕，一脸拈酸吃醋的样子，“一桌子上除了他有五个人，却有三个人的愿望是跟他有关的，好运都被他给占尽了，我总得为自己争取一点愿望吧，江俊夕，你说是不是？”

江俊夕习惯性地摸摸鼻子，唇角暖暖地上扬，“是，你说得对。”

“好了，好了，吃饭吧。”

黎爸爸笑着指挥着大家，率先将黎风看准了很久的大鸡腿夹到了江爷爷的碗里，扔了个小小的鸡翅膀给黎风。

“俊夕……”黎妈妈将一大块鱼肉夹到了俊夕的碗里，殷切地叮嘱道：“多吃一点鱼，对身体好，小心鱼刺，再吃几个虾饺吧。”

“妈。”

几乎在同时，顿感地位下降而不满的黎破晓和黎风开口不爽地喊道：“太过分了，我不是你生的啊！”

那一年。

大概是黎家吃的最好的，也是最热闹的一顿团圆饭，因为那一年发生了很多事情，黎破晓回国，黎爸爸与黎妈妈的争吵，俊夕感染艾滋的事情被传扬出去，俊夕的出走，破晓与妈妈的冷战，俊夕的归来……

等到一切再度走上正轨……艾滋并没有打碎人世间的所有真情……因为我们还有爱和宽容留存在心中……

所以幸福还是会回来……

也许人生也是这个样子，因为经历了太多，所以到最后我们总会珍惜，温暖平静生活的来之不易……

傍晚的时候。

黎破晓把江俊夕带到了香草园内，她一路很快地走着，江俊夕不解其意地跟着她，只见她笑得越来越开心，越来越神秘。

“黎破晓，你到底要干什么？”

“你到了就知道了，一定是你喜欢看到的东西。”

江俊夕无奈地笑笑，跟着黎破晓慢慢地朝前走，阵阵凉风从他的面颊边吹过，亦有一阵阵清香从他的鼻息间拂过……

“好了，就是这里了。”原本急急的黎破晓忽然站住，手指向两人的正前面，“俊夕哥，你看到了吗？那些花都开了。”

江俊夕循着黎破晓的手指看过去。

那一片耀眼的白色闪入他的眼眸，他的眸光无声地凝住，在他的眼前，在冬日里盛放的香雪兰连成一片纯白色的海洋，在他的眼前随着夜风摇曳。

兰花的香气漂浮在香草园的上空。

“你种的香雪兰都已经开花了哦。”

黎破晓期望在江俊夕的脸上看到惊喜的表情，然而，江俊夕在那一怔之后，却只是淡淡地应了一声。

“嗯，真漂亮。”

他的回答很敷衍。

黎破晓转头看着江俊夕，她脸上的笑容慢慢地消失，轻轻地咬住嘴唇又松开，“俊夕，你都不觉得高兴吗？”

“没有，我很高兴。”

江俊夕察觉到了黎破晓的不安，他终于转过身来面对着担心的黎破晓，消瘦的手指轻轻地拂过黎破晓的长发，努力让自己微微地笑起来。

“我可能是太累了，我们明天还是回医院吧。”

黎破晓静静地凝视他苍白的面容。

江俊夕别过头去看了看远处的天边，等到再度转过头来看黎破晓的时候，他的眼珠静静的恍若空旷透明。

“破晓，天太晚了，我们还是回去吧。”

江俊夕低头，从她的身边走过去。

黎破晓清晰地感觉到了他身上的落寞和沉寂，他仿佛将自己塞入了一个可怕的阴影里，没有办法挣脱出来，只能越陷越深……

她竟没有办法帮助他打开郁结。

黎破晓呆呆地站着，她望着江俊夕越来越遥远的背影，她的眉宇紧紧地皱起来，眼眸里全是紧张和不安。

第二天，黎破晓就陪着江俊夕回到了帝垣医院。

她要去楚医师那里拿药，而俊夕必须在换过病号服之后回到帝垣医院的传染病区。江俊夕没有立刻回到自己的病房，他走去了花园休息。

上午的花园里，静悄悄的。

江俊夕坐在长椅上。

他的眼眸周围出现淡淡灰暗的颜色，精神并不如前几天好，而一种疲倦的感觉如上涨的潮水，一点点地淹没他的身体，甚至让他无力得连手指都没有办法握紧了。

“哥哥……”

柔嫩的声音从俊夕的身旁传来，小小的手轻轻地捏了捏俊夕微凉的手心，小女孩的面孔出现在俊夕的眼前，一双眼眸乌黑如葡萄。

“哥哥，你也这么早就起床了吗？才刚刚七点呢。”

是感染了HIV的小凡，她背着自己大大的布偶熊，眨巴着眼睛看着江俊夕，江俊夕看着小凡，笑容中带着一丝疲倦。

“我在花园里散步呢。”

“我也是带着兔宝来散步呢。”

小凡侧身给俊夕看自己背在身后的大布偶熊，可爱地笑着，“俊夕哥，这是我的孩子兔宝，兔宝，问俊夕哥好。”

小凡拿起布偶熊的手臂朝着俊夕摇晃着，表示问早安。

俊夕微笑，“它不是熊吗？为什么它的名字是兔宝呢？”

“因为我是属小兔子的，它是我的宝贝孩子，所以它就叫作兔宝了。”

“那小凡就是兔宝的妈妈了？”

“我是爸爸，”小凡摇头，然后低头看着自己的脚尖，小声地说道：“我是兔宝的爸爸，兔宝没有妈妈。”

“为什么呢？”俊夕不解，“小凡可是女孩子哦，为什么要当爸爸呢？”

“我是兔宝的爸爸，”小凡再次强调，然后默然地咬住自己的嘴唇，半晌又仿佛自言自语地小声说道：“我就是爸爸，兔宝没有妈妈。”

俊夕怔住。

他猛然想起小凡是被母亲遗弃在医院的，江俊夕心中微微刺痛，伸出手来在小凡的头上按了按。

“好，我知道了，小凡要好好地做兔宝的爸爸。”

“嗯。”

小凡用力地点头，背着兔宝走向了自己的病房，在走了几步之后，她忽然转过头来看着江俊夕，轻轻地叫了声。

“哥哥。”

江俊夕望向她。

小凡咬咬嘴唇，长长的眼睫毛无声地扑扇着，一双黑葡萄般闪亮的眼睛里蕴含着一点点的犹豫，一点点为难。

“哥哥，你……你知道我妈妈长什么样子吗？”

江俊夕怔住。

“兔宝说，它好想见我妈妈呢，我虽然不是很想见，但是是兔宝要求的，所以我也没有办法。”小凡吞吞吐吐地说着，望着江俊夕，目光中透出一抹隐隐约约的期冀。

“如果你看到我妈妈，能让她来看看我和兔宝吗？”

江俊夕心痛得更加强烈，然而他却弯起嘴唇，轻轻地笑起来，“好，如果我看到你的妈妈，我就告诉她。”

五岁的小凡难掩她的快乐和愉悦，她笑起来，露出洁白的小乳牙，背着兔宝转身一蹦一跳地离开了。

笑容慢慢地凝固在江俊夕的嘴角。

他抬起头来，看向那个曾躺着一个垂死的艾滋病人的窗口，他的胸口微微一恸，因为那个窗口里面，只有一张空荡荡的床铺。

那个人已经死了，他的亲人朋友没有出现，他孤零零地走完这人世的最后一程，无人理会，孤零零地离开人世，无人记得。

有几名护士穿着防护服，将床铺上的被单，被子全都叠起来，抱出去消毒处理，而在阳光洒落的窗台上，还留存着一个皱巴巴的苹果，早就没有了任何光泽。

一个护士走过来，将苹果随手丢进了一旁的垃圾筐里。

就这样，那个孤独的艾滋病人最后存在于这个人世的一点东西也消失了……

花园的长椅上。

仿佛是看到了死神的面容。

江俊夕的手指哆嗦着，眼里的恐惧与悲伤慢慢地扩大，一线可怕的寒冷如细细的小虫，缓慢地占据他的身体，一点点地开始吞噬他的心脏……

晓语：

是什么样的原因，让这世间最宝贵的亲情都会泯灭，又是什么样的原因，让活着变得比死亡更加困难呢？他们感染了HIV，他们在为生命挣扎，如此的真实而惨痛，我们却用残忍的方式伤害他们，逼迫他们孤独无靠，逼迫他们痛苦绝望，更快地走向死亡。

这样一来，我们和夺取他们生命的HIV病毒，根本就没有任何区别，而事实上，我们远比艾滋，更加恶毒。

CHAPTER 09

第九章 死神也望而却步

夕言：

如果哪一天，我睁开眼睛，却发现我忘记了所有一切，我该怎么办？

如果哪一天，我睁开眼睛，却发现所有人都远离我，我枯竭冰冷的生命再也没有温暖的笑容，我该怎么办？

如果哪一天，我睁开眼睛，却发现我变得枯瘦如柴，面容丑陋，从此无法面对我所爱的人，我该怎么办？

如果哪一天，我闭上了眼睛却再也不可能睁开，死神终于来到了我的面前，我……该怎么办？

上午。

黎破晓从隔离区换好白大褂走进来的时候，她发现江俊夕正默默地坐在床前用小刻刀雕刻着木头，他一声不响。

点点木屑洒落在洁白的床单上，他却恍若未觉。

“你干什么坏事呢？”黎破晓故意嗔怒地说道：“把这些木屑洒在床上，还要我收拾对不对？你就故意想要支使我？”

江俊夕不说话。

他拿着刻刀一下一下地雕着手里的木头，木屑纷飞，黎破晓无法看出他想要雕什么，只看到刻刀在木头上毫无规律地乱划着。

木屑很快又落了一地。

黎破晓皱眉，察觉到了他的异样，她伸手去抢他手里的木头，“不许雕了。”

江俊夕抿紧嘴唇，躲开了黎破晓的手。

他固执地像个孩子一样侧身到一旁，依然坐在床上，只是背对着黎破晓，嘴唇抿得更加紧了，他低着头用力地用刻刀划着木头，一下又一下！

黎破晓蹙眉，“俊夕哥，你怎么了？”

江俊夕沉默地低着头。

他背对着窗口的阳光，面孔沉浸在那一片狭窄的阴暗里，瘦弱的肩头伴随着手上刻刀的动作颤动着。

“你这是生什么气啊？”

黎破晓试图调节这突然变得很奇怪的气氛，她笑起来，“今天楚医师还说要带朋友来看你呢，你突然发脾气的话，可是不好的哦。”

江俊夕依然深深地埋着头。

病房里的空气立刻变得沉闷尴尬起来。

黎破晓茫然地看着江俊夕的背影，她再缓缓地转头看着对面的架子上摆放的一排木雕，那些精巧的木雕全都出自俊夕灵巧的手，而放在最前面的男孩女孩木雕，还在憨态可掬地笑着。

“俊夕，你在雕什么？”

黎破晓绕过床走到他的面前去，做出一副好奇心很重的样子，大惊小怪地凑上去，“这是什么？你在雕小羊吗？这羊怎么都没有角的啊？”

就在黎破晓刚刚走近江俊夕的时候。

江俊夕的手指忽然一抖，尖锐的刻刀一下子刺进他左手的食指里去，他手指一抖，紧接着，红色的血珠从苍白的指腹间沁了出来。

“俊夕哥……”

黎破晓惊喊出声，才刚要走上去却被江俊夕的另一只手用力地推开，她被推了个踉跄，转头震惊地看着江俊夕苍白冷漠的面孔。

“别过来。”

他看也不看黎破晓，只是淡淡地出声，声音带着颓然的冰冷，“艾滋病人的血液是不能碰的，会让你感染。”

黎破晓手足无措地站住。

江俊夕没有动，他看着手指上的血珠落在了手里的木头上，他松开手指，木雕落在了地面上，而那把刺伤他的刻刀，被他丢弃在了床旁。

“我再也不雕刻了。”

江俊夕抬起眼眸望着黎破晓，眸光暗淡无光，“再也不碰这些东西了，我这样没用的人，还能做什么呢？活着也不过是给别人添麻烦而已。”

胸口蓦地一阵憋闷。

黎破晓睁大眼睛，呆呆地望着江俊夕，他那抹沉寂的黯然沮丧硬生生地堵住了她的咽喉，她想要说出话来，却不知道该从什么地方开口。

逆对着从窗口透进来的光线。

江俊夕侧着头看着眼前那一片雪白耀眼的墙壁，他的呼吸带着微不可察的安静，血珠从他的手指上滴落……

黎破晓身体僵硬。

专门照顾江俊夕的护士不知何时走了进来，她妥善地为江俊夕处理了伤口，然后扶着江俊夕躺下，再为他盖上被子后离开。

安静的病房里。

江俊夕闭上眼睛，长长的眼睫毛伏在了苍白透明的肌肤上，他似乎是鼓足了身体里的最后一份力气，默默地开口说道：

“黎破晓，今天晚上你回家去吧，我不想让你留在这里。”

黎破晓站在病房的中央。

她无可奈何地望着他苍白失神的面孔，心中五味杂陈，柔肠百结，不知该如何开口，只能轻声叫了一句。

“俊夕……”

“你走。”他闭着眼睛不看她，“让我休息一会。”

黎破晓默然地垂下眼眸，似乎实在是没有第二个办法了，她转身走向了病房的门，落寞的身影最终消失在门后。

听到房门被虚掩上。

躺在床上的江俊夕忽然抓起被子蒙住了面孔，他将自己整个人都缩在被子里，像是回到了母亲的子宫中，他紧紧地抱住自己的膝盖，蜷缩得像粒煮熟的虾米。

死命地咬紧自己的嘴唇。

止不住的泪水从他的面孔上滑落，他隐忍着，仿佛是被人扼住喉咙一般发出压抑痛苦的呻吟哭泣，对死亡的恐惧如上涨的潮水，已经淹没到了他的胸口，他不知道，自己到底还能抵抗多久。

皱巴巴的苹果……

空荡荡的床铺……

如灰尘般死去的艾滋病人……

瘦弱的身体仿佛已经不存在了。

他害怕……

所有的语言都是苍白无力的，他害怕得要死……

恐惧寒冷的心一阵阵发狠地般地抽紧，江俊夕闭着眼睛蜷缩在黑暗里，却无法控制地哆嗦得更加厉害了。

傍晚的时候。

黎破晓坐在通往常青市的长途汽车站外，她看着长途汽车一辆辆地开出去，但是她却依然长久地坐在那里，默然不动。

天色渐渐地暗下来。

黎破晓抬起头来，望着头顶上那一片渐渐清晰的冬日星空，她长长地吸了一口气，五脏六腑顿时都充满了冰刃一般的冷气。

“江俊夕，你要好好的啊。”

第二天上午。

江俊夕站在传染病区的走廊里，他刚刚取来一杯温水，在走过长廊的时候，几个护士推着一个担架推车迎面朝他走来。

江俊夕蓦地站住。

担架推车上，一个小小的身体已经被白色的被单从头到脚全部盖住，而在被单的一侧，摆放着一个大大的布偶熊。

走廊里，布偶熊在担架推车上轻轻地摇晃着。

洁白的被单下覆盖着一个小小的身体，静静地，不动的小小身体，她再也不能背着她的兔宝到处玩了。

俊夕怔怔地握着水杯。

“哥哥，你……你知道我妈妈长什么样子吗？”

小女孩咬咬嘴唇，长长的眼睫毛无声地扑扇着，一双黑葡萄般闪亮的眼睛里蕴含着一点点的犹豫，一点点为难。

“兔宝说，它好想见我妈妈呢，我虽然不是很想见，但是是兔宝要求的，所以我也没有办法，如果你看到我妈妈，能让她来看看我和兔宝吗？”

艾滋女孩已经死去了。

承载着她的担架推车的滑轮在大理石地面上发出阵阵刺耳的声响，那些护士沉默地从俊夕的身边走过，然后慢慢地远去。

啪。

水杯突然落在地上，摔得粉碎。

护士们怔愣地转头看去，待看清发生的一切时，那一张张面孔上瞬间出现了惊慌的颜色。

“楚医师！”

楚林训办公室的房门被用力地推开，一名脸色煞白的护士如一阵风般狂冲进来，声音带着恐慌的尖锐。

“1256号病房的江俊夕，他……他出了状况！”

楚林训霍然从椅子上站起。

他一言不发地朝着门外疾冲而去，白色的医师服带起来一阵急促的风，让桌面上的成沓资料纷纷扬扬地如雪片一般纷落……

1256号病房乱成一团。

护士都站在门外，不敢踏进去半步，站在病房里的，只有护士长邢燕和另外几名医生护士，而护士长邢燕的声音从门内不间断地传出来。

“你冷静一下，江俊夕，先把伤口包扎好。”

“江俊夕……”

“啊——！！”

忽然有几名新来的护士面如土色惊叫着从病房里退出来，与赶过来的楚林训撞了一个满怀，楚林训一凛。

“出了什么事？”

“江俊夕……江俊夕他……”护士颤抖着伸手指向病房，楚林训已经扬眉看过去，一看之下，他的浓眉立刻拧了起来。

江俊夕逆光而站，在病房的大窗前，面色惨白。

他的手里紧紧地攥着一把刻刀，双手却全都是血，手臂有着大大小小的口子，那些血从伤口里沁出来，汇成小小的血流，流满他的手心手背……

他的身体摇晃像个随风摇晃的纸片……

“江俊夕！”

楚林训径直走上前去，凝看着面容复杂，身体颤抖的江俊夕，“把刀给我！你这样做很危险……”

“别过来，我会用刀刺你的。”

面色惨白的江俊夕忽然举起了手里的刻刀对准了走上前来的楚林训，眼眸里有着一抹凄凉的冷漠。

“楚医生，艾滋病人的血液是很可怕的，如果你的身上有伤口，而我的血液流到你的伤口里去，你也会感染艾滋的，你也会死的，所以别过来，我不想伤害你……”

沾染着鲜血的刻刀在明亮的房间里闪闪生光。

楚林训身后的护士发出小小的低呼声，情不自禁地又朝后面退了几步，唯有护士长邢燕站在了楚林训的身后。

江俊夕满手鲜血，苍凉无奈地站在他们的对面。

“把刀放下，你应该知道这样很危险。”

身穿雪白医师服的楚林训面容镇定地看着江俊夕，纹丝未动，就连声音也力持冷静，“江俊夕，你想干什么？”

“我想死。”

江俊夕握紧了手里的刻刀，眼里有着深黯的恐惧和惶恐，“都死了，他们都死了，连那么小的孩子都会死，我将来也会死，我受不了了，如果要忍受折磨再死掉，不如让我现在就死掉，我自己结果我自己，总比被艾滋折磨死要好。”

楚林训微震。

江俊夕似乎陷入了一种可怕恐慌的状态中去。

全身都在剧烈地颤抖，双手鲜血淋漓，明亮的刻刀在透过大窗的光线中透出清冷的光芒，江俊夕的最后一根神经也已经崩断，随时都有可能伤害别人，这个时候，无论谁靠近他，都是一件很危险的事情。

鲜红的血，一滴滴地落在了病房的地面上……

“他们也许坚持不住了，可是你可以坚持下去。”

楚林训目光沉稳如山地凝望着慌乱的江俊夕，而后坚定地出声，“江俊夕，你不会死，我们会救你，我们这些人都在努力地帮助你……”

“我会死！说得再多也没有用，我就是会死！”

已经什么都不顾，精神极度紧滞慌乱的江俊夕睁大恐惧的眼睛，手里的刻刀发疯一般地颤抖，他害怕地叫喊起来。

“你们根本什么都做不了，你们只会进行那些没有用的研究，然后看着我们一个接着一个死去，我们在这个地方等死，我看到死神了，他一直都在这里，他等着领走我们每一个人，让我们惨不忍睹的死去，我看到了，死神他就在那里——”

江俊夕手里的刻刀忽然指向门口，眼里崩溃惊惧的光芒越来越浓烈，“他让我们像尘埃一样死去，而你们什么也做不了，没有人会记得我们，我们死了之后什么也留不下，我们就是负担，就是压力，我们死一个你们就可以松一口气，因为又死了一个艾滋病人，有一个艾滋病人终于死了——！”

他越喊越大声。

凄厉的声音让站在门外的那些小护士害怕地朝后退去，那一个瘦弱少年的绝望让她们紧张，那一张年轻苍白面孔的痛苦让她们不安。

覆盖着清冷光线的病房里。

坚稳如山的楚林训和脆弱恐慌的江俊夕相对而立。

江俊夕手上的鲜血还在一滴滴地滴落……刻刀在空寂的房间里闪烁着明晃晃的刺目光芒……

“就是因为这样的原因……你看到别人死去了……”楚林训笔直地凝视着他，一字一顿地说道：

“所以你放弃活下去？！”

“还有什么……”江俊夕噙了满眼痛苦的泪花，面色是干净的惨白，嘴唇青紫，“我还能依靠着什么……活下去呢？我能活下去吗？”

周围，一片死寂。

而就在此时，病房的门外，忽然传来一阵轻缓的脚步声。

江俊夕手中的刻刀一抖，他惊惶地朝后退了一步，望着房门的方向，嘴唇不住地颤抖着，转瞬之间，他恨不得自己马上消失掉。

一大束金黄色的光芒出现在清冷的病房里。

出现的人，竟是黎破晓！

黎破晓捧着大束的向日葵花朵走进病房里，她安静从容地走到房间里，仿佛丝毫没有看到所有人的脸色，也没有看到江俊夕双手的鲜血……

她径直走到了窗边的花瓶前，眼珠宁静到一动也不动，她拿过一旁的水杯将花瓶灌满清水，然后大束的向日葵插了进去。

轻轻地拨动花朵的叶片，花朵在她的手指间发出沙沙的声响，在这间陡然变得安静无声的病房里，分外的刺耳。

江俊夕如化石般僵硬地站立着，手指上的血珠滴落，他却恍若未觉。

黎破晓转过身。

她背对着江俊夕，目光停留在了一旁架子上摆放的小木雕上，那摆满了架子的木雕，都是江俊夕一下一下刻出来的。

她伸出手去拿起一个木雕。

啪——

当那一个木雕被狠狠地摔在了江俊夕的脚下时。

江俊夕朝后退了一步，呆滞惊慌地抬头，看着几步外的黎破晓，他的嘴唇动了动，声音哑得低不可闻。

“破晓……”

黎破晓仿佛根本就没有听到他说话。

她镇定且毫不疼惜地将那些木雕一件件地扔到了地上，一件件地摔在脚底，转瞬间，整个架子上的木雕都被她扔掉，而地面上，已经一片狼藉。

黎破晓拿起了那一对男孩女孩木雕。

江俊夕的心一阵抽紧，嘴唇发紫，他无措地抬起自己满是血迹的双手，却不敢走近她半步，只能沙哑地出声。

“破晓……”只是喃喃地念着她的名字，却不知道该如何开口。

啪——

男孩女孩木雕同样被黎破晓狠狠地摔在了地上，她目光一片空旷的安静，忽然抓起了架子旁边的一把新的刻刀，随手抓起了地上的一件木雕就用刻刀狠狠地划上去。

护士长邢燕似乎想要说什么，但被楚林训挥手示意拦住。

江俊夕怔怔地站立着，双手无力地垂下。

在他的面前，黎破晓俯身跪坐在地面上，一句话也不说，只是拼命地用刻刀刺划着那件木雕，但是木雕很硬，她划不动了，似乎发了急，她扔掉木雕，咬紧嘴唇站起来，狠狠地踩踏着那件木雕，用力地，一下一下地踩着。

清冷的光线里。

黑发上的红丝带刺目的耀眼，她的表情渐渐地变得又急又痛，恨不得一脚就把那件木雕踩到粉碎。

但是硬硬的木雕又怎么可能被她踩坏呢？！

黎破晓猛地抬起头来，再抬起头来的刹那间房间里的所有人都已经发现了她满脸的泪水，她一声不发地哭了……

江俊夕低下头去，颓然无力地靠在了冰冷的墙壁上。

黎破晓泪流满面，却快步地走到病房的一张小桌子前，抓起那里的椅子，她仿佛是什么都不管了，就要一门心思砸碎那个木雕。

楚林训眉头一皱，走上前去拦住黎破晓，“破晓，别闹了。”

黎破晓沉默地甩开楚林训的手。

她拿起椅子去砸满地的木雕，楚林训从她的手里夺过椅子，她争不过楚林训，又转过身去抓起了窗边的被子，将那些雪白的被子和被单发疯一般地拖到了地上，护士长邢燕和那些护士慌忙上前去拦住黎破晓，止不住声地劝阻道：

“黎同学，黎同学……你别这样……”

“黎同学——”

但是那些人居然全都拦不住完全失了控的黎破晓！

场面顿时乱成了一团。

嘈杂声音不绝于耳。

“别闹了，黎同学，你这样会让江俊夕更不好受的。”

“黎同学，你冷静一下啊！”

“黎同学……”

所有的护士都迫不得已去拦黎破晓，黎破晓一言不发，却将所有的被子都扯落在地上，楚林训提高声音。

“黎破晓，你这是干什么？你还嫌不够乱吗？！”

将整个房间翻得乱七八糟。

大闹的黎破晓自始至终没有一点声音，只是眼泪却抑制不住，她面色发白，在将被子全都踩在脚下之后，她又不顾一切地打开了一旁的衣柜。

仿佛是完全发了疯……

所有的衣服被她发狠一般地扔出来，用力地撕扯着踩在脚下。

她闹得很放肆！

护士应接不暇，茫然无措，黎破晓凭空生出那样大的力气，没有人可以拦住她，她咬紧牙关只为了打乱这一切，这让她失望的一切。

江俊夕贴墙呆站着，他呆呆地望着狂乱的黎破晓，面孔一片屏息的苍白。

啪——

黎破晓冲到桌前，掀翻了病房里唯一的小桌子，桌子上的杯子全都摔碎在地面上，在微冷的冬日光线里发出星星点点的光……

没有人可以阻止黎破晓。

病房里变得一片狼藉，楚林训终于发怒地喊道：“黎破晓，你到底想要干什么——！”

“全都是我的错！”

颤抖沙哑的声音忽然响起，护士惊愕地回过头去，楚林训的眸光里含着一抹震惊，江俊夕浑身哆嗦地贴墙站立着，悲伤的视线凝注在黎破晓的背影上。

“全都是我的错，我知道错了，我不该发脾气，我不该伤害自己，我不该威胁你们，是我错了，我错了行不行？”

病房里，转瞬间鸦雀无声。

黎破晓背对着江俊夕，僵硬地站立，她急促地喘息着，轻轻地闭上眼睛，眼泪扑扑簌簌地滚下失神的面颊。

冬日的光芒里，有着让人无法抵抗的寒意。

江俊夕茫然犹如一个孩子般凝望着黎破晓的背影，双手血滴不止，他却感觉不到丝毫疼痛，声音哽咽沙哑。

“黎破晓，你到底想要让我怎样，我照着做就是了。”

啪——

刻刀从他的手里掉落，落在了地面上，那一抹血光依然刺目可怕。

所有的人都呆怔地看着他们两个人，楚林训的眼眸无声地黯然，而周围的护士都变得手足无措，不知该如何是好。

黎破晓背对着江俊夕。

泪水从她的面孔上疯狂地落下，耳膜周围一片轰轰作响，她忽然低下头去，用尽全身的力气说道：

“江俊夕，你去死吧！”

江俊夕一震，痛苦地看着黎破晓，“你想让我去死……”

“是啊，你去死，你死了就最好了——！”

黎破晓猛地转过身来，泪水发疯地从她的面孔上淌下，那样的一抹痛楚如刺心的匕首，她近乎疯狂地喊出声来，大声地哭喊着。

“等到你死了，我们所有人就可以快乐地生活下去，我可以快乐的生活，我的家人可以快乐的生活，江爷爷可以快乐的生活，我们都不会记得你，我们不会为你伤心难过，我们会开心得不得了……因为有一个叫作江俊夕的人对我们根本不重要，他什么都不是，他只不过是一个自私不管别人感受的混蛋……我们为什么要为这样的人感到难过……”

“……”

“江俊夕，如果你死了，你是不是觉得我会很开心，你认为我一定会很高兴很高兴的，对不对——？！”

整个病房里，都是黎破晓痛楚的哭喊声。

江俊夕茫然地听着，伤痛的嘴唇轻轻地颤抖了下，全身的力气都被抽干了，他一点点地从墙壁上滑落，瘫软在地面上。

“对不起……”他闭着眼睛，沮丧地低着头，流血的双手无力地悬在半空中，他不知如何是好，无力挣扎。

“破晓，对不起……”

“……”黎破晓抽噎着。

如同濒死的绝望动物，他瘫软在冰冷阴暗的墙角，不知该怎么做才能站起来，他彷徨无依，他恐惧得不知道能不能再生存下去……

他害怕得要命……

黎破晓一步步地走到他的面前。

她在他的面前俯下身去，跪坐在他的面前，含着泪，静静地凝望着他绝望的面孔，晶莹的泪水从她的脸上一滴滴地落下……

“俊夕……”

江俊夕低下头去，逃避现实一般闭紧眼睛，“我太累了……破晓，你原谅我……我知道我这样做不对，我知道我会让你伤心，让你失望难过……可是……我真的很累……”

“为什么会累？”黎破晓静静地看着他，她的目光忽然变得分外沉静。

“因为他们都死了……就连一个孩子都会死……我到底还在坚持什么？”

“……”

“我真的坚持不下去了……我也没有办法……”

江俊夕缓缓地抬起头，他睁开眼睛，看着眼前的黎破晓，目光好似痛楚无奈的小兽，“为什么我要感染艾滋呢？为什么我会是艾滋病呢？他们全都死了……我害怕……我坚持不下去了……”

他的声音忽然停顿。

因为就在那一秒，黎破晓忽然欠身向前，轻轻地吻住了他苍白的嘴唇。

江俊夕的身体陡然僵住动弹不得。

楚林训惊讶地睁大眼睛，整个房间里的护士都震惊地看着那亲吻的两个人，他们怔怔地望着，作声不得。

她吻着他。

柔软温暖的嘴唇轻轻地滑过他微凉的唇瓣，如同一片洁白的羽毛，一片温润的花瓣，一份真诚的爱恋……

江俊夕流血的双手硬生生地悬在两人之间的半空中。

红色的丝带从她透明的面颊旁垂落……从他们亲吻的嘴唇间垂落，从江俊夕流血的双手旁垂落……

万千道略带寒意却依然明亮耀眼的阳光从窗外洒照进来，透明的光芒粒子在空气中自由自在地飞舞着……

黎破晓温暖地吻着江俊夕……

轻柔的一个吻……

却仿佛是一个世纪那么漫长的爱和永恒……

别说坚持不下去，永远都不要说那些泄气的话，因为你还有我，无论你的人生会延伸到哪一处，我都愿意陪着你，走到最后……

“明天我们去学校吧。”

第二日上午，在整洁的病房内，黎破晓看着检查完毕的江俊夕，仿佛是一时兴起，她忽然这样建议着说道。

“现在是寒假，学校里一定很安静呢。”

俊夕略微迟疑地转过头去，在看了黎破晓一眼之后又慢慢地低下头，从昨天那件事情发生后，他就一直这样沉默着，没有人知道他到底在想什么。

“去看看吧！”

黎破晓站在病床前，温和地望着他，双眸明亮，纯真地歪头一笑，“俊夕也已经离开学校很久了，我们回学校去看看，好不好？”

第二天。

黎破晓带着江俊夕搭乘长途汽车去了常青高中。

清清爽爽的冬日清晨，空气带着些许凉意，黎破晓穿着自己白色的大衣，系住头发的红丝带在她的头发上如火焰一般鲜艳夺目，她拉着江俊夕的手，在常青高中的校门外下了车。

“江俊夕，你先闭上眼睛。”

江俊夕微怔，看着黎破晓那略带神秘的笑容，他不解地询问，“为什么？”

“这你就不要管了，总之先听我的话，把眼睛闭上就对了。”黎破晓解下头发上的红丝带，系住两个人的手臂，再抬头看他。

“俊夕哥快点闭上眼睛。”

江俊夕如她所说闭上了眼睛。

黎破晓微笑，看了看他们用红丝带系住的手，然后带着闭上眼睛的江俊夕慢慢地走进了高中的大门。

“俊夕哥，不许偷偷睁开眼睛噢。”

“我知道了。”

江俊夕始终闭着眼睛被黎破晓拉着走。

在迷迷糊糊中，他觉得自己已经走了很长很长的路，可是黎破晓却始终没有停下来的意思，这让他忍不住想要出声询问，但是黎破晓却在他之前说话了。

“俊夕哥，如果我现在放开你的手，你会感到害怕吗？”

江俊夕薄薄的眼皮轻轻地动了动，他闭着眼睛，却有一种恐惧从他的心底油然而生，他低声沙哑地说道：

“破晓，你不要……”

“你害怕我离开对不对？”

黎破晓拉着他的手朝前走，红丝带在两人手间垂落，她侧过头看到他紧张的面容，柔柔地笑起来。

“就像我害怕俊夕哥会突然离开我一样，你也害怕我会突然离开你。”

“……”

“可是我想对你说，总有一天，我们会变老，会因为各种各样的事情，也许是突然发生的什么意外，离开对方……”

“破晓……”

江俊夕的眼皮微动，黎破晓却很快地出声制止他的企图，“不许睁开眼睛，你要是睁开眼睛我就不理你了，你要安静地听我说下去。”

“……”

“我想要告诉俊夕哥，总有一天，我们要离开对方，我们每一个人都会离开这个世界，这只不过是时间的问题，可是在那一天还没有来临之前，只要我们生活在这个世上，只要我们还可以这样自由自在的呼吸，我们就是一个活着的人，一个幸福的人。”

江俊夕闭着眼睛，呼吸慢慢地变得紊乱起来。

隐约地，在他的眼角出现了晶莹的泪珠，他轻轻地吸气，然而每吸一口气，都会让自己的肺部一阵阵疼痛。

“破晓，我很害怕……”

“我知道你很害怕，可是痛苦和磨难应该让我们更加坚强，就像大雨过后总会看到彩虹，冬天过去了就是春天一样，我们总能找到支撑自己的办法。”

黎破晓自始至终都凝注着他苍白脆弱的面孔，她的心一阵阵疼痛，她的声音不由自主底涩痛起来，“我知道我不是你，我无法全部感受你的痛苦，你的恐惧，也许我所说的一切在你的面前只不过是一堆苍白可笑的废话，根本一点用处都没有。”

江俊夕闭着眼睛。

他单薄地站立在她的面前，额间散乱的黑发更加映衬的那一张面孔雪白如纸，他屏住呼吸，却无法阻止心中翻涌的难过。

“可是……沮丧害怕是没有用的。”

黎破晓的手轻轻地按在他的胸口上，感受着他的心跳，她忽然哽咽，“俊夕哥，我们还能怎么办呢？在这样的厄运面前，我们已经没有了第二个办法，因为我们没有选择脆弱退缩的机会，我们无可逃避，我们只能坚强，你懂吗？”

“因为没有办法脆弱，所以只能坚强……”江俊夕僵住。

“对，就是这样。”

黎破晓低声说着，伸出手臂抱住他瘦弱的身体，将自己的头贴在他的胸口，倾听着他的心跳声，她眼里泪光点点，却依然温暖地微笑。

“你说过，香雪兰秋天长叶，冬天开花，即便是在寒冷的冬天，也会有美丽的香雪兰绽放，我们也应该有这样的希望，我会等待，而俊夕，还有那些像俊夕一样忍受痛苦的人，也要坚持着等待下去……也许就在我们呼吸的下一个瞬间，就有治疗艾滋病的特效药或者是疫苗产生！”

“……”

“而且，俊夕哥所害怕的事情根本就不可能发生，你不会忘记我们任何一个人，你在我们心中也绝对不是无足轻重的。”

黎破晓的声音在他的胸口响起，仿佛是要直接说给他的心听，“这个世上，我们可以忘记很多东西，但唯有爱可以永远铭刻于心，没有天崩地裂，没有海枯石烂，只有这样温暖安静的爱，默默支撑的爱，这样的爱，就像是我和俊夕哥，我爱俊夕哥那样简单。”

“……”

“知道我为什么要亲吻你吗？因为我爱你……”

“……”

“将来，我想要与俊夕哥结婚，就穿着洁白的婚纱，站在系满红丝带的树下，和俊夕哥结婚，这是必须要由俊夕哥替我完成的梦想。”

眼泪从江俊夕紧闭的眼角滚落。

他伸出手来抱住她，就像是一对彼此依赖的孩子，他们紧紧相拥，而这样短暂的瞬间，对于他们来说，却足够让对方温暖到无以复加。

“还有一件事情呢，我想让你知道。”

黎破晓伏在江俊夕的胸口，破涕一笑，“俊夕哥你很幸福，你睁开眼睛，你就会知道，你拥有多少幸福。”

江俊夕慢慢地睁开眼睛。

眼眸因为闭了太久，那阳光刺入的感觉让他的眼珠稍微有些疼痛，然而，在他的视线清晰的刹那间，他忽然震惊地仰起头来。

一树随风摇曳的红丝带！！

在教学楼下的高大梧桐树上，无数条红丝带随风摇晃，晃花了他的眼睛，在冬日的温暖阳光下，恍若无数面胜利的火焰旗帜。

充满生命力量的红颜色的丝带，绑满了整棵梧桐树的枝枝杈杈。

江俊夕的喉咙一阵哽咽。

“他们在那里。”

黎破晓笑起来，手指向了梧桐树旁的教学楼，含泪的笑容宛如冬日里的香雪兰，充满了希望和灿烂。

他扬起头朝着高三的班级看过去，终于发现，几乎每一个窗口，都有着许许多多的同学，一双双善意的眼眸含着宽容的笑意凝望着楼下相拥的江俊夕和黎破晓。

常青高中的梧桐树上，红丝带飘扬如火。

这些高三年级的同学甚至还有一些低年级的志愿者在一个短短的夜晚就被全部召集起来，他们为了一个叫作江俊夕的同学，一个被感染了HIV的同学绑了一树的红丝带。

因为那一抹红色的鲜艳，所以生命不再苍白。

因为那一条丝带的连接，所以生命不再孤单。

在这个世上，只要我们拥有生命，就拥有一种特权，一种活下去的特权，所以无论什么样的生命，即便是伤痕累累的生命，都是应该被尊重和热爱。

晓语：

当我们身边的一些人，在经历真实惨痛的人生时，难道我们就不能用一颗宽容和理解的心去对待他们？那些可怕的仇恨和敌意到底是从何而来？为什么我们总要在什么也没有做之前先学会绝望仇恨？一个人感受痛苦，两个人分担痛苦，一群人却可以战胜痛苦。

当死神绝望的时候，就是奇迹降临的时候。

第十章 梦想在苦难中涅槃

CHAPTER 10

夕言：

因为没有办法脆弱，所以只能坚强，因为无路可退，所以只能面对。

我再也没有时间去怨天尤人，如果说艾滋是一列高速开往死亡的列车，那么只要我还能呼吸，我就可以充满勇气地活下去，即便最后奇迹不会发生在我的身上，我也可以尽我的一份力量让奇迹早日到来。

奇迹总会来，只要我们坚持等待，请不要哭。

四月二十五日，周日。

持续低烧，体重下降，扁桃体炎症伴有咳嗽与发冷、发抖，免疫细胞 CD4 低于一百，放弃中药治疗改用鸡尾酒疗法，同时接受机会性感染及其并发症的治疗。

楚林训合上江俊夕的病例。

他从办公桌前站起身来，转向明亮的大窗户，他双手插到雪白的医师服口袋里，略微黯然的目光投向了那一片小小的花园里。

花园里，有凉爽的风。

天蓝色的风筝在空中自由自在地飞舞着，时不时会随风轻晃，而站在花园里放风筝的女孩双手紧握线轴，眼里全都是明亮的笑意。

“俊夕，俊夕，快看快看，越飞越高了，我放风筝的水平可是非常高的哦。”

江俊夕穿着很厚的衣服，坐在一旁的椅子上，他仰起头来看着在天空中飞扬的风筝，他已经形销骨立，眼窝周围带着淡淡的暗青色。

但精神还是很好。

他轻轻地扬起唇角，“破晓，你小心别被线割到手。”

“不会的，不会的。”

黎破晓兴致勃勃，腾出一只手来招呼他过来，“快点过来帮我，我要剪风筝线了，放风筝去晦气啦。”

江俊夕从椅子上站起来，走到黎破晓的身边，伸出手来帮她握住线轴。

黎破晓也抓住线轴，两人站在一起仰望着天空中飞扬的风筝，耳边是线轴快速抽线的哗哗声，线就要放光了，黎破晓转头看了站在自己身侧的江俊夕一眼。

“江俊夕，你对我说一句‘我爱你’好不好？”

“你怎么连放风筝都不专心？”

“你都从来没有对我说过这样的话，就说一句给我听又怎么样呢？！”黎破晓用胳膊肘不轻不重地捅他。

“快点啦，俊夕哥不要这么小气，说一句‘我爱你’又不会让你有多丢面子，我真的很想听很想听呢。”

“线快放完了。”

江俊夕恍若未闻黎破晓的话，注意到飞速旋转的线轴上只剩下一点点线了，黎破晓慌忙抓住最后的线尾，才没有让风筝直接飞走。

“这样的天气最适合放风筝了。”

黎破晓攥住线尾，仰望着在蔚蓝高远的天空中飞舞的天蓝色风筝，眼里盛满了如星光般耀眼夺目的光芒。

“俊夕哥……”

黎破晓一手将线尾举到自己的眼前，另一只手轻轻地握住了江俊夕的手，璀璨温柔地一笑，然后轻轻地松开捏线的手指。

“我爱你。”她笑着说出那三个字。

握紧了江俊夕的手，她松开了另一只手中的风筝线。

天空中那一只蓝色的大风筝摇摇晃晃地随风而去，渐渐地变成一个小小的黑点，慢慢地消失在江俊夕和黎破晓的眼前。

护士长邢燕站在花园的一侧，已经等了他们很长的时间。

江俊夕转过头去，朝着邢燕的方向走，嘴里还在不停地念叨着，“该是吃药的时间了，下午还要输液。”

“俊夕哥……”

黎破晓才不会理会他的顾左右而言他，一路紧随，背着手很得意地笑着，“你听见了吗？我刚才说的话，你听见没有？”

江俊夕摸摸鼻子，他目光闪烁，“没有听见，我什么都没有听见。”

“骗人。”

黎破晓凑到他的身边，“俊夕哥连耳根子都红了呢，一定是听到我那句话了对不对？听到了对不对？我对你的表白？”

站在一旁的护士长邢燕听到了他们的交谈，偷偷地抿嘴笑了起来。

听到了邢燕轻轻的笑声。

江俊夕面颊微红，再度不好意思地摸摸鼻子，瞪了黎破晓一眼，“黎破晓，我什么也没有听见，你别再问了。”

“哈。”

黎破晓扯着他的衣袖，脸上带着坏坏的笑意，“你被我抱也抱过了，亲也亲过了，怎么就是不认账呢？”

被她的话彻底惊到，江俊夕顿时面红耳赤，“黎破晓！”

“知道了，知道了，我不说了。”

黎破晓捂住嘴巴，眼里的笑容却更加的灿烂和明亮，让江俊夕更加没有办法，“俊夕哥该吃药了，我不可以惹俊夕哥生气呢。”

温暖的病房内。

病床旁的柜子上摆放着一杯清水，清水的一侧，是一个小小的碗，碗里放着多达几十粒的药片，这就是俊夕使用鸡尾酒治疗法后每天必须服的药物，一日三次，每次都要服下这么多的药量。

而治疗艾滋病的鸡尾酒是固体的，由名叫何大一的华人博士发明，是几种的抗病毒药物联合使用的治疗方法，但这种药的副作用非常可怕，呕吐，脱发，损伤内脏……

江俊夕在服药。

他将那些药片一粒粒地放在嘴里，慢慢地吞服下去，再拿起清水一口口地喝着，毫无血色的面孔上出现了痛苦的神情。

这样的吃药简直就是一种酷刑。

那种熟悉的恶心呕吐感涌上他的咽喉，他死命地咬紧牙关，全身的骨骼都在咯咯地作响，却还是压抑不住胃部的强烈收缩。

噗——

他终于隐忍不住，将刚刚吃下去的药片和清水全都呕了出来，呕到医院专门准备的设备里，紧接着，他的身体从病床上弯曲下去，用力地呕吐，已经无法吃下东西的他却什么也吐不出来，只能呕出来一些清水……

呕吐，是吃这些药必然发生的反应。

“俊夕——”

黎破晓就站在江俊夕的身边，伸出手来拍打他瘦弱的背脊，一面拍一面说道：“怎么样？有没有好一点？”

这个时候她不再嘻嘻哈哈开玩笑。

因为剧烈的弯腰呕吐，酸涩眼泪自然地涌出眼眶，江俊夕一面痉挛难过地吐着清水，一面断断续续地说着。

“对不起……”

黎破晓温暖地笑，轻抚他的脊背，“傻瓜，跟我道什么歉？”

“我……我……”江俊夕一面掉泪，一面吐得说不上话来，他俯下头去，强忍住胃部的痉挛痛苦，“破晓……我又让你……让你为我担心了……”

“说什么呢。”

黎破晓在他的脊背上不轻不重地拍了一下，他更加瘦弱的脊骨让她的手指微微发颤，她却还是轻松地对他笑着。

“吃这种药就是会吐的，这是副作用，我买了话梅，你吃一点话梅止呕，然后再吃药，药是必须吃的，这种药对你的病很有效。”

等到他呕吐稍止。

黎破晓搬着椅子坐到他的身边，捧着手里的话梅看着他一粒粒药吃下去，他喝下一口清水，她就喂他一颗话梅。

慢慢地……

他终于平安无事地把那一小碗的药全部吃光，她松下一口气来，看着手里所剩不多的话梅，微微一笑。

“看来乐晴提供的话梅还真是不错呢，可以让你顺利地把药全都吃光。”

江俊夕笑着点头，“可惜现在不能吃你给的糖了。”

黎破晓的心无声地抽了抽，脸上却依然是温暖的笑容，“等会你输液的时候，我再去给你买一点话梅，下次你吃药的时候还用得着。”

俊夕点头，伸出手来帮她把纷乱的发丝拂好，“那你晚上就搭长途汽车回常青市吧，不要耽误明天上课，没有几天就高考了，你可不能落下功课。”

“不要担心我啦，我一向成绩都很好的，我再陪你一会。”

黎破晓扶着江俊夕躺下，将雪白的被子一直拉到他的下巴处，确定他的保暖，她伸出手来放在他的额头上，察看他额头的温度。

还好，体温正常。

黎破晓坐在江俊夕的身边，眨巴着眼睛看他，江俊夕却一直睁着眼睛回看她，眼周围的暗青色越来越重了。

黎破晓不解，“你怎么还不睡觉？”

江俊夕不好意思地垂眸，乌黑的眼睫毛温顺地垂下来，“黎破晓你这么看着我，我睡不着。”

黎破晓不禁一笑，宛如一个调皮的精灵，“那你要不要看一场免费的表演呢？”

江俊夕怔愣，“表演？”

温暖的下午。

丝丝缕缕的阳光在透明的窗户上晶晶莹莹地闪烁着，宛如无数调皮的纯白色精灵。

江俊夕靠在病床上，他望着病房前面的那一片空地，苍白消瘦的面孔上满盈着脉脉的笑意，就连深陷的眼眸也多了几分光彩。

黎破晓一手抓着清洁工阿姨使用的扫把，戴着不知道从何处搞来的帽子，外八字脚，鞋尖向外，眼珠犹如乌黑的玛瑙一般旋转闪烁，一脸郑重其事的绅士表情在房间的空地上宛如时刻都被电击般噼里啪啦地走着，时不时地从衣袋里抽出一盒火柴之类的假装抽烟……

她在煞有其事地假扮卓别林。

江俊夕一直都在笑，看着她忙忙碌碌，窜来窜去地装扮各色各样的名人，包括奥黛莉·赫本，他脸上的笑容就没有消失过，直到她歪戴着大大的帽子走出来，模仿《泰坦尼克号》里的罗丝，张开两边的手臂做飞翔的样子时……

江俊夕笑出声来……

他因为身体太弱，呼吸一直都是很费力的，这一笑出来，更是上气不接下气，禁不住咳嗽起来，头微微地垂下去。

“俊夕……”

这回黎破晓顾不得表演了，她快步走到他的身边，一手扶住瘦弱的江俊夕，一手伸出来揉着他的胸口，让他的呼吸通畅一些。

“怎么样了？”

看着他的呼吸稍微平稳，黎破晓松了一口气，摘掉头上歪戴的帽子，“下次不扮这些逗你玩了，免得你笑起来又开始猛咳嗽。”

“没关系。”江俊夕虚弱地笑着，“我喜欢看啊，你演卓别林很像呢，但是不要演奥黛莉·赫本了，那也差太多了。”

黎破晓的手本来轻轻捶着江俊夕的背，一听这话马上将他推到一旁，不理会他一直抽气好像很疼的样子，很没有好气地说道：

“江俊夕，你的意思是说我不漂亮了？”

“没有，你很漂亮。”

江俊夕揉着被撞痛的手臂，转头看她噘嘴不高兴的样子，眼里的光芒却变得越来越亮，似乎更加的有精神了。

“你最漂亮了，比所有人都好看，这样行不行？”

江俊夕摸摸鼻子，语气出奇的温和，和煦的笑意在他的眼眸里缓缓地流转，“看到黎破晓的时候，即使是遇到很不开心的事情，都会一下子变得开心起来。”

“既然你都这么说了，那我就原谅你。”

黎破晓很快地转怒为喜，替他揉着刚刚被撞痛的手臂，喜滋滋地望他，“那你说说，我都什么地方漂亮呢？”

“都漂亮。”江俊夕吃一堑长一智，笑容极度真诚，“黎破晓你什么地方都漂亮。”

“说得对。”

黎破晓更加的喜笑颜开，将他的手臂小心翼翼地放回被子里，动作轻柔极了，就好像刚才把他推到一边的事情不是她做的一样。

她趴在他的床边，眨巴着眼睛，“既然俊夕你今天表现这么好，药也乖乖地吃了，还说了这么多好话给我，那么我唱歌给你听，”

“啊……”

江俊夕一个不小心诧异了一声，看到黎破晓就要变脸色了，马上回转，“我能不能……不听一闪一闪亮晶晶，满天都是小星星……”

“好啦，不唱那首歌给你听，我也会唱很多歌的。”

黎破晓小鹿般乌黑灵动的大眼睛转了几转，稍微露出一点羞涩之意，红润的嘴唇却已经俏皮地扬起，唱起那首充满了阳光的歌谣。

“……

阳光中我住雨里面，

你给我风筝和蓝天。

……

阳光中风筝飞上天，

你笑着回到我面前。

让我像那风筝贴着天空的脸，

让爱是今生不断的线。

……”

她的声音柔和极了。

透明的玻璃窗外，点点滴滴的灿烂阳光洒照在她的身上，让她白皙的肌肤透出晶莹温暖的光彩来，看着她，就仿佛是看到了一片晴朗的天空。

江俊夕无声地怔了怔。

“……

等一个晴天，我们会再相见。

你说了风吹我就听见，

笑着说再见就一定会再见。

……

因为很想念每天都是晴天，

心晴朗就看到永远。

……”

在临近傍晚的时候，江俊夕开始发高烧。

因为药物的副作用，他高烧到四十度，全身如坠冰窟般打寒战，头痛如裂，内脏器官发疯一般地绞痛着，剧烈的咳嗽让他的肺叶几乎炸开。

主治医师楚林训带领护士使用吸痰器给呼吸窘迫的江俊夕吸痰，并且快速地为他注射了特效药，江俊夕满脸冷汗地躺在床上，胸口急促地起伏，仍然在痛苦地呻吟。

“楚……楚医师……”

江俊夕努力压抑着自己痛苦的声音，眼窝深陷，瘦得不成个样子，“破晓……她是不是已经走了……”

楚林训鼻子酸涩，他握住俊夕哆嗦的手，“对，黎破晓已经走了。”

江俊夕垂下手去。

他闭上眼睛，汗珠混着泪水从惨白的脸上成串地滚落，终于不用再隐忍，更加剧烈痛楚的咳嗽声从他的嘴里蔓延出来，他颤抖地抓住自己的头发，整个身体佝偻起来，一字一字仿佛是从齿间挤出来。

“楚医生……救救我……我很疼……我一直都在疼……我的身体已经不是我的了，我要疼死了……”

他的整个身体都佝偻得不成样子。

“头好痛——！”

江俊夕闭紧眼睛，竭尽全力地喊出声来，双手痛苦地抱头，内脏更是宛如被硫酸浸过般地难过抽搐，冥冥中，似乎有一只魔鬼的手在用力地撕扯着他的身体，吞噬着他的精神，他挣扎大声嘶喊出来。

“楚医生，救救我——！！”

“我疼，我要疼死了，我的头痛……很痛很痛——！！”

“你先忍一下。”

护士七手八脚地按住翻滚的江俊夕，楚林训力持最后的冷静，眼眸里充斥着紧张的血丝，转向身旁的护士长邢燕。

“镇痛剂，拿镇痛剂来……”

“是。”

护士长邢燕快速地奔到一旁的药盘里拿药和注射器，纷乱的病房里，江俊夕越叫越凄惨，咳嗽不止，药物的副作用让他开始蜷缩着呕吐，枕头上出现一片片脱落的头发……

他不知道自己还要忍受这种折磨多久，这样的痛苦让他恨不得马上死去，他不知道自己应该怎么做，只能用尽全力地喊出来，喊到喉咙沙哑犹若磨砂。

窗外，天色完全地暗了下来。

晚上七点左右的时候，江俊夕终于安静下来，在镇静剂和镇痛剂的双重作用下，昏昏沉沉地睡过去了。

护士轻手轻脚地收拾着药品，跟着护士长走出去。

楚林训擦干脸上的汗珠，松了一口气，他在吩咐了留守的护士几句话后，转身走出病房，然而，在他的目光刚刚投注在病房外的走廊时。

他猛地呆住。

黎破晓蹲在走廊的一角。

她就像一个孩子一样默默地蹲在那里，抱着自己的膝盖，乌黑的长发覆盖她的面孔，而她的手里紧紧地攥着一支水笔，在大理石地面上一下下地划着……

没有人知道她蹲在那里多少时间了，只是被她划过的大理石地面上，似乎出现了一道小小的划痕，而水笔的尖端，已经磨得不成样子。

楚林训声音忽地哑下去，“黎破晓。”

昏暗清寂的走廊里。

黎破晓似乎听不到什么声音，只是把眼睛睁得很大很大，眼里一片空旷的透明，她一声不吭地蹲在那里，用水笔划地面……一下一下……专注得仿佛自己正在完成一项浩大的工程，她把自己所有的注意力都放在划磨大理石地面上。

沙沙的声响……

楚林训的心脏轻轻地抽痛，他眸光微黯，走到她的面前，俯下身去，伸出手来握住她用力划地面的水笔。

“破晓……”

终于听到了他的声音。

破晓抬起头来，她依然是睁大眼睛看着他的面容，澄澈的眼底似乎是结了一层冰，一滴眼泪都没有，却透出一抹令人窒息的伤痛。

“都已经好了，已经没事了，他睡着了。”楚林训低声说着让她心安的话，“江俊夕……现在很好。”

黎破晓默默地仰头看着他。

她的眼眸亮的可怕，亮得仿佛是在用自己的生命来燃烧发光，她呆呆地看了楚林训片刻，似乎终于辨认清楚了他的脸，也听清了他的话。

江俊夕已经睡着了，他很好。

她怔怔地望着楚林训，怔怔地点头，“哦，那我去给俊夕买话梅，他睡醒了就该吃药了，吃药就会吐，吃话梅就不会吐……”

仿佛全身都是麻木的，她慢慢地放下手里的水笔，从楚林训的面前慢慢地站起来。

楚林训转头看着她。

黎破晓僵硬如木地朝着走廊的另外一端走过去，脸上一滴眼泪都没有，脊背硬邦邦地挺得笔直笔直，仿佛随时可以咔嚓一声从中间折断一般。

楚林训的眼眸沉黯伤痛。

光线昏暗的走廊里。

耳膜轰轰作响，似乎有着无数的魔鬼在她的耳边疯狂地叫嚣着，炫耀着他们给俊夕带来的那些可怕痛苦。

但是——

她和俊夕都没有被打倒！

还要硬撑，发狠般地硬撑下去！！

身体如木偶般僵硬的黎破晓仿佛连最后一缕灵魂都已经失去了，她忽然身体软软地一歪，一个趔趄，摔倒在大理石地面上。

楚林训吃惊，“破晓……”

他还没有来得及走上前一步——

再度用尽了身体最后一丝力气，黎破晓已经挣扎着从地上爬了起来，她看也没有看身后的楚林训一眼，那一个摔倒对她来说根本什么都不是，她的样子仿佛丢了三魂六魄，呆滞的目光一直凝注在自己的正前方，梦游般地慢慢地朝前走去。

楚林训一直看着她。

她就这样慢慢地……走向走廊的尽头，然后消失在楚林训的面前……

“你要买全部的话梅？”

商店里，男老板吃惊地看着眼前这个面色苍白、失魂落魄的女孩子，她的手里已经提了两大袋子话梅，却还要他店里所有的话梅。

“嗯。”破晓低声应着。

“那好吧，拿好，很重的。”男老板疑惑地将所有的话梅都装好交给黎破晓。

“谢谢。”

黎破晓接过那一袋子话梅，转身走向了店门外，而店内的老板疑惑不解的目光依然停留在她的背影上，迟迟没有移开。

长长的街道上，华灯初上。

车辆来来往往，黎破晓提着大袋的话梅走在人行道上，霓虹灯细细碎碎的光芒在她的眼里闪烁着，映衬着她的眼瞳宛如易碎的玻璃。

乌黑的头发垂落双肩，随风轻舞。

哗——

手中的一个袋子忽然裂开，话梅从袋中掉落，洒落一地，黎破晓忙跪坐下去捡拾着那些话梅，她一颗一颗地捡着，乌黑的长发从双肩垂落，遮挡住她的面颊。

那些话梅被她手忙脚乱地捡回到袋子里。

“给你，姐姐。”

忽然，一只胖胖的小手伸到了黎破晓的面前，约五六岁的小男孩将一颗滚出好远的话梅递给黎破晓，黎破晓下意识地抬头看了他一眼。

“谢谢。”

她从小男孩的手里接过话梅，转身继续朝前走。

“小辰真乖。”

站在小男孩身后的妈妈走上前来拉住男孩的手，温柔地夸奖他，“小辰也知道帮助别人了，回去的时候妈妈会告诉爸爸的哦。”

小男孩却眨巴着眼睛看着黎破晓快步离开的方向，他忽然仰起头来，一双眼瞳犹如黑玛瑙，凝望着温柔的妈妈。

“妈妈，是不是捡话梅和剥洋葱一样，都会让人哭呢？”

“小傻瓜，捡话梅怎么会哭呢？”

“可是真的在哭啊，我刚才看到了——那个姐姐脸上都是眼泪，她哭得好伤心呢。”

五月七日。

因为俊夕病情的好转，楚林训允许黎破晓带着江俊夕回学校一趟，但为了保险起见，他会全程随行。

那一天。

常青高中的校长特地提前通知整个学校的学生，因为恐惧艾滋而在这一天不愿意留在学校里的，可以放假一天，而选择在这一天留在学校里的，就在教学楼下的梧桐树上绑一条红丝带。

后来。

全校的大部分学生都留下了。

下午。

黎家的车停在常青高中的校门口。

黎破晓扶着瘦弱的江俊夕走下车来，江俊夕已经瘦得仿佛可以被风吹走，他走起路来稍微有些困难，需要被人搀扶才能迈开步子。

楚林训跟在他们的身后。

黎风、简雨涵、乐晴、李占亭守在校门口，学校的操场上，站满了留下来的学生，但是这一次，却与曾经那一次驱逐江俊夕完全不同。

曾经的那些事情……

“难道你想赖在学校不走吗？江俊夕，既然所有人都知道你是艾滋病患者，那么为了让我们的孩子有一个好的生存环境，请你离开这里！”

“马上离开学校！”

“江俊夕，滚出学校——！！”

这一天。

常青高中的学生在等待江俊夕回来。

如果一切可以重来，那么曾经那些冰冷不近人情的事情，也许就根本不会发生……因为有时候，我们只要一份善意的微笑，就可以挽救一个人的生命。

校门口。

刚刚下车来的江俊夕在黎破晓的搀扶下默默地看着那些留下来的学生，几乎是全部的常青高中学生都停留在这里。

江俊夕努力站住，他喉咙沙哑，声音微颤。

“谢谢。”

教学楼下的梧桐树下，那一树的红丝带愈加的鲜艳夺目，黎破晓搀着江俊夕慢慢地走进学校里，操场上的学生们默默地站立在两侧，看着他们走过去。

在绑满红丝带的梧桐树下。

黎破晓扶着江俊夕站住，江俊夕缓缓地抬起头来，仰望着那一树的红丝带，黎破晓在他的耳边轻声地说道：

“这些丝带不仅有三年级的人为你系的，现在还多了二年级的学生，还有一年级的学生……校长说，要把系红丝带作为常青高中的传统，每一年开学的时候，都要集合学生来这里系红丝带……”

江俊夕静静地仰望着那一树的红丝带，眼眸里有着透明湿润的光芒，他虚弱的声音很轻很微弱。

“谢谢。”

“我还带了神奇的书来。”

黎破晓晃了晃自己另外一只手里拿着的《小王子》，笑容中多了一丝温暖的俏皮，“我要把这本书放在图书馆里，让更多的人都能看到它，让更多的人学会爱与责任。”

红砖道的一侧。

黎风、简雨涵、乐晴、李占亭站在楚林训的身侧，黎风凝望着不远处站在梧桐树下的那两个人，神色带着一点不自然。

“楚医生，你一定要救江俊夕。”

黎风忽然出声，他用力地抹抹脸，一向无所顾忌的面孔上透出一抹哀伤的颜色，“拜托你让江俊夕活下来。”

所有人都转头看黎风。

黎风的眼角有着湿润的光芒，他别过头去，不敢看那些人的目光，“我一直都觉得，我很对不起江俊夕，是我把江俊夕感染艾滋的事情宣扬出去，我害他吃了很多苦，我……其实很后悔……”

简雨涵微一垂眸，眼泪落下。

楚林训看着黎风。

黎风擦干眼角的泪水，转头看着楚林训，“楚医师，求求你救救他，你一定要救救他，你是医生……”

“真正在救他的，给予他生命希望的，不是我，而是你妹妹破晓。”楚林训温和地凝望着黎风，他低声说道：“在你妹妹的身上，有一种很独特的气质。”

“什么？”

“一种孤勇，一种即便遭遇痛苦挫折也会勇往直前的孤勇，明知道前面的困难也许会让她撞得头破血流，却还是要坚持下去的孤勇！”

孤勇？！

黎风不解。

他抬起头看着站在梧桐树下的两个人，黎破晓搀扶着瘦弱的江俊夕，江俊夕看上去已经形销骨立，然而黎破晓却还在打趣他，逗他开心，让他笑起来。

楚林训亦凝看着站在不远处的江俊夕和黎破晓。

他继续说下去。

“我们每一个人，恰恰都缺乏这样的一份孤勇，因为我们总是给自己留了太多的退路，所以一旦遇到了困难，我们往往就忘记了勇往直前这句话，总会转过头去，重新选择另外一条路来走！可是他们，因为无路可退，只能奋勇向前，我们应该为他们两个人感动、祝福和加油。”

简雨涵和乐晴已经泪流满面。

黎风似乎明白了楚林训的意思，他望着那两个人，忽然擦干自己的眼泪，一声不响地大步走上去，径直走到了江俊夕和黎破晓的面前。

黎破晓正准备搀扶着江俊夕上教学楼。

黎风却走到了他们的面前，他望了望虚弱的江俊夕，嘴唇动了动，似乎想要说什么，却还是没有办法这样面对面地说出来。

黎风忽然背转身去，一言不发地俯下身去背对江俊夕。

“让我背你上去。”

黎破晓怔住，“哥……”

江俊夕一阵发怔，唇色苍白，“黎风……”

“我黎风是一个混蛋，我对不起你，就是因为我，让你被人赶走……”

眼泪从黎风的眼角滴落，他努力地低着头，仿佛这样就不会让任何人看到他的眼泪了，他就可以放肆地把这些话都说出来。

“其实我一直都想说，但是我就是不敢说，你就当给我一个让我心安的机会，否则，我这辈子心里都觉得欠着你。”

江俊夕凝注着他。

泪水从黎风的眼里滚落，他闭上眼睛，却有更多的眼泪落下来……他曾经是那样自私的混蛋啊，这一辈子他都不会原谅自己……

“江俊夕，你说你是不是艾滋病?！有本事你就把真相说出来——！！”

“江俊夕，我爸爸妈妈吵架的时候我都已经听到了，你的弟弟江俊义就是得了艾滋病死的，你想害死我们所有人！！”

有着温暖光芒的操场上。

江俊夕慢慢地松开黎破晓的手，他趴在了黎风的背上，瘦弱的身体宛如一片枯萎的叶片，没有半丝重量。

黎风睁开眼睛，泪如雨下。

他曾经犯过的那些错误，原来他还有机会弥补……

他背着江俊夕站起身来，走向了教学楼的楼阶，黎破晓跟在他们的身后，在他们的身后，满操场的学生并没有散去，那一树的红丝带依然随风飞扬……

高三三班的班级里。

江俊夕慢慢地走向一个位置……

黎破晓站在他的身后，眼里含着湿润的白色雾气。

那一个靠窗的位置，依旧是曾经的桌椅，没有任何改变，桌子被擦得干干净净，没有半点尘埃，宛如它的主人一直都在。

“你不要以为你是女生我就不敢对你怎样？！你一班的人凭什么管我们三班的事情？！江俊希的桌椅就是不可以留在班级里，他是艾滋病。”

“这是我俊夕哥的位置，就是不许你们动！马上把桌椅给我搬回去！！”

江俊夕手撑着桌子颤巍巍地站住。

他抬头看看洒满阳光的黑板，手指在书桌上轻轻地拂过，然后慢慢地转头看着站在他身后的那些同学，他轻柔纯白的笑容中有着一丝感动和满足。

“谢谢……”

“先坐下再说。”简雨涵和乐晴一起跑过来，为江俊夕拉开桌椅，而高三的学生都站在教室的外面没有散去，凡是留在这里的人，每一张面孔上都是善意的光芒。

午后的阳光暖暖地照进来，教室里有一片柔和的纯白色。

江俊夕坐在位置上，黎破晓坐在他的对面，她伸出手来摸摸他额头的温度，发现体温还是正常的，她稍微松了口气，莞尔一笑。

“回学校的感觉很好吗？”

江俊夕点头，侧过头去看着始终站在一旁的黎风、简雨涵、乐晴、李占亭：“不好意思，你们就要考试了，这么忙还要来陪我。”

“没关系，还有一个月才考试呢，而且我们都已经准备得很好了。”

简雨涵笑着推了推身旁的乐晴和李占亭，“这两个家伙要考到南川市的同一个学校呢，未来的事情全都被他们给规划好了，据说有大学毕业就结婚的念头。”

李占亭笑着点头，“对，没错，我们要上同一所大学。”

“简雨涵，不许再说下去了。”乐晴却马上捂住简雨涵的嘴巴，“你还不是一样，据说一鼓作气地要考帝垣，黎风说，就算不能跟你同校也要同市，人家还要追你呢。”

“说得好。”黎风给了乐晴一个胜利的手势，“我向来都是从一而终的，绝对没有半途而废的坏习惯。”

简雨涵羞恼地瞪了黎风一眼，“你安静一会好不好？”

黎风立刻闭上嘴巴。

江俊夕和黎破晓同时笑了起来，江俊夕张开嘴唇，声音带着气虚的微弱，但还是精神很好地微笑说道：

“你们都会生活得很幸福很快乐。”

“你也一样。”

黎破晓伸出手指在江俊夕的鼻子上调皮地刮了刮，代替他摸鼻子的动作，眼里充满了调皮的意味，“俊夕哥，还有一个地方你没有去呢？”

黎风出声，“还有地方没有去吗？我背你过去。”

“不用了。”

黎破晓心照不宣地朝着江俊夕扬扬眉，她站起身来，灿烂的笑容从她的唇角一直通透到她明澈的眼底。

“那个地方，只有我和俊夕两个人才可以去哦。”

散发着书香的图书室。

黎破晓把江俊夕带到了这里。

所有的一切还如从前，成排的书架，透明的窗户，纯白色的窗帘随风轻扬，地板上，一大片灿烂温暖的阳光静静流淌。

黎破晓扶着江俊夕坐在窗旁。

她将那本《小王子》放在了江俊夕的手里，调皮地莞尔，“帮我拿一下这本书，我去把门关好，免得我们说话，黎风他们偷听。”

她转身去关门。

先打开门认真地看看周围有没有人，在确定没有人之后，黎破晓将门严严地关好，重新走回来的时候发现江俊夕正拿着那本《小王子》对她微笑。

“为什么笑得这么奇怪？”

黎破晓在他的身侧坐下，纯白色的窗帘在两人的眼前飞舞着，她望着他，“是不是发现有这么多的关心你，所以你很高兴？”

“嗯。”

他点头，笑容温柔的仿佛可以从他的眼底直透到他的心里，“黎破晓，谢谢你给我这么多的幸福，你是一个比这本书还要神奇的女孩。”

“那就对我表白吧。”

破晓笑眯眯地凝望着他的眼睛，“你还没有对我说过一句‘我爱你’呢，我已经对你说了很多次了，轮也该轮到你了。”

江俊夕摸摸鼻子，这是他习惯性的动作，他微微脸红，“破晓……”

“说啦，就说一次我就很满足了。”

黎破晓轻轻地晃动着他的手臂，像一个耍赖的小孩子，“你再不说我会认为你根本就不喜欢我的，拜托你对我说一句‘我爱你’。”

《小王子》忽然出现在了黎破晓的面前。

黎破晓一怔，看着把《小王子》递到她面前的江俊夕，江俊夕指了指一旁的书架，“你不是说要把这本神奇的书放在图书馆里吗？快放上去啊。”

每次都是这样，她一逼问他就转移话题。

黎破晓顿时变得气鼓鼓的，“江俊夕，你真狡猾，不说就算了，哼。”

她从他的手里抽出那本《小王子》，走到书架旁，准备把厚厚的《小王子》塞到那一排整齐的书里去，在塞书之前，她忽然回头看了江俊夕一眼。

那一刻。

天边已经出现了淡淡的金色夕阳，染红了天际，透明的窗户上出现了灿烂的霞光，暖暖地洒入图书室内。

纯白色的窗帘随风轻舞。

江俊夕靠在窗前，他望着站在书架前的黎破晓和她手里的那本《小王子》，他的目光澄澈柔和，唇角上扬，微微地笑着。

黎破晓将那本《小王子》塞入书架。

她走回到江俊夕的面前，在他的身边坐下，“俊夕，你累不累？”

他点头。

黎破晓靠近他一些，让他躺下来，头枕在自己的膝盖上，而她则坐在窗前，低头看着躺在自己膝盖上的江俊夕。

金黄色的夕阳洒照在江俊夕的面孔上，让他的脸色不再那么苍白，多了几分清秀俊朗的意味。

他望着窗外的夕阳。

“破晓，还有一个月就考试了，你要考什么大学？”

“我啊，你忘记了吗？我早就说过的，我要考北京大学中文系。”

“你想要学中文？”

“嗯，等到将来，我想要当一个作家。”

“为什么？”

“因为我想要用文字告诉别人很多悲欢离合的故事，很多很多值得珍惜的感情，很多很多很多美丽的人和未来……”

江俊夕微笑。

他然后轻轻地闭上眼睛，低声说道：“你的梦想一定会实现的。”

黎破晓低头看着枕在自己膝盖上，已经闭着眼睛的江俊夕，她伸出手，握住了江俊夕消瘦的手指，她温和地笑笑。

“江俊夕，你真的打算永远都不会对我表白吗？你都不对我说一句

‘我爱你’？”

“……”江俊夕唇角上扬，乌黑的眼睫毛下，肌肤苍白透明。

“真过分，你再不说，我会恨你的。”她很认真地威胁他，“我真的会恨你的哦，以后都不管你的事情了。”

但是。

江俊夕还是不说话。

黎破晓无可奈何地笑笑，就好像是面对一个骄纵的孩子，她握着他的手，轻轻地俯下身在他的耳边，低声说道：

“江俊夕，那还是我爱你好了，即便你不爱我，我也会好好爱你的。”

夕阳金灿灿地照进来。

在这个金黄色的温暖世界里，只属于他们两个人的世界里，静谧的没有一丝丝打扰，在空中飞舞的金色粒子犹如天真的精灵。

一切都美好的宛如天堂。

黎破晓低下头去。

江俊夕闭着眼睛，孩子般躺在黎破晓的膝盖上，如同一个纯白色的天使，唇角还带着一丝温暖的光芒，似乎很安静地睡着了……

黎破晓凝注着他，她轻轻地笑了笑，用手指轻轻地拂好江俊夕额间的乱发，眼里的笑容更加的柔软和晶莹了……

一个月后，黎破晓顺利参加了高考，如愿考入北京大学中文系。

李占亭与乐晴考入了同一所学校，在上了大学之后，他们还是一对很亲密的情侣，并且都为未来做好了规划，连将来结婚后要生几个孩子都确定好了。

一年后，黎风在复读之后也没有如愿考入简雨涵的大学，但他考入了另外一所不错的大学，与简雨涵同市。

五年后，江俊夕因艾滋引发心血管系统病变，在一个冬天的凌晨抢救无效后离世，但他的新年愿望还是实现了，在离去的那一刻，他没有丧失记忆，没有忘记任何一个人。

晓语：

我们有着健康的身体，我们有着清醒的大脑，我们不会在睡着的时候担心自己再也醒不过来，那么，我们还有什么资格悲观，我们还有什么资格愤世嫉俗，我们还有什么资格抱怨上天的不公。

我们活着，这已经是最幸福的事情！

CHAPTER 11

第十一章

阳光下的未来

Future

十年后。

七月，正值常青高中的漫长暑假。

学校里并没有太多的人，只有操场上，还有着校体育队的学生在热火朝天地训练着，一切还如曾经。

教学楼下的那棵梧桐树，依然系满了一树的红丝带。

在梧桐树上系着红丝带，传递这一份生命的热情和颜色，这已经是常青高中的传统。

黎破晓站在高三三班的教室内。

教室里的一切摆设都没有变，但是已经换了新的桌椅，但是在那一个窗口的位置，依然是十年前的桌椅，因为那是江俊夕的桌椅，将永远保留。

“你是……黎破晓学姐吗？”

教室的门口，传来一个男子的声音，黎破晓转过头，她看到一个高大的男子走进来，穿着常青高中的运动服，完全是体育老师的打扮。

黎破晓的目光疑惑，“你是……”

“我是徐家乐，”那个高大帅气的男孩子稍微有点羞涩地笑了笑，“学姐忘记了吗？我是曾经想要考常青高中的徐家乐，还跟你和俊夕哥说过话呢。”

黎破晓似乎想起来了，“徐家乐……”

“我现在是这里的体育老师。”徐家乐摸摸头，目光忽地郑重起来，“黎破晓学姐和江俊夕学长的事情，每一个在常青高中上过学的学生都知道，因为都在传说你们的故事，你们是我们敬佩的对象，黎破晓和江俊夕是常青高中的骄傲，无人不知，无人不晓。”

黎破晓目光清澈，鼻子却一阵发酸，“谢谢。”

“对了，听说学姐现在出了很多本书。”

徐家乐目光一亮，兴致勃勃地想起了另外一件事情，“但是我去书店里找署名为黎破晓的书，一直都找不到。”

“你当然找不到署名为黎破晓的书了，”黎破晓被他逗笑，“我是有笔名的，下次我送几本书给你好了。”

“那好哦，一言为定。”

徐家乐很是高兴，他转头看了看外面，立刻一副很急的样子，“我得去看看我们班的学生了，这些家伙，只要我不在就一直偷懒。”

徐家乐拿起挂在胸前的口哨，转身就要走。

“徐家乐……”

在他的身后，黎破晓忽然出声说道，徐家乐转过头，帅气的面孔上充满了生命的活力，黎破晓看看他，微微一笑。

“很抱歉，这么久才想起你，对不起。”

徐家乐先是一怔，在之后却分外爽朗地扬眉一笑，对着黎破晓摆摆自己的手，笑容中透出说不出的帅气和阳光。

“你只要记得我就好了，我是徐家乐。”

很快地。

教室里只剩下了黎破晓一个人。

黎破晓静静地面对着那张桌椅站立着，长长的头发被从窗口吹进来的夏风吹乱，她望着那张桌椅，目光清澈得如一泓泉水。

灿烂的阳光洒满整张桌面。

黎破晓凝注着桌椅，她的手指在那张书桌上慢慢地拂过，那一点阳光的温度粘到她的手指上，她微微侧头，温温柔柔的一笑。

如火的夕阳，在天边灿烂的燃烧起来。

黎破晓转身走向了教室的门。

她走出了教室，走向了教学楼长长的走廊，走廊里，金色的霞光铺满了每一寸地方，就好像是她曾经的一段记忆里那金灿灿的光芒。

“黎破晓学姐。”

在她的身后，一阵急促的脚步声传了过来，黎破晓转过身，她看到几个穿着常青高中校服的女孩子朝着自己快速地跑过来，为首的一个女孩子手里拿着一本厚厚的书，脸上出现了很焦急的表情。

“出了什么事情？”黎破晓看着几个女孩子跑近，她疑惑地看着那一张张青春洋溢的面孔，不知道她们为什么都是一副既激动又紧张的样子。

“这个……”

为首的女孩子把那本厚厚的书放在了黎破晓的手里，带点气喘地说道：“这是黎破晓学姐的，所以要交还给你。”

黎破晓低头。

那一本《小王子》静静地躺在她的手心里，十年前，她在江俊夕的注视下把它放进书架，十年后，这本书又重新回到了她的手里。

黎破晓抬头，“这本书是我留给学校的……”

“打开，学姐把书打开……”

女孩子们显得很急，又急又兴奋的样子仿佛是发现了新大陆，“学姐，我们就是看到了书里面的内容，才知道书是学姐的呢。”

黎破晓诧异。

她低下头去，伸出手指慢慢地把书打开，洁白的扉页便出现在她的眼前——

金黄色的夕阳里。

黎破晓整个人忽然犹如僵住一般，动不了了。

呼吸瞬间凝固了。

她怔怔地看着那一页，眼里的光芒先是完全僵凝，然后渐渐地如一点点融化的冰一般透明，颤抖的透明……

洁白的扉页上，有着几个清晰的字迹。

黎破晓，我爱你。

江俊夕

黎破晓傻傻地凝望着那几个字。

那一瞬。

心痛如沸，胸口滚烫。

她的手指一颤，眼泪滚出眼眸，右手猛地伸出，用尽全力捂住自己的嘴唇，竟也无法阻挡那种难以割舍的痛哭声弥漫出唇角。

“江俊夕……”

她从他的手里拿过那本《小王子》，走到书架旁，准备把《小王子》塞到那一排整齐的书里去，在塞书之前，她忽然回头看了他一眼。

那一刻。

天边已经出现了淡淡的金色夕阳，染红了天际，透明的窗户上出现了灿烂的霞光，暖暖地洒入图书室内。

纯白色的窗帘随风轻舞。

他靠在窗前，他望着站在书架前的黎破晓和她手里的那本《小王子》，他的目光澄澈柔和，唇角上扬，微微地笑着。

再也隐忍不住的眼泪疯狂地涌出来……

黎破晓将书合起，然后将面孔深深地埋进自己的掌心，痛哭着，晶莹的泪珠仿佛是破碎的星芒，从她的指缝间滴落……

她哭出声来。

“江俊夕，你这个大坏蛋，江俊夕，你这个大坏蛋……你怎么可以这样做……你怎么可以这样对我……”

长长的走廊里。

黎破晓哭得那样伤心绝望……湿亮的眼睫毛被泪水泡软，粘在苍白的肌肤上，渐渐地……她泣不成声……

那几个女同学面面相觑，怳然无措，为首的女孩子似乎察觉到自己做了一件不太好的事情，她不好意思地嗫嚅着。

“对不起……我不知道你会这么难过，早知道我就不给……”

“不……”

黎破晓含着满眼的泪水抬起头，眼泪从她的脸上如决堤的洪水一般汹涌地流下来，她却将那本书用力地抱在胸口，恨不得按到自己的心里去。

“你们并不知道，曾经有一个傻瓜，他因为自己生病了，所以连一句‘我爱你’都不肯对我说，一直到最后，他都没有说过，可是现在……”

泪水扑簌簌地滴落……

她望着那几个年轻的女孩子，仿佛是找回了自己最宝贵的东西，她又哭又笑，狼狈得像个可怜的孩子，声音哽咽得不成样子。

“谢谢你们，谢谢你们，谢谢你们把它还给我……”

抱紧那本《小王子》。

黎破晓转头朝着曾经属于他的教室跑去，她一口气跑到他的教室门口，然后微微气喘地站住，含泪的视线望向那个靠窗的位置。

铺满金色夕阳的教室里。

金灿灿的世界。

那张空荡荡的桌子上，铺满了霞光，在她的泪如雨落的视线里，一切都模糊了，仿佛是在刹那间进入了一个不可思议的幻境……

那道灿烂的夕阳仿佛慢慢地汇聚起来，汇聚成一个修长瘦弱的身影……

苍白消瘦的容颜。

柔软嘴唇轻轻地闭合着，乌黑长翘的眼睫毛无声乖巧地贴伏在透明的肌肤上，他趴在桌子上沉睡着，完美得像一个童话里的王子。

他睡得很熟。

心一下下地跳动着。

黎破晓握紧怀里的《小王子》，轻轻地掩住嘴唇，眼泪一颗颗地落下，她忽然破涕一笑，轻声唤道：

“江俊夕。”

刺目的光芒中……

趴在书桌上沉睡的江俊夕似乎听到了她的呼唤。

他的长睫毛轻轻地动了动，然后缓缓地睁开眼睛，一双眼眸盛满了温暖的霞光，他看到了站在门处的黎破晓，慢慢地坐起身来。

依然是年轻帅气的面孔，江俊夕的双眸晶莹剔透，光芒流转，犹如盛夏里从树叶间洒落的点点阳光……

千丝万缕的金色夕阳里。

仿佛是处在光芒最中央，璀璨夺目仿佛天使般的江俊夕凝注着黎破晓，他伸出手来不好意思地摸摸鼻子，然后对着她，温和地笑起来……

番外　生如夏花

（一）

西藏的天空是一片巨大的蓝汪汪，比海更辽阔。

大昭寺的长明灯多得一眼望过去看不到头，灯里的酥油仿佛是永远也燃不尽，每下去一点点，总会有虔诚的人一勺一勺地添上来，烛火在微风中轻轻地摇曳着，百年如一日，冥冥中，给人一种苍凉的味道。

二十四岁的黎破晓披着件厚厚的羊毛披肩静静地坐在大昭寺的广场前，用一种发自心底的虔诚目光看着从远方来的朝拜者在大昭寺前做着等身长叩，一个起伏，就是一个坚定不移的信念。

有人说，这些朝拜者从远方来，他们一路上就是这样，三步一个等身长叩，历尽千辛万苦，用几年的时间，一路拜到了圣地拉萨，拜到了大昭寺，也有虔诚的朝圣者在朝圣的路上离世，他们会在临死前敲下自己的牙齿，交给同行的朝圣者，他们的伙伴会将那一枚牙齿郑重地带到大昭寺，嵌在大昭寺牙柱的缝隙里，象征着他们已经到达。

这样的信念，用一生去完成的信念，浑然忘我，卑微细致却又虔诚至极！

黎破晓年轻的面庞上有着崇敬的表情。

八岁的蓓蓓蹲下身，小心翼翼地将一枚一块钱的硬币放在一个唱经僧人用来化缘的碗内，她嫩嫩的小脸上有着激动的羞涩，唱经的僧人朝着蓓蓓点点头，布满皱纹的脸上是慈祥的微笑。

蓓蓓兴奋地回过头来，朝着黎破晓摆手，童音清脆，“小姑姑。”

黎破晓站起来。

蓓蓓挥舞着小手跑到黎破晓的身边，乖巧地将自己的手放到了黎破晓的手心里，她乌黑的双眸里有着与年龄完全不相称的温顺和听话，笑嘻嘻地说：“小姑姑，我们回家吧。”

黎破晓摸摸蓓蓓的头，“好。”她带着蓓蓓往广场外面走，路边的小摊上有卖藏奶果的，一种西藏的小糖果。

黎破晓说，“蓓蓓要不要吃糖？”

蓓蓓牢牢地握着黎破晓的手，懂事地摇头，“吃糖会牙疼，蓓蓓不吃糖。”

黎破晓走到小摊边，买下了那一罐藏奶果，递给蓓蓓，蓓蓓用一只手抱着那罐藏奶果，另一只手还是牢牢地牵着黎破晓的手，她趁着黎破晓没有看自己的时候，努力去数罐子里的糖果，她决定一天吃一颗，这样她就可以吃很久很久的时间。

“等蓓蓓吃完了，小姑姑再给你买。”

“嗯。”蓓蓓抬起头来的时候，仿佛是为了告诉黎破晓自己真的很开心，小蓓蓓笑得更加灿烂和热情起来。

黎破晓轻轻地摸了摸蓓蓓的头。

一年前，黎破晓大学毕业，也就是在那一年冬天，她循着地址找到了这个北方的小镇，也找到了蓓蓓，那时候，这个小女孩还不叫蓓蓓，她是一个没有名字的脏兮兮的小孩子，穿着破烂的棉袄，瑟瑟发抖地站在铺满大雪的路边，出神地看着一个大一点的男孩吃苹果，那时，距离她父亲去世，大概不到一个月的时间。

黎破晓无法想象，一个七岁的孩子是怎样一个人在破败的房屋里度过这一个月的，她看到了蓓蓓满是冻疮的手和脚，脚跟不停地流着脓血，瘦骨伶仃的身上，竟还有着青紫的伤口。

黎破晓在小镇住了一个月的时间。

她听到邻居家的一个老太太给她讲述蓓蓓的故事，老太太一边讲一边落泪说，“小孩子可怜啊，心眼好的，给她口饭吃，就算不错了。”

老太太说这些话的时候，蓓蓓只是悄悄地站在一旁，手里攥着老太太刚刚给她的一块馒头，慢慢地吃着，她垂着眼睛，沉默得像个大人。

黎破晓每天都去看蓓蓓，给她买各种各样的零食，买各种各样的新衣服，为她扎漂亮的头发，蓓蓓自始至终都牢牢地握着她的手，就仿佛是害怕突然失去她一样，蓓蓓七岁，从未遇到过对自己这么好的人。

但是，黎破晓总是要走。

当确定蓓蓓会被送往镇上的养老福利院之后，黎破晓坐上了开往市里的大客车。蓓蓓偷偷地从家里跑出来，站在雪地里，仰望着坐在大客车里的她。她看到蓓蓓的时候，蓓蓓满眼的泪水，孤零零地站在雪地里，目光里是怨恨的舍不得。

黎破晓从大客车上走下来，对蓓蓓说，“快回家去。”

小蓓蓓默默地低下头去，伸出小小的手指抠着从棉袄的边缝里露出来的棉絮，慢慢地，一下一下地扯着……抠着……黎破晓觉得自己的心都被蓓蓓扯碎了，接着，蓓蓓双腿一弯，跪在了黎破晓的面前。

只那么一瞬间，黎破晓的眼泪便狂涌出来，她知道，她根本没有办法转过身去，她根本不能硬着心肠丢下蓓蓓，她怎么可能对着这样的蓓蓓转过身去。

大客车里的人都用疑惑的目光看着雪地里的黎破晓和蓓蓓。

黎破晓抱着蓓蓓，说，“那我带你一起走。”

蓓蓓抬起头来看着黎破晓，她无声地点点头，那一双乌黑的大眼睛里，有着一颗大大的泪珠从眼眶里“啪”的一下落下来，她伸出冰凉的小手摸着黎破晓的脸，哭着说，“我知道你是好人，我会乖乖地听话，你别不要我。”

半个月后，黎破晓从那个小镇里带走了蓓蓓。

黎破晓和蓓蓓住在拉萨的一栋居民楼里。

蓓蓓一直都很乖，有时候她小心翼翼的乖巧甚至是让人心痛的。

黎破晓才一打开门，抱着藏奶果的蓓蓓就欢快地脱了鞋跑进屋里，从鞋架上拿过黎破晓的拖鞋，放在黎破晓的脚边，“小姑姑，换鞋。”

吃晚饭的时候，蓓蓓无比贴心地夹了一块肉放在黎破晓的碗里，“小姑姑，你要吃肉，肉好吃。”黎破晓笑着也给蓓蓓夹了一块肉，蓓蓓一口吃下去，用力地大嚼着，夸张地做出享受的样子，“真好吃。”

黎破晓把蓓蓓哄睡着之后，端着刚泡好的咖啡走到自己的书房里，扭开台灯，打开电脑，新建了一个word文档，在台灯温暖柔和的光线下，作家黎破晓开始了自己的新故事，那些漂亮的字节一个接一个地从她手指敲打键盘的瞬间，跳跃出来。

这个故事的开头是这样的——

夜很深了。

蓓蓓从睡梦中啜泣着醒过来。

她睁开眼睛，眼里还有着害怕的光芒，眼泪还不断地从眼睛里流淌出来，她一面小声地啜泣着一面从床上坐起来，房间里一切都静悄悄的，放在桌子上的闹钟发出滴滴答答的声响，只有小小的布娃娃在她的枕头边陪着她。

蓓蓓抱起布娃娃，一声不吭地从床上爬下来，赤着脚踩在冰凉的地板上，一路跑到黎破晓的书房去，书房的门是虚掩着的，有温暖的光线顺着门缝照出来，蓓蓓抱着布娃娃，站在门边悄悄地朝里面看了一眼，黎破晓背对着她坐在电脑前，噼里啪啦地打着字。

蓓蓓擦擦脸上的泪珠。

她转过头来，看着被自己紧紧抱在怀里的布娃娃，小声地说道："不要害怕，乖宝，小姑姑没有不要我，我也不会不要你，我们在一起。"

布娃娃乖宝的脸上是笑呵呵的神情。

蓓蓓说，"小姑姑在写好看的故事，蓓蓓和乖宝都要乖乖的，不要吵小姑姑。"她紧紧地把布娃娃抱在怀里，然后搬过自己的红色小塑料椅子，默默地坐在书房的门边，一面守着书房里的黎破晓，一面静静地睁大一双乌黑的眼睛，看着窗外那一片漆黑的天空。

黎破晓端着杯子从书房里走出来倒水喝的时候，看到了靠在门边睡着的蓓蓓，她抱着她的娃娃蜷缩在门边，睡得很香很踏实，黎破晓叹口气，俯下身轻轻地抱起蓓蓓，蓓蓓睡得迷迷糊糊，在梦中喃喃地说道："小姑姑，你是大好人，我会乖乖的，你别不要我。"

黎破晓静静地站在房子的中央，她呆了片刻，慢慢地抱紧蓓蓓柔软温暖的身体，蓓蓓把头靠在黎破晓的肩头上，下意识地伸出软软的手臂紧紧抱住黎破晓的脖子，就像是一只把自己紧紧挂在树干上的小考拉。

做好早饭的黎破晓到楼下的邮箱里取报纸。

她打开邮箱门，最先看到了一封洁白的信，黎破晓取出那封信，看着信封上写的来信地址，正是自己念过的大学。

寄信人是中文系的蔡华清教授。

黎破晓将信收好，走上楼去，才推开门，就见做好的早餐已经摆上了桌，而蓓蓓正小心翼翼地捧着一碗满满的粥，从厨房一路端出来。

她一抬头就看到黎破晓，立刻笑起来，“小姑姑，吃饭了。”她说话的时候，胳膊不由地动了一下，粥碗里的粥晃出来了几滴，流到她的手背上，滚热的粥烫得她的手一抖，就听“啪！”的一声，那一碗粥都扣到了地板上。

黎破晓吓了一跳，“蓓蓓。”

蓓蓓的脸都白了，慌张地看着摔碎的碗和地板上热气腾腾的粥，抬头看着黎破晓走过来，慌忙就伸手去抓那地板上滚烫的粥，说，“我马上就收拾，小姑姑别生气。”她也顾不得烫，胡乱地抓着地板上的烫粥。

黎破晓几步走上来，将蓓蓓烫红的手握在手里，心疼地忍不住提高声音道：“这怎么还用手抓？烫着了怎么办？”

蓓蓓一声不吭。

黎破晓将蓓蓓带到了水池旁，打开自来水，用凉凉的水冲着她的小手，又转身找来烫伤药膏，一面低着头吹着她红起来的手心，一面仔细地将药膏涂抹到了蓓蓓的手心和手背上。

一直很安静的蓓蓓忽然张口说：“小姑姑，你是好人，佛祖一定会保佑你的，我只要经过大昭寺，就一定要给佛祖叩头，让佛祖保佑小姑姑。”

黎破晓抬起头，看着蓓蓓。

蓓蓓的眼睛里有着清亮的光芒，一如西藏纯净无埃的天空，她很坚定地说，“我说的是真的，你是我见过的最好最好的人。”

黎破晓伸出手，摸摸蓓蓓的脸蛋，她说，“以后这些事儿不用你做，等小姑姑摆好了再叫蓓蓓起来吃饭，好不好？”

蓓蓓眨眨眼睛，点点头。

黎破晓给蓓蓓重新盛了一碗粥，领着她走到餐桌前，在蓓蓓吃饭的时候，她拆开了蔡华清教授的来信，她很快地看完了那封信，然后将那封信慢慢地放在一旁。

蓓蓓还在吃饭，她吃得很香很香，当黎破晓把一个剥好的鸡蛋放到她的粥碗里时，蓓蓓抬起头来，对着黎破晓甜甜地一笑，她的眼瞳里有着清澈纯粹的光，她在用自己的行动告诉黎破晓，她真的快乐幸福极了。

黎破晓默默地看着蓓蓓。

那封信被搁置在一旁，上面的字迹清清楚楚地显露在阳光之下，苍劲的钢笔字背后，是一个老师苦口婆心的谆谆教导。

……说了这么多，破晓，我其实还是不能理解你放弃保研的行为，你一直都是聪慧的孩子，学院里的老师到现在都还为你可惜，作为你的老师，我只希望你别耽误了自己，这次公费出国留学的机会，是我向学院坚持才为你争到的一个名额，这对于你的前途是至关重要的，你要好好把握，或者，你来说服我，那个叫作蓓蓓的女孩，对于你来说，到底有怎样重要的意义，值得你为她如此付出？

等候你的回音。

你的老师，蔡华清。

（二）

经幢在风中呼呼地作响。

黎破晓抬起头静静地凝望着悬挂在大昭寺围墙上的唐卡，那些唐卡在晶莹的天空下璀璨夺目，汇成云霞的颜色，就仿佛是神佛慈祥的笑脸，在冥冥中指示着茫茫的前路。

黎破晓坐在大昭寺广场的花坛上，她不停地翻转自己手机的动作充分暴露了她矛盾复杂的内心。

在那一座繁华的城市里，蔡教授还在等她的消息，只要她点一下头，一个电话，她就可以飞往大洋彼岸的那一个国家，开始另外一个人生，一个丰富多彩并且充满惊喜和快乐的人生，她需要那样的机会。

她今年才二十四岁。

二十四岁的黎破晓恍惚地看着眼前的一切，轻声道：

“我该怎么办？”

傍晚，幼儿园放学了，当蓓蓓抱着布娃娃乖宝走出幼儿园的时候，她看到来接她的不是黎破晓，而是邻居黄阿姨，黄阿姨在他们的楼下开了一家甜茶店，黎破晓经常会带着蓓蓓去喝甜茶，黄阿姨和黄叔叔是生活在拉萨的四川人，他们一直没有孩子，黄阿姨每次看到蓓蓓，都亲热极了。

黄阿姨看着蓓蓓，伸出手来拥抱小小的蓓蓓，“蓓蓓，今天你小姑姑有事情，我来接你到我家去。”

蓓蓓一声不吭地从黄阿姨的怀里退出来，她抱着自己的布娃娃，瞪大眼睛看着慈祥的黄阿姨，黄阿姨还在笑，“蓓蓓跟我走吧，我家里有好多糖还有好多玩具。”

蓓蓓看了黄阿姨片刻。

她一句话也没说，只是转过身去，抱着布娃娃重新回到幼儿园的小教室里，她站在教室的窗前，踮着脚尖朝外看了看，她没有看到黎破晓的身影，她没有说话，只是踮着脚尖站在那里继续往外看。

黄阿姨和幼儿园老师面面相觑。

黄阿姨继续亲热地笑着说，“蓓蓓，跟黄阿姨回家吧，你小姑姑都告诉老师了，今天黄阿姨来接你。”

蓓蓓沉默着。

她轻轻地抿着嘴唇，紧紧地抱着怀里的布娃娃乖宝，她隔着窗户看着幼儿园的大门，那一双乌黑的大眼睛里有着安静的等待。

黎破晓赶到幼儿园的时候，已经是晚上九点多。

出去收集资料的她打车从拉萨的边陲小镇赶回来，一鼓作气赶到幼儿园，一推开门，就见幼儿园老师和甜茶店的黄姐站在那里，她们一见到黎破晓，双眼立刻就亮起来了，不约而同地松了一口气。

三十多岁的黄姐说，“破晓，这都快急死我了”

黎破晓看到了趴在幼儿园小床上睡觉的蓓蓓，她紧紧地抱着布娃娃乖宝，睡得很香，小胸脯轻轻地起伏着，发出均匀的呼吸声。

黎破晓走上去，她伸手摸了摸蓓蓓嫩嫩的脸，叫了一声，“蓓蓓。”

蓓蓓很快地睁开眼睛，她还沉浸在睡梦中，但她听到了黎破晓那一声，很快就从小床上翻身坐起，然后怔怔地看着围在她周围的人，最后终于把目光停留在黎破晓的身上，她抱紧了自己的布娃娃乖宝，对黎破晓说，“小姑姑，带我回家。”

黎破晓抱着蓓蓓走在街道上。

周围是来来往往的陌生人，蓓蓓忽然在黎破晓的怀里动了动，很大声地说，“小姑姑，我要下来走。”

黎破晓放下蓓蓓。

蓓蓓一手抱着自己的布娃娃，一手紧紧地牵着黎破晓的手，很乖地说，“我自己也能走，不让小姑姑辛苦。”

路灯的照耀下，蓓蓓仰起来的面孔上有着懂事的笑容。

黎破晓带着蓓蓓去小吃店吃馄饨。

两碗热气腾腾的馄饨端上来，蓓蓓很快地把黎破晓最喜欢的几种调味料推到了黎破晓的面前，她说，“小姑姑今天出门了，一定饿坏了，小姑姑多吃一点。”她舀起自己碗里的馄饨放在了黎破晓的碗里，乖巧地说，“小姑姑吃饭。”

黎破晓的鼻子发酸，她张口说，“蓓蓓……”

蓓蓓抱紧了布娃娃，她看着黎破晓的眼睛，很认真地说，“小姑姑是好人，天下最好最好的人，我保证听小姑姑的话，我现在就会做好多好多的事了，等我长大了，我还可以挣好多好多的钱给小姑姑。”

小小的女孩努力地表现着她的乖巧和懂事。

“所以……

小姑姑，求求你，别不要我。”

黎破晓这一天上午就去了幼儿园，接蓓蓓出来。

蓓蓓再看到黎破晓的时候，她开心对其他的小朋友说，“我小姑姑来了。”她抱着自己的布娃娃乖宝奔向黎破晓，把头深深地埋在黎破晓的怀抱里，发出咯咯的笑声。

黎破晓摸摸蓓蓓的小脸，“今天小姑姑带你出去玩。”

蓓蓓使劲地点头，她笑起来的样子很幸福，她依恋地趴在黎破晓的身上，黑溜溜的大眼睛里漾满了笑意。

黎破晓带着蓓蓓去了拉萨百货商店，在儿童玩具区，黎破晓对蓓蓓说，“你喜欢就随便挑。”

蓓蓓简直不敢相信，“真的吗？”

黎破晓点头，蓓蓓又挑了几个布娃娃，她说要给乖宝当朋友，黎破晓带着蓓蓓去买衣服，在儿童服饰区，黎破晓把漂亮的衣服一件件地买下来，当她去挑八九岁孩子才穿的衣服时，蓓蓓说，“小姑姑，太大了，我穿不了。”

黎破晓对着她微笑，“等你以后再穿。”

蓓蓓有点怔怔地看着黎破晓去付款的身影，她慢慢地低头看着自己的新玩具，脸上的笑容消失了。

黎破晓带着蓓蓓去游乐场。

她们在游乐场里快乐地玩了一个下午，黎破晓不停地给蓓蓓照相，蓓蓓一个人坐在上下摇摆的小蜜蜂上，朝着黎破晓招手，黎破晓不停地照相，按下快门，她用照相机的镜头挡住自己含着眼泪的眼睛。

傍晚。

黎破晓带着蓓蓓去吃肯德基。

当黎破晓端着满满一大盘的食品走过来的时候，蓓蓓说，“好多。”黎破晓微笑，“慢慢吃。”

她把鸡汁土豆泥的盖子打开，用勺子给蓓蓓搅拌好，放在蓓蓓的面前，“小心烫，慢慢吃。”蓓蓓低下头吃东西，她吃了几口后抬起头来看着黎破晓，黎破晓微微一笑，“快吃，不够我再去买。”

黎破晓说，“蓓蓓今天玩得开心吗？”

蓓蓓点头，“很开心，我只要和小姑姑在一起就很开心。”黎破晓拿纸巾去擦蓓蓓嘴边的土豆泥，“以后，蓓蓓要好好地照顾自己，要乖乖的……”蓓蓓不等黎破晓说完，就冲着黎破晓笑，“小姑姑，我要照相。”

“好。”

黎破晓拿起相机，对着正在吃土豆泥的蓓蓓，“蓓蓓，微笑。”

蓓蓓咧嘴笑起来，她学着电视里看到的样子，对着黎破晓的镜头做出“V”的手势，并且笑着大声说，“小姑姑我们要永远在一起。”

黎破晓放下相机。

蓓蓓：“照好了吗？”

黎破晓点头，“嗯，照好了。”

蓓蓓开心地一笑，低头吃冰激凌，冰激凌又香又甜，她大口大口地吃着，露出很幸福的神气来。

晚上，黎破晓没有回家，而是带着蓓蓓去了楼下的甜茶店。

黄姐和她的丈夫早就等在了那里，他们一看到黎破晓领着蓓蓓走进来，立刻笑容满面地迎上来，黎破晓看到黄姐和她丈夫都穿了一身很新的衣服，他们用他们这样的方式来迎接蓓蓓。

黄姐说，“房间我都布置好了，你看看。”

她领着黎破晓到里面的屋子里，黎破晓看到了一间精心布置的儿童房，粉色的小床和床单，墙上贴着维尼熊的壁纸，里面甚至还摆放着一架电子琴，黄姐紧张地问，“你看行吗？”

黎破晓拉过蓓蓓，“蓓蓓，你看多好看。”

蓓蓓看着那间房间，不说话。

黎破晓笑着把给蓓蓓买的玩具和衣服都放在房间的小床上，她要往外走的时候蓓蓓拉住了她的手，黎破晓回过头来，蓓蓓自己又把那些玩具和衣服都提到手里，认真地对黎破晓说，“小姑姑，我们回家吧。”

蓓蓓拎着东西走到外面，黎破晓无奈地跟了上去，黄姐的丈夫讪讪地笑着，从桌面上的糖果匣子里抓了一把糖给蓓蓓，这个纯朴的四川男人不知道该如何表达他对一个孩子的喜爱，只能把那些糖塞到蓓蓓的衣兜里，“你吃。”

蓓蓓朝后退了一步，她像只小狼一样敌视地看着黄姐和她的丈夫，她转过头来固执地对黎破晓说，“小姑姑，你带我回家。”

黎破晓走到蓓蓓的面前，她不知道该怎么开口，“蓓蓓……”，蓓蓓看着黎破晓的眼睛，忽然开口说道：“你不要我了，是吗？”

黎破晓感觉到自己的胸口疼得要死。

蓓蓓说，“你说过永远都不会不要我的。”

就好像是一根针狠狠地刺到了黎破晓的心里，黎破晓根本不敢面对蓓蓓的眼睛，一旁的黄姐走过来对蓓蓓说，“蓓蓓……”蓓蓓猛地打开黄姐的手，发出尖锐的叫声，“你不要碰我，我讨厌你。”

黄姐一下子就手足无措起来，她拉着蓓蓓的手，“蓓蓓，我和你叔叔会把你当自己的女儿……”

“就是因为你小姑姑才不要我的，我讨厌你，讨厌你和叔叔，”蓓蓓使劲踢打着黄姐，尖锐地呼喊，“你这个坏女人！坏女人！”

“啪”的一声，就在蓓蓓踢打黄姐的时候，站在一旁的黎破晓忽然扬起手来打了蓓蓓一巴掌，那一巴掌打下来，所有的人都怔住了，包括蓓蓓，她捂着自己被打的脸，呆呆地看着黎破晓，眼泪从她的眼眸里一颗颗地落下来……

黎破晓忍着不让自己的眼泪掉下来，她对蓓蓓说，“我就是不要你了，不要你了，再也不想要你这个孩子了。”

蓓蓓抽泣着，她的眼泪落在了她衣服上的小熊图案上。

她捂着被打的面颊看着黎破晓，那种眼神深深地刻在了黎破晓的心里，黎破晓永远都不会忘记，她从未想到过，一个八岁的孩子眼睛里，会有如此深刻的悲伤和绝望。

她也从未想到过，她摧毁了蓓蓓最后的希望。

黎破晓终究还是把蓓蓓留在了黄姐家里，她是注定居无定所的，而黄姐那温暖的小家，也许对于蓓蓓来说，才是最好的归宿，而且黄姐也答应，等她将来有了稳定的生活，只要蓓蓓愿意，还是可以回到她的身边。

她在收拾行李准备离开拉萨那一天，还是忍不住去了黄姐家的甜茶店，就站在街对面，想着至少在临走前，再看蓓蓓一眼，可她直等到天黑，也没见到蓓蓓的身影。

她找到黄姐的时候，黄姐脸色难看，支支吾吾，半天才说出一句，蓓蓓离家出走了。

黎破晓只觉得脑袋轰的一声。

蓓蓓是在一天前离开的，她只带走了她随身的布娃娃，她可以被人抛弃，所以，她不愿再抛弃任何一样东西，她把布娃娃乖宝背在了自己的身上，并用一根毛线绳绑好，然后她拿起书包，走出了自己的房间，离开了黄姐的甜茶店。

这个清晨很静很静，谁也没有意识到，一个八岁孩子的离开。

尽管黄姐一再解释她已经报了警，但是，黎破晓依然在她的脸上，看到了一丝难言之隐。

“对不起，本来我们想就算蓓蓓有那种病，但我们不懂，后来亲戚知道了，给我们一说，我们也觉得怪吓人的。”

“而且我们也去问过了，蓓蓓早年还做过换肾手术，这孩子身体弱，别我们养来养去，再白养了……”

黎破晓再也听不到黄姐任何解释的话语，她只想找到蓓蓓，哪怕放弃自己的一切。

（三）

等到黎破晓接到警察的电话，说找到蓓蓓的时候，她才知道，蓓蓓已经被转到了医院——一家 HIV 卫生临床中心。

黎破晓赶到的时候，蓓蓓刚做完治疗，已经被送入了病房，她是在火车站被警察发现的，当时咳嗽不止，送到医院的时候，才查出原来她是艾滋病患者，所以直接被转院送到了这家临床中心。

黎破晓望着躺在病床上的蓓蓓。

她抱着自己的布娃娃乖宝，那是她全部的财产，她的目光静静地停留在瓷砖地面上，她的另外一只手伸过来，推开了黎破晓伸过来的手。

黎破晓的眼泪夺眶而出，“蓓蓓……”

她伸出两只手去抱蓓蓓，蓓蓓回过头来，果断坚定地推开了黎破晓，就仿佛是推开了一个与她毫不相干的陌生人，滚热的眼泪从黎破晓的脸上滑落，她忽然明白过来，哽咽着说：“蓓蓓，我再也不送你走了，我再也不那么做了……”

但是。

面对泣不成声的黎破晓，蓓蓓只是默默地推开她，抿紧嘴唇，她将自己的布娃娃抱在怀里，悄悄地转过头去，将目光投注在墙面的一个角落。

这一刻，从一个八岁孩子眼眸里射出来的目光，竟是如此安静的陌生。

蓓蓓咳嗽的时候嗓子里会发出沙沙的声响，脸色苍白，眼瞳无神，当护士拍打着蓓蓓的手背寻找能够扎入针头的血管，并且用消毒棉花擦拭蓓蓓的手背时，黎破晓过去抱住蓓蓓，轻声道："蓓蓓把头转过来，不看就不害怕了。"

以前每次打针的时候，蓓蓓都会把头埋到黎破晓的怀里，小声地哭。

蓓蓓沉默地看着护士拿着尖细的针头走过来，等到针头扎入血管的时候，蓓蓓用力地咬住嘴唇，把嘴唇咬成一片惨白的颜色，她吭都没有吭一声。

护士往蓓蓓的手背上贴胶布的时候，友好地笑道："蓓蓓真是一个勇敢的孩子。"

黎破晓觉得眼眶一阵发胀，她的眼睛里涌出一片湿润的泪花。

黎破晓说，"蓓蓓，我错了。"

蓓蓓蜷缩在柔软的被子里，用冰凉的小手捂住嘴，轻轻地咳嗽了几声，再就没有发出一点声音。

黎破晓拿着药片和水递到了蓓蓓的面前，"先把药吃了。"

蓓蓓接过水杯，就着水把药片吞了下去，黎破晓笑着摸了摸蓓蓓圆鼓鼓的脸，道："蓓蓓真乖，作为奖励，小姑姑给你买玩具，告诉小姑姑，你想要什么？"

蓓蓓没有说话。

黎破晓蹲下来，望着蓓蓓的眼睛，轻声道："蓓蓓，你真的都不理我了吗？从今以后都不跟小姑姑说话了？”

蓓蓓轻轻地咳嗽了几声，嘴唇无声地抿住。

温热的眼泪再一次充盈了黎破晓的眼眸，她迅速地把头低下，用力地揉了揉自己的眼睛，抬起头来冲着她微微一笑：“小姑姑带你回家好不好？回我们自己的家。”

幸好蓓蓓病的不是很严重，几天的治疗已经稳定了病情，带够了药物，黎破晓便带着蓓蓓回了家，转车到拉萨时，已经是夜里，黎破晓抱着蓓蓓，一路往回走，周围很静，街道两侧的民宅窗户里透出温暖的灯光，黎破晓紧紧地抱着蓓蓓，尽管她的手臂已经酸痛到了极点，可是蓓蓓就在她的怀里，这种沉甸甸的分量，从小孩子身上传递过来的温暖和柔软，终于可以让她恐惧了整整一天的心慢慢地平复下来。

街道上只有黎破晓的脚步声。

蓓蓓蜷缩着把头靠在黎破晓的肩头上，她把眼睛闭上，呼吸慢慢地变沉，这个出走了整整一天的孩子，已经安静地睡着了。

可到了家，蓓蓓也没有与黎破晓说一句话，她抱着布娃娃回到自己的房间，等到黎破晓来看她的时候，发现蓓蓓已经侧身向里躺在床上睡着了，黎破晓走上前去，给蓓蓓盖好被子，她摸了摸蓓蓓被打的面颊，眼眶里泛出眼泪来。

她静悄悄地退出去，然后轻轻地关上了门。

蓓蓓侧躺在床上，她抱着布娃娃，紧紧地闭着眼睛没有发出一点声音，但是在门关上的那一刻，有一颗晶莹的眼泪顺着她紧闭的眼角落下来，缓缓地浸入枕巾里去……

第二天，黎破晓带着蓓蓓出门时，正好经过楼下的甜茶店，正在招待客人的黄姐看到黎破晓领着蓓蓓走过来，她笑容满面地走上来，将一把藏奶果塞到了蓓蓓的手里，蓓蓓低着头往后缩着，倔强地不出声音，把两只手攥得死紧死紧。

黎破晓不好意思地道：“黄姐……”

黄姐把藏奶果都放在了黎破晓的手里，“一会给她放在书包里。”

黎破晓点点头，拉着蓓蓓的手继续往前走，清晨的阳光暖烘烘地照在两个人牵在一起的手上，周围传来酥油茶的香气，地面上摆放着小小的毡布，上面摆着各种各样的藏式银饰和绿松石，穿着沉重藏袍的妇女或者是男人坐在石阶上，一面看顾着自己的生意，一面互相用藏语谈笑着。

黎破晓带着蓓蓓来到了大昭寺的广场，看着天上的云和飞舞的经幡，黎破晓蹲下身来，看着蓓蓓的眼睛，她有很多话，要对蓓蓓说。

知道两年前，我为什么要去那个北方小镇吗？因为那个地方有你，蓓蓓。

你生下来便因为父亲感染HIV，还患有严重的肾病，五岁那年，曾被社会捐助接受了一台换肾手术，而给你这颗肾的人，和你一样，也感染HIV，他的名字叫作江俊夕，他是我最爱的人。

他走了之后，我总想在这世上，找到一点属于他的痕迹，于是，我找到了你，我以为这是上天给我的幸运，可实际上，面对你的每时每刻，都让我想起他离开我时的撕心裂肺。

有时候，重新面对过去，面对失去的人，也需要一种勇气。

尤其曾经那样爱他。

所以我只能送走你，我以为这样就可以逃避这种痛苦和折磨，可现在我知道了，有些感情，有些人，只有当失去的时候，才会意识到，这些到底对你有多重要，蓓蓓不能没有黎破晓，就像黎破晓不能没有蓓蓓。

望着蓓蓓，黎破晓握紧了她的手：“蓓蓓，我们永远在一起，好不好？”

蓓蓓没有说话，但她伸出手，紧紧地抱住了黎破晓，那样的温暖，就好像是曾经，江俊夕给予她的温度。

黎破晓的目光，投向了远处的山脉，她想起自己和江俊夕曾经看过的一部电影——《情书》。

电影里，渡边博子站在雪地里向着埋葬男友的那座雪山大声地喊着，“我过得很好，你过得好吗？！我过得很好，你过得好吗？！我过得很好，你过得好吗？！……”

黎破晓就在那一刻，在心里对那个曾经清秀的少年轻声说道：“江俊夕，我过得很好，你过得好吗？”

微风从黎破晓和蓓蓓身边拂过。

一只通体雪白的鸽子忽扇着翅膀扑簌簌地落在草地上，转过头来望着她们，乌黑的眼珠子转了转，咕咕地叫了几声。

生如夏花之绚烂，死如秋叶之静美，生命是如此的美丽且脆弱，愿我们都能用最好的方式，守护我们爱的人，愿人生，平安顺遂，愿爱，永不停歇。

-End-

后记

最初写《我在天堂说爱你》的时候，我还只是一个学生，文笔稚嫩，但内心情感强烈，若干年后，当这本书即将再版之时，责编说，你要不要重新调整一下文笔和故事内容，坦白说，我试过，但没有做到，现在的我，即便有了比当年娴熟许多的文笔，即便可以写出比正文看上去更加成熟的番外，可我却没有了当年那样纯粹的心境，思来想去，我最终决定，还是让这个故事，保持它最初的样子吧。

至此剧终，谢谢看过这个故事的你们。